창조적 생명의 실현

—D.H. 로렌스 문학 연구—

일을여는지식 어문 2

창조적 생명의 실현

─D.H. 로렌스 문학 연구─

▌조일제 지음

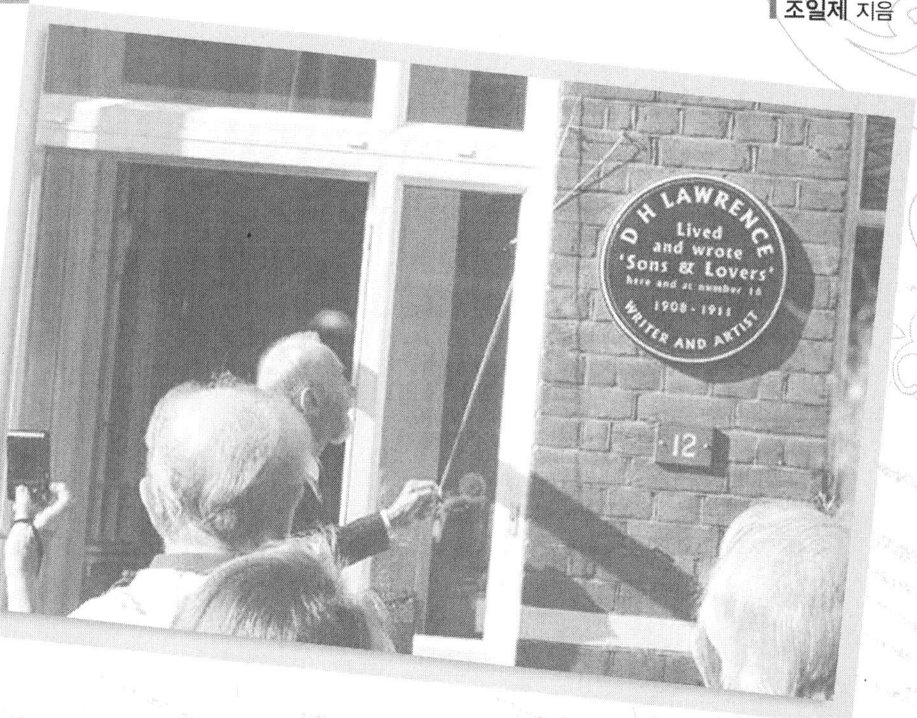

한국학술정보㈜

머리말

영국 런던 남부 근교에 위치한 크로이던(Croydon) 지역에 로렌스가 초등학교 교사생활을 시작하기 위해 처음으로 입주했던 주택에 입주 100주년을 기념하기 위한 현판제막식 행사(DHL Croydon Centenary Plaque Ceremony)가 2008년 10월 11일에 거행되었다. 이 현판제막식 행사는 로렌스의 열렬한 애호가, 전기작가, 강사이며, 크로이던 주민인 Ruth Webb이 발의하여, 뜻있는 지역 정치인, 주민, 학자, 학회 등이 동참해서 성사되었다. 영국 로렌스학회는 Ruth Webb측에 300파운드를 기부했으며, 한국 로렌스학회는 250파운드를 기부했다. 제막식 행사 사진을 한국 로렌스학회로 전송해왔는데 감격적인 장면이었다. 필자는 한국로렌스학회 회장으로서, 비록 이 행사장에 직접 참석은 못했지만, 간접적으로 이 행사와 인연을 맺게 된 것에 대해 커다란 감동과 보람을 느낀다.

21세기를 살아가는 오늘날, 로렌스는 아직도 한국에서 대부분의 지식인들에게 그의 문학적, 예술적, 철학적 재능과 가치가 제대로 전달되지 않고 있다. 로렌스를 보다 더 많이, 그리고 보다 더 세밀하게 읽으면 읽을수록 그의 뚜렷한 개성과 예리한 통찰력, 순수한 삶과 예술적 천재에 감동하게 된다. 필자는 살림출판사가 기획시리즈 프로젝트로서 입안하여 「디지털 시대의 절대문학」이란 기치 아래 불멸의 문학명작들을 많은 독자들이 다시 읽도록 하기 위해 로렌스의 소설 『채털리 부인의 사랑』에 관해 출판 의뢰를 받은 적이 있다. 그 때 제안을 받아들여 로렌스의 문학예술적 사상적 해설과 소개, 텍스트의 축약 번역본, 연구서, 참고 관련서, 연보 등으로 구성하여 『채털리 부인의 사랑 – 성스럽고 경이로운 성의 탐험』이란 제목으로 완성했는데 2006년 6월에 책이 출판되었다. 주변에 가까이 지내는 분들께 책을 선물하였고 그 후 읽은 분들은 로렌스를 새롭게 알게 되었다는 반응을 보내왔었다. 책을 보낸 지역신문사에서도 기자가 책의 내용이 예사롭지 않다는 평가와 함께 인터뷰를 요청해 왔으며 인터뷰에서 되도록이면 로렌스에 대해 잘못 이해하거나 꼭 알았으면 하는 내용을 강조했다.

로렌스는 대중성이 있으면서도 생각만큼 쉽게 아무나 읽을 수 있는 작가가 아니다. 그는 깊이 있게 생각하는 명상가이면서 자연과 인간과 사물을 내면적으로 날카롭게 꿰뚫어보는 탁월한 직관력과 통찰력을 가진 사람이다. 그는 보통 사람과는 분명히 다른 천재성을 지니고 태어났으며 세상의 제도와 문명을 인류사적이고 우주사적인 범주의 통합적 시각으로 관찰하고 예언하는 능력의 소유자였다. 그가 읽은 동서고금의 독서량은 상상을 초월할 정도이며, 그가 교류했던 당대의 지식계 인사들도 의외일 만큼 저명한 인사들이 상당수이다. 그만큼 독창적이며 매혹적인 재능을 지녔음을 말해준다. 이미 30세에 런던과 케임브리지를 중심으로 당시 영국의 지적 경향을 주도하던 블룸즈버리 그룹의 인사들과 교제를 갖고, 영국 수상의 며느리인 신시아 아스퀴스 백작부인, 정치가인 필립 오토라인 모렐 부부, 버트란트 러셀, E.M. 포스터, 알더스 헉슬리 등을 만났다. 러셀은 케임브리지로 로렌스를 초청하여 경제학자 케인즈를 소개하고, 케인즈에게 깊은 인상을 주었다. 러셀과 사회개혁에 관한 연속 강연과 반전 혁명정당 설립을 계획하기도 했으며, 많은 편지를 주고받으면서 심각한 주제로 논쟁을 벌이기도 하였다. 한 때 러셀은 자신의 합리주의 철학에 대한 로렌스의 공격적인 편지를 받고 자살하려는 생각까지 했다고 한다.

필자는 대학에서 학생을 가르치는 교사이며, 영문학을 전공하는 교수로서 특별히 로렌스와 인연이 맺어진 이후 지금도 계속하여 그를 연구하는 학인이다. 로렌스는 17세 때부터 초등학교에서 견습교사로 재직하며, 20세에 노팅햄대학의 유니버시티칼리지 2년제 교사양성과정에 입학하여 23세에 교사 자격증을 획득하고 앞에서 소개한 런던 남부 근교에 있는 크로이던에서 초등학교 교사생활을 시작하였고, 글을 쓰면서 문예잡지 신인 발굴 공모에 당선되어 문재를 인정받았다. 그는 폐결핵으로 건강이 악화되어 교직을 그만두게 되기까지 9년 정도의 교사생활을 하였다. 그는 인간의 자연성을 소중하게 생각하였고 억압과 통제를 싫어하였으며, 기계적이고 유물주의적인 인간으로 전락되는 것을 경계하였으며, 자연으로부터 받은 원초적 감성을 통해 역동적인 생명체로서 사는 것이 창조적인 존재의 완성이라고 믿었다. 이러한 창조적 생명을 실현하는 방식으로서 우주 자연과의 생명 교감과 창조적인 통일을 제안한다. 이러한 삶의 방식은 고대인, 원시인, 신화에서의 인간들에게는 보편적인 것이었지만 현대에 와서 물질주의와 지성편중의 삶 때문에 그것을 상실했다고 보았다. 그러한 상실로 인간은 자연과 우주를 잃고 생명과 정체성을 잃게 되었으며 자연과 환경이 파괴되고 인간과 자연 모두가 묵시록적인 파멸의 위기에 처한 것이라고 보았다. 그의 문학작품을 읽으면 자연과 우주는 신비주의적인 생명으로 꽃피고 우리의 영혼은 무한한 자유의 감정으로 확장된다. 그의 문학은 영적이며 순수하게 종교적이라고 할 수 있다. 그는 인간관계에서는 물론이고 인간과 우주자연과의 관계에서도 역동적으로 생명을 소통하고 교감해야만 이상적인 행복을 누릴 수 있다는 점을 강조한다. 이러한 로렌스의 사상과 감성은 물질주의와 디지털 시스템으로 우리의 삶이 핍박해진 환경에서 절대적으로 필요로 하는 것이다. 필자는 로렌스를 알게 된 것과 전문적으로 연구하게 된 인연을 값지게 생각할 때가 많다. 그는 결코 쉬운 아이디어와 감성을 가진 작가가 아니다. 로렌스가 스스로의 몸과 피를 통해 영적으로, 감성적으로 느낀 여러 가지 체험들의 내용은 신비스러운 것들이 많기 때문에 단순히 지적인 분석과 이해의 잣대로 평가와 재단을 내린다면 그의 진수를 제대로 파악하지 못하는 위험을 초래하게 된다.

본 저서는 이미 발표한 3편의 논문들(1장-한국로렌스학회지『D.H.로렌스연구』14권 1호, 2장-동학회지 15권 1호, 3장-동학회지 10권 2호)을 부분적으로 첨삭 수정한 것에다 새로 2개의 장을 추가하여 (4, 5장) 하나로 묶은 것이며, 위에서 말한 내용을 아울렀다. 이러한 연구주제들은 로렌스 문학에서 가장 핵심적이고 중요한 요소와 모티프가 되는 것들이 추출된 것이다. 목차의 제목을 보면 대충 드러나지만 무엇보다도 로렌스의 키워드는 '생명'이라고 할 수 있다. 그리고 그러한 생명은 만물 간에 '교차'와 '소통/커뮤니케이션'을 이루는 것이다(1장). 그의 생명교감과 소통의 양상은 탁월한 기법에 의한 시각적 형상화로 나타나며(2장), 이러한 기법으로 로렌스의 영적이고 물활론적인 감성과 접신주의적인 비교(秘敎)의 특성이 더욱 신비로운 감동을 자아낸다(3장). 로렌스가 작품에서 구현하는 생명의 역동성과 신비성은 대립적인 두 요소를 이원론적인 대조를 이루게 하고, 동시에 양자를 변증법적인 교차운동을 계속되게 하는 기법을 사용하기 때문에 읽는 독자에게 대조와 변화에 따른 재미와 매력을 한층 더하게 한다. 로렌스는 생명을 잃고 기계화, 물질화된 현대인들의 내면적인 죽음상태와 위기상황을 지켜보고 묵시록적인 심판으로써 세상을 재구성하고자 하고자 했다(4장). 그는 억압적, 분해적인 이성 대신에 동화적, 직관적인 감성을 통해 낡은 세계와 낡은 자아를 새로운 세계와 새로운 자아로 갱신하여 인간 존재의 창조적 생명을 실현함으로써 잃어버린 태초의 낙원을 복원하려는 비전을 죽음에 이르는 순간까지 잃지 않았다(5장).

아직도 필자에게 로렌스 읽기와 연구는 갈 길이 너무도 많이 남았다. 부지런히 나아가야 한다는 의무감이 늘 어깨에 걸쳐져 있다. 억지로 해야 하는 연구가 아니고 시간에 쫓기지 않고 여유가 주어져서 즐기고 맛보는 시간이 많았으면 하는 바람이 가슴에 차있다. 이 저서가 체계성 면에서 미흡한 점이 있지만 로렌스를 심도있게 연구하고자 하는 학인들에게 다소나마 보탬이 되기를 바라는 바이다. 아울러 많은 질정과 조언이 있기를 바란다. 마지막으로 출판을 허락해주신 한국학술정보(주)와 편집책임을 맡으신 김남동 선생님께 감사드린다.

2008년 12월 금정산 자락에서   저자 조일제

차례

Ⅰ. 생명 커뮤니케이션 동력학

1. 주체와 객체 사이의 생명력 커뮤니케이션

　　로렌스 문학작품을 읽으면서 느끼는 특징들 중의 하나는 작중인물들이 강렬한 어떤 힘을 지닌 외부의 대상들과 만나서 역동적인 교통과 교감을 하고 그러한 과정에서 타성과 인습에 젖어 잠들었거나 죽어있었던 영혼이나 자아가 각성되고 새로운 생명으로 재생 또는 부활되는 양상이다. 이러한 양상에 대한 이해는 주체와 객체 사이의 '생명력 커뮤니케이션' 관계에서 정리될 수 있을 것이다. 그러한 생명력 커뮤니케이션은 작중인물들 사이에서나 또는 작중인물과 자연 혹은 우주와의 관계에서 작동된다. 로렌스 문학에서 가장 중심이 되는 생명력 커뮤니케이션 형태는 성과 관능을 중심으로 하는 남녀관계에서 잘 나타난다. 또한 작가를 대변하는 중심인물들은 신비하고 경이로운 어떤 생명력이나 영적 성질을 지닌 우주 자연의 동식물이나 사물들과의 사이에 역동적인 커뮤니케이션 관계를 가진다. 로렌스는 이러한 생명력의 커뮤니케이션 관계를 하나의 회로로 파악한다. 그가 두 주체 사이의 상호관계에 역동적인 생명력 교통과 교감을 묘사하는 데 있어서 나타나는 흥미로운 점은 두 주체를 각각 다른 생명의 성질을 지닌 양성적 존재로 보고 각 주체가 지닌 서로 다른 성질의 힘을 양성의 힘(positive force)과 음성의 힘(negative force)으로 나누어서 극성회로(polarity circuit)를 형성한 가운데 인력이 되어 서로 교통하고 교감을 일으키면서 정신적 감각적 활동이 일어난다고 보는 것이다. 모든 정신적 감각적 활동은 동적 양극성의 의미를 띠고 양극성의 회로를 형성한다는 점이 로렌스가 스스로 "유사철학 pseudo-philosophy", "복합분석학 pollyanalytics"[1]이라고 부른 자신의 심리학 저술인 『무의식의 환상』(*Fantasia of the Unconscious*), 『심리분석과 무의식』(*Psychoanalysis and the Unconscious*)에서 밝히는 근본원리이다.[2] 실제로 로렌스의 소설을 자세히 살펴보면 인간관계, 남녀관계, 인간과 우주자연과의 관계 등 모든 상호관계는 양극화된 흐름에 기반을 두고 있으며 동적 양극성을 바탕으로 상호간에 생명력 커뮤니케이션이 이루어지는 동력학에 입각해 있음을 알 수 있다.

이상적인 인간상이 묘사되는 대목일 경우, 서로 다른 양성적 성질을 지닌 두 주체 사이의 생명력 커뮤니케이션에서는 각자에게 어떤 변화된 힘이 생성되면서 낡았던 자아(old self)는 새로운 자아(new self)로 변화된다. 로렌스는 그러한 커뮤니케이션에서의 서로

---

1) D.H. Lawrence, *Fantasia of the Unconsciousness*(Harmondsworth, Middlesex: Penguin Books Ltd., 1977), p.15. 이후 이 책은 *Fantasia*로 약기하고 본문 안에 쪽수를 표시한다.

2) D.H. Lawrence, *Psychoanalysis and the Unconscious*(Harmondsworth, Middlesex: Penguin Books Ltd., 1977), 특히 pp.58-59 참조.

다른 생명적인 힘의 성질을 "전자기적 에너지 electric, magnetic energy"의 현상으로서 심리물리학적으로 설명하는 대목을 자주 보여준다.[3] 소설의 경우 이렇게 묘사하는 대목에는 변화라는 요소가 뚜렷하게 부각되며, 작가는 그러한 변화의 성질과 양상에 대해 다른 어떤 작가들보다도 탁월한 심리적 리얼리즘에 입각하여 실감나게 감동적으로 그려낸다. 그러한 생명력 커뮤니케이션 작용에서 서로 다른 두 가지의 전자기적 성질의 생명력은 우주 자연의 본성적힘으로 파악된다는 점은 주목할 만하다. 다시 말해 인간과 우주자연의 생명력은 서로 등가적이며 동일시된다. 바로 이 점에 로렌스 문학의 독특한 특징이 있다.

남녀 사이의 생명력 커뮤니케이션의 관계는 작가가 소망하는 이상적인 남녀관계로 구현되는 유형이 있는가 하면, 이러한 유형과는달리 어느 한 쪽 주체가 커뮤니케이션으로 인한 창조적인 가치와생명력을 증득하지 못하는 경우도 있다. 그것은 주고받는 커뮤니케이션의 교통회로에 있어서의 상호적인 조화와 균형의 상실, 바꿔말해 쌍방향적인 균형보다는 일방적인 욕구 발산과 자기중심적 욕구충족으로 이루어지기 때문이다. 이런 경우는 생명력 커뮤니케이션이 평등관계로부터 불평등이나 강압의 관계로 퇴락한 상태라고말할 수 있다. 로렌스는 이처럼 부정적인 성질의 생명력 커뮤니케이션 관계를 참된 생명의 정체성과 영혼의 진정성을 상실한 파괴적 유형의 사례로서 그의 소설 전반에 걸쳐 묘사하고 있는데 그것은 현대인들의 과도한 지성편중과 과학사상, 물질주의에의 함몰 때

---

3) 이에 대한 로렌스의 설명은 특히 *Psychoanalysis and the Unconscious*, pp.220-221 참조.

문으로 본다.

본 장은 로렌스 작품에서 주된 특징인, 인물들이나 만물들 사이에서 일어나는 역동적인 생명적 관계를 포착하여 그러한 계기와 순간을 묘사한 예술로서의 로렌스 문학을 '생명력 커뮤니케이션의 시학'으로 접근해봄으로써 그의 문학의 근본을 이해하는 데 도움이 될 수 있음을 밝히고자 한다. 여기서 '시학'이라 부름은 문학의 미학적 원리나 해석의 틀로 작용한다는 점 때문이다. 이에 따라 먼저 로렌스가 제시한 독특한 원리인 전자기적 생명력의 양극성 회로 모형의 특성을 그의 심리분석학 에세이집인 『무의식의 환상』과 『심리분석과 무의식』을 중심으로 알아본 다음, 생명력 커뮤니케이션의 성공과 실패에 따른 두 가지 유형을 몇 가지 소설들을 통해서 살펴볼 것이다. 마지막으로 장편소설 『무지개』(*The Rainbow*)를 통해 '무지개' 상징의 '원상'(圓相)에 담긴 생명력 커뮤니케이션의 양극성 회로구조와 의미를 자세하게 분석하고자 한다. 그리하여 결론적으로 논의된 내용이 로렌스가 인생에서 궁극적인 목표로 삼는 존재의 완성과 충만을 성취하는 길과 연결된 것임을 밝힐 것이다.

2. '전자기적 생명에너지 양극성 회로' 모형과 문학적 반영

　　만물 사이에서 눈에 보이지는 않지만 생명력이 교통, 교감되는 생명력 커뮤니케이션의 모형으로 로렌스가 제시하는 '전자기적 양극성 회로'는 그의 매력적인 심리학 저술인 『무의식의 환상』과 『심리분석과 무의식』에 자세하고 흥미롭게 기술되어있다. 여기에는 다양한 형태의 인간관계를 비롯하여 인간과 우주자연과의 관계에서 생명력이 어떻게 교통되고 교감되는가에 대한 작용원리가 독창적으로 설명된다. 양성과 음성이라는 상이한 두개의 성질을 띤 극성의 전자기적 생명력(또는 에너지)이 역동적으로 커뮤니케이션하여 정신적 감각적 현상이 일어나는 원리를 묘사한 이러한 심리물리학적 모형은 아주 창조적인 의미를 담아낸 패러다임의 제시라고 할 수 있다. 이러한 패러다임은 로렌스 소설에서 다양한 형태의 인간 대 인간 관계와 인간 대 우주자연 관계에서 발생하는 생명력 커뮤니케이션의 양상을 해석할 수 있는 일종의 시학이 된다. 우리는 이러한 '이원적 양극성 회로' 모형을 통해서 그의 소설에 묘사된 남녀 양성 사이의 육체적, 영적 만남에서 발생하고 작용하는 생명력의 역동적 현상을 원리적으로 이해할 수 있다. 그리고 특히 로렌스의 전체 작품에 걸쳐 중요한 모티프가 되고 있는 역동적 생명주의(vitalism)를 설명하는 데 아주 유용한 도구가 된다. 이와 같은 점에서 생명력 커뮤니케이션 모델로서의 '전자기적 생명에너지 양극성 회로'는 로렌스 문학을 특성화하는 상표가 되는 것이다.

로렌스는 전자기적 생명력의 이원적 양극성 회로에 입각하여 인체의 네 부분에서 흐르는 인력(attraction)과 반발력(repulsion)의 작용으로써 인간의 애증심리를 설명하려 했다. 『무의식의 환상』을 통해 심리물리학적 원리로서 인간의 애정관계를 설명하는 제6장 "정신의 초기 형성"에는 "양극 positive polarity", "음극 negative polarity", "극성 polarity", "극성화 polarization", "회로 circuit", "균형 balance" 등과 같은 물리학의 동력학 용어들이 어린아이의 정신적 발달을 풀이하는 여러 표현들로서 사용된다. 인간정신의 초기 형성 과정, 어머니와 아이 사이의 분리와 상호 커뮤니케이션, 여기에 수반된 양극성의 성립 등에 대한 로렌스의 설명을 제시하면 이렇다. 뱃속에 있는 아이는 어머니와 완전한 관계를 갖고 있다 해도 이 관계는 동적으로 양극화되며, 처음부터 이 관계는 이중의 양극성을 갖고 있고 이중의 형태를 취한다. 자궁이 두 개로 자발적 분리를 하는 순간 의식의 4중 상호교환이 이루어지고, 아이가 태어나는 순간 진정한 분리가 성립된다. 어머니와 아이 사이의 동적 흐름은 단순히 신체적 접촉이 없다고 단절되는 것은 아니며 완전한 동적 관계를 위해서는 실제의 접촉이 필요하다. 신경은 초기에 네 개의 발전기로부터 나와서 몸 전체에 살아 움직이며 말초신경까지 뻗는다. 아이의 살아있는 말초신경이 대응하는 말초신경과 접촉하여 단일회로를 형성하도록 하며, 단일 회로가 형성되면 개인의 완성을 위해 진짜 발전이 이루어지고 결국 감각을 동반한다. 감각은 지식의 첫 번째 단계이다. 가슴과 팔의 영역이 위쪽 회로이고 무릎에서 발, 그리고 배까지의 영역이 아래쪽 회로이다. 어머니와 아이의 커뮤니케이션에서 무엇보다도 아이는 어머니를 직접 만져서만 알지만 아이의 개념이 성립되는 순간부터 집착과 커뮤니케이션은 자궁과 완전히 관계를 끊고 자기를 주장하게 된다(*Fantasia* pp. 72 - 76 참조).

로렌스는 인간정신의 초기 형성과정에서 일어나는 비가시적인 감각적 커뮤니케이션에 대해 위와 같은 설명을 하면서, 감각, 욕망, 충동과 같은 인간의 원초적 경험들을 정신현상의 기초로 보고 이러한 인간의 심리현상도 결국은 물리현상과 같은 차원에서 설명하고 있다.

동적 의식의 네 개의 극 사이에 완전한 편광 회로가 생기는 순간 종착역인 정신이 지식으로 번쩍인다. 처음의 지식은 단순한 감각이다. 모든 개념과 지식의 첫 요소가 감각과 그 감각의 기억이다. … 우리의 모든 초기의 활동은 네 개의 커다란 신경 중심에서 나오는 것이다. 활기 있고 동적인 모든 것, 우리의 모든 활력적인 욕망, 순수한 충동, 사랑, 희망, 동경 따위가 이 네 개의 커다란 중심에서 신기하게도 일어나는 것이다. 정신은 단지 동적 충동의 변형이거나 혹은 이 충동과 대상 사이의 충돌이나 친교에 따른 결과들의 기억일 뿐이다.

The moment there is a perfect polarized circuit between the first four poles of dynamic consciousness, does the mind, the terminal station, flash into cognition. The first cognition is merely sensation : sensation and the remembrance of sensation being the first element in all knowing and in all conception. … All our primal activity originates and circulates purely in the four great nerve centres. All our active desire, our genuine impulse, our love, our hope, our yearning, everything originates mysteriously at these four great centres of our existence: everything vital and dynamic. The mind can only register that which results from the emanation of the dynamic impulse and the collision or communication of this impulse with its object. (*Fantasia* pp.74 – 76)

하우(M. B. Howe)에 의하면 로렌스의 이와 같은 물리학적 심리 묘사가 처음 나타나는 작품이 단편소설 「목사의 딸」(Daughters of the Vicar)이라는 것이다. 그는 듀런트(Alfred Durant)의 마음이 어머니와 애인 사이에서 왔다 갔다 움직이는 것을 극성의 원리로 묘사한 것에 주목하였다(p.106). 여기서 로렌스는 듀런트와 루이자(Louisa Lindley)가 서로 밀고 당기면서 보여주는 애정역학을 물리적 무의식적 기제로 나타낸다.[4] 킬리(R. Kiely)에 의하면 이 작품의 주인공들이 만나고 헤어지는 심리 유발의 이면에는 이지적인 심리의 힘보다도 자연적인 물리력이 더욱 큰 지배력을 갖는다.[5] 인간들이 서로 미워하고 사랑하는 마음에 대해 작가는 마치 자연현상에서 물체 사이에 밀고 당기는 인력작용처럼 자연과학적인 역학법칙으로 기술하고 있는 것이다. 이러한 장면묘사와 비슷한 예는 많이 있는데 『무지개』에서 보면 브랭웬가(Brangwens)의 제2세대인 윌(Will)과 안나(Anna) 두 사람이 석양에 떠오르는 달빛을 받으면서 보리밭으로 나와 베어놓은 보릿단을 바닥에서 일으켜 세워 한 곳으로 들고 가서 함께 모아 노적가리를 만드는 과정을 거친 후 이

---

4) 양영수. 「로렌스의 "목사의 딸들"에 나타난 예술가로서의 육체노동자」. 『D. H. 로렌스 연구』 13 · 1(2005). pp.106 – 107.

5) Ibid., p.107.

어서 두 몸을 접근시켜 신체적 사랑의 애무를 나누는 장면을 들 수 있다. 남성과 여성으로서 한 세트가 된 그들이 움직이는 동작은 마치 낮과 밤, 들숨과 날숨, 밀물과 썰물, 삶과 죽음, 휴지와 박동의 맥박과 심장박동 등과 같은 형태에서 발견되는 자연과 인간 생체의 규칙적인 리듬을 연상시킨다.[6] 이러한 리듬은 양극화된 흐름에 의존하는 것이며, 양자 사이에는 동적 양극성을 이루어 상호 교통하는 회로가 형성되고 있음이 암시되어있다.

『무의식의 환상』 중에서 「성의 탄생」(The birth of sex)를 보면 (pp.106 - 107), 로렌스는 양극성 이론에 의해 성이란 과연 무엇인가 라는 문제제기를 하면서 두 인간 존재 사이의 동적 극성(dynamic polarity)을 바탕으로 두 사람 사이에 활력적인 관계가 이루어지도록 해주는 "생동감 넘치는 전자기적 힘의 동적 극성의 흐름 dynamic polarized flow of vitalistic force or magnetism or electricity"가 합일하는 것이라고 설명한다. 성교 행위에서 두 사람의 생동하는 피는 "극성화된 강한 자기적 이끌림 intense polarized magnetic attraction"의 영역을 형성하고 두 극이 만나면서 각자의 피로 이루어진 두 바다가 가능한 한 가까이 접근하기 위해 흔들리며 몰린다. 여기서 두터운 구름층 사이에서 발생되는 천둥과 번개처럼 두 사람 사이에 상호 접촉의 불꽃이 일어난다고 본다. "두개의 극은 접촉되어져야 한다. 성결합의 행위에서 남녀 두 개인의 두 개의 피의 바다는… 충돌하여 합일된다. The two poles must be brought into contact. In the act of coition, the two seas of blood in the two individuals, …clash into a

---

6) 이에 대해 좀 더 자세한 것은 필자의 논문 『D. H.로렌스연구』의 제13권 2호 "D. H. 로렌스 문학의 '혈적 존재'와 물질·정신 일원론적 비전" pp.76 - 77 및 제12권 3호 "D. H. 로렌스의 중도세계와 제3의 눈" p.187 참조.

oneness"(pp.106 - 107). 이러한 설명은 남녀 사이의 성적 교감의 커뮤니케이션 국면에서 일어나는 생명력의 고양감정, 법열과도 같은 극치의 감정을 심리물리학적 방식으로 보여주는 한 가지 예라고 할 수 있다. 로렌스는 양성과 음성이라는 성적 생명력의 두 흐름이 커뮤니케이션 회로선상에서 합일하여 성의 불꽃이 작열하고 양자는 초월성을 이루어 완벽하고 지고한 황홀경을 체험한다고 본다.

이러한 심리물리학적인 모델에 따라 묘사된 작중인물들의 애정 관계는 『사랑하는 여인들』(*Women in Love*)에서[7] 버킨(Birkin)과 어슐러(Ursula)가 어둠이 내린 산장의 여인숙에서 태초의 남신과 여신의 이미지로 변환되면서 신비적인 사랑을 교감하는 장면에서도 극명하게 반영되어 있다. 어슐러가 손으로 버킨의 몸을 애무할 때 두 사람의 신체는 "전기에너지의 회로 a circuit of electric energy" 와 "몸의 어두운 두 극 dark poles of the body"으로 상상된다. 여기서 두 사람 사이에 교감되는 생명력의 교류현상은 "열정적인 전기 에너지의 회로 a circuit of passional electric energy", "전기의 어두운 불 dark fire of electricity", "전기적 열정의 어두운 물결 dark flood of electric passion"(p.353) 등으로 형상화 된다. 두 개의 극이 연결된 회로에서 어두운 생명력이 교류될 때 두 연인은 영혼에서 풍만, 평화, 충족을 얻는다.

양극성 회로로 된 생명력 커뮤니케이션 시학의 원리를 또 다른 로렌스 작품을 통해 보다 더 넓게 예를 들어 살펴보면, 『아들과 연인』(*Sons and Lovers*)에서[8], 남성 주인공 포올(Paul)이 클라라(Clara)

---

7) 사용한 책은 D.H. Lawrence, *Women in Love*(Harmondsworth, Middlesex: Penguin Books Ltd., 1979).

와 만나서 교제하는 중에 강변에서 육체적 접촉과 관계를 가지는 가운데 생명력 커뮤니케이션이 이루어지면서 그녀의 강력한 성의 생명력에 휩쓸려 지금까지의 '낡은 자아'가 '새로운 자아'로 변화되는 대목을 볼 수 있다. 포올은 클라라와의 육체적 생명력의 커뮤니케이션으로부터 자아 내부에 거대한 변화가 신비롭게 발생함을 느낀다. 이 때 자아는 하나의 거대한 물결(a great sweep), 하나의 홍수(one flood)가 되고 거대한 본능만이 그의 영혼을 지배한다. 그러면서 사소한 비평, 감정, 사상, 정신은 떠밀려가고 사라져버리며, 성은 일체의 사물을 용해하는 깊이와 넓이를 알 수 없을 만큼 거대한 용광로가 되어버린다(p.442). 그는 깊고 어두운 성을 체험하는 가운데 그녀로부터 얻은 생명력을 "생명의 세례 the baptism of life"(p.439)라고 느낀다. 뿐만 아니라 양성 사이의 적나라한 관능의 생명력 커뮤니케이션에 의해 신비적인 세계로 이끌어가는 성은 영혼에 깊은 충족감을 주며, 자아에 대한 불신과 의혹을 풀어주고, 존재에 대한 명확하고 완전한 확신감과 파악력을 준다고 묘사된다(p.439).

다른 한편으로 단편소설 「여우」(The Fox)에서 보면[9], 두 자매가 경작하는 농장에 어두운 저녁 무렵 강력한 생명체로서의 동물인 여우가 나타나서 여주인공인 마취(March)의 얼굴을 꼬리로 치는데 그러한 사건으로 인한 생명력 커뮤니케이션에 의해 그녀는 야생적인 강력한 생명의 불길에 감염되어 새로운 욕망에 각성되고 그를

---

8) 사용한 책은 D.H. Lawrence, *Sons and Lovers*(Harmondsworth, Middlesex: Penguin Books Ltd., 1970).

9) 사용한 책은 D.H. Lawrence, "The Fox", *The Portable D. H. Lawrence*(Harmondsworth, Middlesex: Penguin Books Ltd.,1980).

애타게 기다리는 되는 심리적 변화가 기술된다.

그런가 하면 후기의 장편소설인 『날개 달린 뱀』(The Plumed Serpent)에 이르면[10] 로렌스의 가장 이상적인 생명력 커뮤니케이션은 인간과 우주자연, 또는 남성과 여성 등이 하나로 어우러져 교통하고 교감하는 우주적인 장엄한 조화를 목표로 한다. 이 작품에서 생명력 커뮤니케이션 시학의 개념은 로렌스에게 한층 확대되어 더욱 거대한 우주적인 규모로 발전하는데 이러한 생명력 커뮤니케이션의 시학을 작가는 둥근 모양의 '태양원' 안에 뱀과 독수리가 엉켜서 한 몸을 하고 있는 형상으로 나타내면서 종교적인 표상 / 상징으로 형상화시킨다. 이 '원'의 상징에 대해서 클라크(L.D. Clark)는 저서 『육체의 어두운 밤』(Dark Night of the Body)에서 "원의 추구"(The Quest for the Circle)라고 명명한 제6장을 통해 이원적 존재의 통합과 상호 커뮤니케이션의 의미를 잘 해설해내고 있다.[11] 열대 멕시코의 뜨거운 자연 속에서 생명력 커뮤니케이션에 의해 자연과 우주의 힘을 동화한 뱀(용)과 독수리는 대지의 풍요한 힘과 하늘의 힘을 상징하는 신성한 자연신으로 묘사된다. 자아를 우주자연과 연결하여 생명력을 교통시키고 교감할 수 있음으로써 자연신으로서의 뱀과 독수리와 태양의 힘을 동화하는 능력을 탁월하게 지닌 아메리카 인디언들 중의 한 사람이 두 남성 주인공 가운데 인디언 장군 돈 치프리아노(Don Cipriano)이다. 그는 고대 인디언의 자연종교를 현대에 복원하는 종교운동을 펼치는 또 다른 남성

---

10) 사용한 책은 D.H. Lawrence, *The Plumed Serpent*(Harmondsworth, Middlesex: Penguin Books Ltd., 1977).

11) L.D. Clark, *Dark Night of the Body: D. H. Lawrence's The Plumed Serpent*(Austin, Texas: University of Texas, 1964).

주인공인 종교지도자 돈 라몬(Don Ramon)을 돕는다. 그런 점에서 돈 라몬의 동료이자 제자인 셈이다. 여주인공 케이트(Kate)는 유럽 세계에서 물질-기계-과학 문명에 질식되어 새로운 생명문명을 찾아 멕시코에 와서 자연의 힘을 내면화한 이러한 인물들을 만나면서 그들의 강력한 생명력에 감화되어 백인으로서의 낡은 자아가 충격을 받고 각성, 해체되어 새로운 자아로 재생되는 과정을 밟아간다. 이 작품은 유럽의 백인과 아메리카의 인디언(원주민) 사이에 생명력 커뮤니케이션의 시학을 설정하여 상이한 두 문명권의 작중인물들이 어떻게 상호작용하며, 백인인물에게 어떠한 자아의 변화가 일어나는지를 보여준다고 할 수 있다. 이러한 대목의 묘사에서 로렌스의 탁월한 점은 불교 화엄경에 묘사된 법성으로서의 "무이원융상"(無二圓融相)을 구현하고 있다는 것이다. 그것이 바로 '태양원'의 형상으로 상징되는 '원상'(圓相)이다. 이러한 사상의 구현은 생명력 커뮤니케이션의 시학이 추구하는 가장 이상적인 경지라고 할 수 있고, 인도의 시성 타골(R. Tagore)이 말하는 "창조적 통일"(creative unity)인 것이다.[12]

이 작품의 생명력 커뮤니케이션에서는 소극적이고 저항적인 측면도 나타나고 있지만 긍정적인 측면만을 떼어놓고 보자면, 로렌스가 추구하는 '어둠의 신 Dark God'은 이 작품에 이르러서는 실제로 현현된 존재로서 창조되고 있을 정도이다. 이 작품에서 남자 주인공들인 멕시코의 종교지도자 돈라몬과 그를 도와서 멕시코에 고대적 유토피아를 건설하고자 하는 치프리아노 장군은 어둠의 신들을 상징하는 화신이다. 백인 여성 주인공으로서 유럽으로부터 아

---

12) 참조한 책은 Tagore, R. *Creative Unity*(London : Macmillan, 1922).

메리카 인디언 원주민들의 고장인 멕시코에 여행을 하러 온 케이트는 이들 남성과 만나 생명력 커뮤니케이션에 의해 커다란 충격과 변화를 체험하는 과정을 밟게 되며 치프리아노와 "하나의 피 one blood"로 결합하여 새로운 고대 인디언 사회의 달의 여신 마린치(Malinzi)로 다시 태어나는 역할이 주어져 있다. 케이트와의 대면에서 치프리아노의 강렬한 생명력은 줄곧 전기성과 자기성으로 묘사된다. 그녀의 이러한 변화와 재생은 전자기적인 역동적 에너지로서의 우주자연의 영(靈)과 기운을 내면화한 진정성을 지닌 인디언 남성과의 생명력 커뮤니케이션을 통해서 이루어지는 것이다.

우리는 로렌스의 소설들을 통해 인간존재의 완성과 진정성 있는 삶을 목표로 하여 이루어지는 의미 깊은 생명력 커뮤니케이션의 삽화들을 무수히 발견할 수 있다. 『채털리 부인의 사랑』(*Lady Chatterley's Lover*)에서[13] 래그비 저택의 산지기가 거주하는 녹색 숲과 그곳에서 자라는 각양각색의 꽃들을 배경으로 하여 여주인공 코니(Connie)가 맺는 자연과의 관계뿐만 아니라 자연인을 상징하는 남성 주인공 멜러즈(Mellors)와의 관계에서 이루는 경이로운 사랑의 생명력 커뮤니케이션은 말로 형언할 수 없을 만큼 장엄한 아름다움을 제공한다. 그리고 단편 「태양」(Sun)에서[14] 올리브 나무숲으로 들어간 여주인공이 알몸으로 태양욕(su-bathing)을 하면서 맨몸에 생명체로서의 태양빛을 커뮤니케이션시키는 대목이라든가, 『무지개』에서 안나(Anna)가 밤하늘에 떠 있는 달을 보고는 젖가슴을 열어젖히고

---

13) 사용한 책은 D.H. Lawrence, *Lady Chatterley's Lover*(Harmondsworth, Middlesex: Penguin Books Ltd., 1974).

14) 사용한 책은 이 단편소설이 포함된 D.H. Lawrence, *The Woman Rode Away*(Harmondsworth, Middlesex: Penguin Books Ltd., 1975).

달빛을 맨살에 커뮤니케이션시키는 대목 등은 태양과 달이라는 우주적 생명체를 매개자로 하여 관능적 성격의 신묘한 생명력 커뮤니케이션을 이루는 일부의 실례에 속할 뿐이다.

3. 생명력 커뮤니케이션의 성공과 실패

로렌스는 그의 소설에서 생명력 커뮤니케이션 시학의 다양성과 깊이를 확대하기 위해 문화인류학적, 고고학적인 소재의 탐구에 관심을 보였으며 그러한 탐구를 계속 확장하여 나갔다. 그러한 것이 가장 직접적으로 반영된 예들 중의 하나가 『날개 달린 뱀』이다. 그런데 이 작품에서 여주인공 케이트와 남자 주인공 치프리아노 사이에 이루어지는 생명력 커뮤니케이션은 양자의 연결회로에서 동적 양극성의 흐름과 균형에 장애를 일으키는 '소음 noise' 요인이 개입하여 실패로 나타나는 경우가 혼합된다. 생명력 커뮤니케이션은 쌍방적 교통이 이루어지는 유형과 일방적 교통이 이루어지는 두 가지 유형으로 크게 나누어질 수 있다. 전자는 창조적인 결과를 가져오는 이상적인 것이며 자아의 무한성과 영혼의 자유를 향유하게 하고 인간존재를 완성하게 하는 것이다. 이에 반하여 후자는 실패를 초래하고 파괴적 결과를 가져온다. 백인 여성인 케이트가 인디언 남성 치프리아노와 반복적으로 생명력을 커뮤니케이션하는 과정에서 발생하는 심리적 변화의 양상은 시계의 진자처럼 인력(동화, 합일)과 반발력(혐오, 저항)의 두 축을 끊임없이 오가는 왕복운동으로 나타난다. 그녀는 인디언 방식의 우주적 차원을 기반으로 하는 케짤코틀(Quetzalcoatl) 종교의식을 소화하면서도 결혼 이후에도 여전히 치프리아노와의 사이에서 생명력 커뮤니케이션이 혼돈스러운 갈등양상으로 남아있게 된다. 그것은 그녀가 두 개의 자아, 즉 기존의 백인적 자아와 새로이 동화하려고 애쓰는 인디언적 자아로 분열된 데 따른 것이다. 문화적으로 틈이 너무나 큰 두 문화적 주체의 만남이기 때문에 생명력 커뮤니케이션은 상대방의 타자성과 낯설음만큼이나 어려움을 동반하는 것은 어쩌면 당연하다고 하겠다. 그리하여 두 주체의 생명력 커뮤니케이션은 완전한 파멸로 끝나는 것이 아니라 로렌스가 혐오하는 유럽인의 '낡은 자아 old self'의 파괴와 해체를 위한 실험과 도전의 성격을 지니면서 유보적인 면을 남기는 것으로 끝맺는다. '새로운 자아 new self'의 창조과정에서 양자의 생명력 커뮤니케이션의 회로는 두 극성의 흐름이 균형과 합일을 이루는 것을 방해하는 '소음'을 완전하게 소멸시키지 못한다고 할 수 있다. 두 사람의 문화적 차이가 그러한 소음에 해당한다.

완전히 실패하는 생명력 커뮤니케이션의 실례는 『사랑하는 여인들』(Women in Love)의 제랄드(Gerald)와 구드룬(Gudrun), 『무지개』의 어슐러와 스크레벤스키 사이의 관계를 통해 잘 나타난다. 이에 대한 구체적인 설명은 생략한다. 남녀관계에서 실패의 이유는 생명력 커뮤니케이션이 쌍방향적이지 못하고 일방적이기 때문이다. 자기중심적 인성, 선입견, 인습적 사고 등은 역동적인 커뮤니케이션에서 소음으로 작용하고 상대방을 배려하지 않는 일방적 교통으로 이끌기 쉽다.

성공적 생명력 커뮤니케이션이 가장 잘 나타난 전형적 사례는 중편소설 「죽었던 남자」(The Man Who Died)에서[15] 찾아볼 수 있다. 죽음의 상태로부터 되살아나는 작중 주인공 "남자 the Man"와 아이시스 여신의 여사제(Girl of Isis)인 "처녀 the Girl" 사이의 육체관계에서 생명력 커뮤니케이션 작용의 효과는 너무나 장엄하다. 이들의 육체관계에서는 생명력 커뮤니케이션의 이원적 양극성 회로에서 생명의 교통을 방해하는 소음이 일어나지 않고 균형과 조화를 이룬다. 남자 주인공은 생명력이 사멸된 성자(The Man) ‒ 십자가에 못 박혀 죽임을 당하고 무덤에 묻혀 있다가 생명이 되살아나는 예수를 암시하고 있다 ‒ 로서 어느 농부의 농가에서 '태양욕 sun-bathing'의 커뮤니케이션을 통해 생명이 회복상태로 나아가며 그의 남성적 생명력의 최종적인 완성은 여사제 처녀와의 육체적 생명력 커뮤니케이션에 의한다. 이 작품의 마지막은 남녀 주인공 모두가 영적, 육체적으로 최고의 자아로 완성되는 내면적 변화과정이 여러 가지 우주 자연의 이미지, 예컨대 태양, 새벽, 장미, 연꽃 등과 같은 생명의 이미지들로 묘사된다.[16] 양극성 회로를 통한 생명력 커뮤니

---

15) 사용한 책은 D.H. Lawrence, *The Man Who Died*(Harmondsworth, Middlesex: Penguin Books Ltd., 1977).

16) 이러한 이미저리에 대해서는 John B. Humma의 저서 *Metaphor and Meaning in D. H. Lawrence's Later Novels*(Columbia: University of Missouri Press, 1990). 제 9장 "The Escaped Cock: The Imagery of Integration"을 참조하시오.

케이션에 의해 증득되는 완성된 자아는 육체와 영혼이 대립적인 개념이 아니라 일원론적인 개념이어서 갈등요소와 분리성이 없는 조화의 극치를 이룬다. 두 사람에게 관능과 성은 구원의 종교로서 작용하고 있으며 남성과 여성의 생명력 커뮤니케이션은 상호간에 일방적이 아닌 쌍방적 교통을 행함으로써 영혼의 충족에 이른다. 서로가 상대방으로부터 전달받는 "따뜻하고 부드러운 warm and tender" 활력에 가득 찬 생명력의 커뮤니케이션을 통해 각자의 자아는 마치 연꽃이 만개되는 체험을 얻으며 이것은 불교의 장엄세계인 연화장세계를 연상시킨다. 그들을 둘러싼 주변의 우주와 자연, 일체만물도 그들의 '연꽃 몸'과 같이 연화장세계가 된 듯하다. 로렌스는 이때 두 남녀가 외계에 대해 느끼는 감정을 한편으로는 "거대한 우주의 장미 great Rose of Space"(p.597)라고 표현한다.

이미 언급한 『채털리 부인의 사랑』에서도 코니와 멜러즈의 성과 관능의 생명력 커뮤니케이션은 상호간에 일방적이 아닌 쌍방향적으로 작용한다. 코니의 억압된 생명의 마비와 질식은 래그비 저택에 면해있는 유일한 녹색생명의 섬이라 할 수 있는 숲을 통해 그곳의 나무와 꽃들과 새들에게서 생명력의 커뮤니케이션이 이루어지고, 그 숲속의 자연인이라 부를 수 있는 멜러즈와의 만남을 통해 남성의 살아있는 육체와 여성의 살아있는 육체가 양극성의 회로를 형성한 가운데 생명력 커뮤니케이션을 행함으로써 최종적인 자아의 완성을 성취한다. 낡은 자아로부터 새로운 자아로 변화되고 완성된 자아를 성취하게 되는 것은 우주자연과 더불어서 남성과 여성 사이에 양극성의 회로를 통해 생명력의 커뮤니케이션이 원만하게 수행되었기 때문이다.

4. ‘무지개’ 상징의 원상 회로구조와
　　생명력 커뮤니케이션

　　『무지개』의 마지막 부분은 여주인공 어슐러가 병석에 누워 환몽 상태로 지내다가 창밖의 하늘에 나타난 아름다운 무지개를 보고 환멸에 찬 세상이지만 새로운 미래에 대한 비전을 얻는 장면으로 마감된다.[17] 이러한 ‘무지개’는 작품 전체의 주제를 암시할 뿐만 아니라 인간, 우주자연 및 만물 사이에 생명력의 커뮤니케이션이 이루어지는 영원한 생명회로의 ‘원상’을 상징한다. 이와 같은 무지개가 나타나기 이전의 상황을 보면 여주인공 어슐러에게 자아의 근본적 변화를 가져오는 매개자로서 말떼의 공격 장면이 설정되어 있다. 그녀가 세속적이고 인습적인 애인 스크레벤스키(Skrebensky)와 절교한 후 길을 걷고 있는 도중에 갑자기 나타난 말떼로부터 공격을 받게 되는 것은 세속이나 인습과의 타협을 막아주는 일종

----

[17] D.H. Lawrence *The Rainbow*(Harmondsworth, Middlesex: Penguin Books Ltd., 1977).

의 복선인 듯하다. 이 사건 이후에 정신이 점차 깨어나면서 드디어 보게 되는 것이 대지와 하늘을 이어주는 아름다운 무지개이다. 찬란한 빛과 색깔을 지닌 아치 모양으로 묘사되는 이 무지개는 상징적인 차원에서 보면 대지 – 여성과 하늘 – 남성을 연결하여 생명력을 커뮤니케이션시켜 주는 일종의 회로이기도 하다. 여기에는 미래에 성취될 이상적인 양성간의 생명력 커뮤니케이션의 의미가 함축되어있다고 볼 수 있다.

로렌스의 '이원적 양극성 회로' 모형에 따라 『무지개』의 작중 남녀인물들 사이와, 그리고 인간과 우주자연 사이에 생명력 커뮤니케이션이 어떻게 구현되고 있는지 '무지개'의 상징성에 내포된 원상(圓相)의 의미를 중심으로 살펴본다면 흥미로울 것 같다. 이미 앞에서 아메리카 인디언들의 종교문화를 소재로 하여 쓴 『날개 달린 뱀』에서 로렌스가 태양원 안에 독수리와 뱀이 원을 이루어 하나로 엉켜있는 '원'의 상징과 표상을 제시함으로써 인간과 인간, 인간과 우주자연(또는 만물) 사이에 이원적인 양극성을 하나의 회로로 연결하여 역동적인 생명력을 교통하고 상호간에 조화와 창조적 통일을 이루고자 했던 점을 알아본 바 있다.

『무지개』는 브랭웬가(Brangwens)의 세 세대에 걸친 그들 가문의 결혼과 가족생활, 사회생활을 포함한 삶과 인생의 발전과정을 그린 소설이다. 작품 전체의 구조를 크게 간추려 주제와 연관시켜 보면 세 가지 대목에 주목할 수 있을 것 같다. 첫째, 초반부에 묘사된 제1 세대인 톰과 리디아(Lydia) 부부가 마쉬농장(Marsh Farm)에서 자연과의 호흡과 리듬에 맞춰 자연친화적인 삶을 영위하는 가운데 생명력의 커뮤니케이션을 원활하게 지속하며 살아가는 모습을 묘사한 대목, 둘째, 제2 세대인 안나(Anna)와 윌(Will) 부부가 고을에 있는 둥근 도움형의 링컨성당(Lincoln Cathedral)에 나가고 윌이 그곳 성당에서 명상에 몰입하는 장면에 나타난 이원적인 대극성의 해체와 원초적인 원융(圓融)을 획득하는 철학적인 모습을 묘사한 대목, 셋째, 제3 세대인 어슐러가 애인 스크레빈스키와 결별하고 말떼의 공격을 받은 후 병석에서 회복되는 중에 서쪽 하늘에 나타난, 대지와 하늘을 이어주는 아름다운 무지개를 보는 작품의 마지막 단계의 대목, 이와 같은 세 가지 대목들을 통해서 양극성의 생명력이 상호간에 커뮤니케이션을 이루면서 원융의 형상으로 회로를 형성하고 있다는 사실을 발견할 수 있다.

이들 세 가지 경우를 순서대로 각각 좀 더 자세하게 생명력 커뮤니케이션의 관점에서 양극성 회로 구조와 그것의 교통(교류 / 교감) 양상을 살펴보자. 첫째의 경우, 브랭웬가 사람들은 농장의 풍요로운 생명감을 듬뿍 느끼면서 부족함을 모르고 만족한 삶을 대대로 살아왔다. 천지에 가득 찬 생기는 그들 주위에 넘쳐흐르고 있으며, 해마다 생명의 종자를 뿌리면서 농작물과 자식들을 낳고 키우면서 살아온 것이다. 그러나 남자들과 여자들 사이에는 다소의 차이가 있다. 여자들은 도시를 동경하면서 출세를 가져다주는 도시사회로 진출하기를 바라는 소망을 갖고 있는데 반하여, 남자들은 농장일과 자연 자체의 삶에서 로렌스가 여러 곳에서 강조하는 "존재의 충만 fullness of being"을 느낀다. "남자들은 안으로 넘쳐흐르는 창조의 생명을 응시했다. 이는 녹지 않고 그대로 자기들 혈관 속에 스며드는 생명이었다"(p.9). "그들은 하늘과 대지 사이의 교류를 알고 있었다"(p.8)라고 작가는 말한다. 하늘과 대지라는 것은 양극성을 뜻하는 말이라 할 수 있고 양자 사이에 교류가 이루어지고 있다는 것은 그러한 양극성의 두 존재가 회로를 형성하여 원의 회로 모양을 하고 있음을 말해준다. 이러한 하늘과 대지뿐만 아니라 만물 사이에는 동일하게 서로가 주체와 객체의 관계로서 양극성의 회로를 이룬 가운데 생명력을 교통하고 있음을 작가는 알려준다. 우주자연과 인간, 그리고 만물은 상호 네트워크를 이루어서 서로가 생명력을 주고받는 원융의 창조적인 조화와 통일을 이루고 있다. 이러한 생명력 커뮤니케이션의 구조와 양상에 대한 적나라하고 민감한 감수성은 로렌스의 문학적 탁월성의 하나라고 할 수 있다. 이러한 생명력의 커뮤니케이션이 이루어지는 회로에서 그러한 생명력을 로렌스는 '피 blood'라는 실체로서 감각하고, 만물 사이의 친밀한 교통을 "피의 친화 blood-intimacy"(p.9)라고 기술한다.[18] 피의 친화 및 "피의 교류 blood exchange and interchange"(p.9)에 대한 이 서장의 묘사는 우주적인 차원을 배경으로 하여 펼쳐지는 한 편의 대서사시가 되고 있다.

> 남자들은 이것으로 충분했다. 대지가 부풀어 올라서 자기들에게 밭고랑을 만들어 주며 바람이 불어서 젖은 밀을 말려 주며, 덜 익은 밀 이삭을 흔들어 주고 하면 그만이었다. 또는 진통하는 암소를 도와주며, 광 속에서 쥐를 잡아내며, 혹은 날쌘 솜씨로 들토끼를 때려잡으려 하면 충분했다. 정렬과 생식과 고통과 죽음과, 그리고 대지와 창공과 짐승과 초목 같은 것을 자기들 핏속에서까지 깊이 알고 있을 뿐 아니라, 그것들과 깊은 생명의 교환과 교류를 깊이 경험했으므로 그들은 어떤 만족감에 싸여 살며, 그러한 감각으로 흐뭇했다. 얼굴은 항상 피의 열로 상기해서 태양을 응시하며 현기증이 날 정도로 생식의 근원에 골몰하여 다른 곳을 돌아다 볼 여유도 없었다.

---

18) 로렌스의 "피의식"에 대해서는 Daniel J. Schneider가 쓴 저서 *The Consciousness of D. H. Lawrence*(Kansas: The University Press of Kansas, 1986), 제8장, "Blood Consciousness"를 참조하시오.

It was enough for the men, that the earth heaved and opened its furrows to them, that the wind blew to dry the wet wheat, and set the young ears of corn wheeling freshly round about: it was enough that they helped the cow in labour, or ferreted the rats from under the barn, or broke the back of a rabbit with a sharp knock of the hand. So much warmth and generating and pain and death did they know in their blood, earth and sky and beast and green plants, so much exchange and interchange they had with these, that they lived full and surcharged, their senses full fed, their faces always turned to the heat of the blood, staring into the sun, dazed with looking towards the source of generation, unable to turn round. (pp.8 – 9)

만물 상호간에 일어나는 이와 같은 피의 교환과 교류를 형상으로 추상화하면 '무지개'를 연상시킨다. 무지개 원상의 상징에는 양자의 연결 및 생명력의 상호 교류, 조화, 통일 등의 이미지를 내포한다. 자세히 들여다보면 하늘과 대지, 태양과 인간, 농부들과 동식물 등등의 연결구조 사이에는 대칭되는 짝의 개념이 들어있다. 이것은 원의 모양을 이룬 하나의 회로임을 암시받을 수 있다. 로렌스는 이러한 이미지에다 활력적인 생명력의 교통과 교감을 불어넣고 있으며, 그러한 생명력의 커뮤니케이션을 우주적인 차원으로 포착하고 있는 것이다.

다음은 두 번째 경우로 분류한 대목을 보자. 둥근 도움의 형상을 한 것으로 묘사되는 링컨성당은 이 작품에서 아주 중요한 의미를 작가에 의해 부여받고 있다. 분명하게 로렌스를 대변하는 인물인 윌이 즐겨 찾는 이 링컨 성당은 그가 유암(幽暗)의 분위기에서 자아에 침잠하여 명상에 몰입하는 성스러운 공간이다. 이 성소에서 그는 신비주의적인 철학적 성격의 심오한 체험을 명상을 통해 증득하며, 우주와 삶의 원초적이고 궁극적인 모습을 비전으로 본다. 그것은 이원적인 대극성이 해체되고 두 개의 극이 통합을 이루어 대립이 소멸된 원융의 형상이며, 이는 본질적으로 '무지개'의 이미지와 일치한다.

링컨성당은 고딕식의 중세 종교 건물로서 윌의 종교적 영혼을 내면으로부터 완전히 사로잡을 만큼 의미심장하다. 창문의 색유리가 자아내는 교회 안의 유암, 바깥에서 들어오는 빛, 건물 내부의 어둠 등이 함께 어우러져 만들어내는 어스름한 박명은 그의 명상을 도와준다. 이러한 분위기를 너무나 좋아하는 윌은 이 성당이 우주와 인생의 모든 진리를 내포하고 있고, 우주와 생명의 원초적인 형상이 구현된 건물로 생각하며 분화 이전의 텅 빈 둥근 우주나 생명이 출생하기 이전의 자궁으로 느낀다. 성당 안의 박명 가운데서 그의 영혼은 현상계의 이원적 대극성이 소멸되고 우주가 생성되기 이전 태초의 시공으로 돌아간 상태를 경험한다. 탄생과 죽음, 생성과 소멸, 시간과 무시간, 현상과 영원, 시작과 종말, 어둠과 빛 등의 모든 양극성은 사라지고 만물이 원융의 상태로 환원되는 것이다. 로렌스가 긴 지면을 할애하는 이 대목에서 양극성의 통합을 의미하는 이미지와 상징들이 'twilight,' 'dawn,' 'oneness,' 'one' 등으로 표현된다.

시간을 떠나 항상 시간 바깥에 있는 존재! 동과 서 사이에, 새벽과 저녁 사이에, 이 성당은 발아(發芽) 이전의 암흑과 사후의 침묵을 지키고, 씨앗 같이 침묵 속에 놓여 있었다. 생과 사를 내포하며, 생의 온갖 변천과 잠재력을 품고, 위대한 잠재력을 내포한 성당은 묵묵히 서 있었다. 여기에 한번 꽃이 피면 상상도 못할 만큼 빛나는 생이 되고 시작과 종말은 침묵의 둥근 고리다. 그리고 무지개가 걸리고, 보석이 박힌 희미한 어둠은 침묵 위에 있는 음악을, 암흑 위에 있는 광명을, 주검 위에 있는 잎사귀를, 뿌리와 꽃 위에 있는 침묵을 포개어 담고, 그 씨가 그곳으로부터 떨어진 죽음, 그 속으로 떨어진 삶, 그 속에 내포하는 불멸성, 다시 안 올 죽음, 이러한 온갖 비밀을 씨의 각 부분 사이에 묵묵히 내포하고 있었다.

이곳 사원 안에, 이전과 이후가 함께 포개어 담겨 있고, 온갖 것은 하나 속에 포함돼 있었다. 브랭웬은 그의 완성을 향해 갔다. 자궁의 수많은 문으로부터 나와서 자궁의 양쪽 날개를 밀어젖히고 빛을 향해 점점 나아갔다. 낮의 빛 속을, 이어지는 낮과 낮의 연속을 뚫고, 이어지는 앎을 지나, 그리고 이어지는 경험을 지나, 자궁 속의 어둠을 기억하면서, 사후의 어둠에 대해 예지를 지니고서 나아갔다. 그 시간의 틈새 속으로 사원의 문들을 활짝 열고 두 개의 암흑의 황혼과 이중의 침묵의 정적 속으로 들어와 있었으며, 이곳에서 새벽은 저녁이요, 시작과 종말은 하나이었다.

Away from time, always outside of time! Between east and west, between dawn and sunset, the church lay like a seed in silence, dark before germination, silenced after death. Containing birth and death, potential with all the noise and transition of life, the cathedral remained hushed, a great, involved seed, whereof the flower would be radiant life inconceivable, but whose beginning and whose end were the circle of silence. Span round with the rainbow, the jewelled gloom folded music upon silence, light upon darkness, fecundity upon as a seed folds leaf upon leaf and silence upon the root and the flower, hushing up the secret of all between its parts, the death out of which it fell, the life into which it has dropped, the immortality it involves, and the death it will embrace again.

Here in the church, 'before' and 'after' were folded together, all was contained in oneness. Brangwen came to his consummation. Out of the doors of the womb he had come, putting aside the wings of the womb, and proceeding into the light. Through daylight and day-after-day he had come, knowledge after knowledge, and experience after experience, remembering the darkness of the womb, having prescience of the darkness after death. Then between-while he had pushed open the doors of the cathedral, and entered the twilight of both darknesses, the hush of the two-fold silence, where dawn was sunset, and the beginning and the end were one. (pp.201 - 02)

이러한 장면에서 이 순간의 윌은 영육, 자타, 안과 밖 등의 모든 이분법적 구분이 소멸되어 외부세계와의 생명력 커뮤니케이션이 완전하게 이루어지는 원융의 감정에 들어간 상태이며, 이러한 심리 상태라면 마치 불교에서 말하는 "실상무상 직지인심 견성성불 實相無相 直指人心 見性成佛"(존재의 올바른 실상은 원래 상이 없다. 마음을 곧바로 들여다보아 본래의 성품자리를 알게 되면 그때가 곧 부처이다)의 경지와 다르지 않다. 이러한 심리상태에서는 주체인 자아가 객체인 현상세계와 완전히 합일된 상태가 되며 양자 사이에 아무런 막힘이나 장애를 느끼지 않아서(무애 無碍), 생명력의 커뮤니케이션이 완벽하게 이루어진다. 양극성의 대통합이 이루어진 이러한 지고의 자아 상태는 과학적 물질적 합리적 사고에 편향하여 살아가는 현대문명인에게 있어서는 불가능하며, 어두운 무의식(심층의식)에 잠재하고 있는 원형적 경험을 의식층의 상층부로 통합시키는 노력을 통해 가능하다고 융(Carl Jung)의 제자인 야코비(Jolande Jacobi)는 설명하면서 이 점의 중요성을 융이 역설하였음을 지적한다.[19] 윌의 아내 안나는 그가 링컨성당 안에 들어가서 내면에 침잠하여 명상을 통해 성취하는 무한한 영혼의 자유와 희열을 얻는 대신에 그에게 마력을 느끼면서도 강한 거부감을 느낀다. 그녀의 이러한 반응은 윌의 신비주의적인 커뮤니케이션 양식이 서구문명의 전통적인 지적 도그마와 인습에 젖어 있는 사람에게는 그만큼 친숙하지 않음을 말해준다. 이러한 커뮤니케이션 양식은 고대인이나 원시인에게 잘 개발되어 있다는 것이 융의 지적이다.

---

19) Jolande Jacobi and R. F. C. Hull, *C.G. Jung: Psychological Reflections*(Princeton: Princeton University Press, 1978), pp.126 - 27.

마지막으로 세 번째 경우로 분류한 대목을 보자. 여기에서는 실제로 이 작품의 제목인 '무지개'가 드디어 등장한다. 그러나 실제로는 이 장면에 이르기까지 '무지개'는 줄곧 작중인물들에게 그들의 내면적 목표로서 작용하고 있었다고 할 수 있다. 왜냐하면 그것은 로렌스가 이 작품에서 목표로 삼는, 만물 상호간에 생명력을 교통하고 교감하는 커뮤니케이션 관계가 그 모양으로 본다면 두개의 양극성이 서로 이어지는 구조로서의 무지개 형태인 것이고, 우리의 눈앞에 나타나는 실제의 무지개는 그야말로 오색찬란한 빛과 색깔을 내는 아름다움의 극치이기 때문이다. '무지개'는 로렌스가 『무의식의 환상』과 『심리분석과 무의식』에서 만물들 사이에 눈에 보이지 않는 생명력의 커뮤니케이션 관계를 설명한 모델로서 제시한 '이원적 양극성 회로구조'를 잘 나타내주는 표상이다. 이 대목에서 어슐러에게 창문을 통해서 저 너머 하늘에 계시처럼 나타난 무지개는 그녀가 환멸을 느꼈던, 참된 생명관계를 상실한 애인 스크레벤스키(Skrebensky)와 제국주의 영국의 지배계급 및 현실사회 등에 대립되는 안티테제이기도 한 것이다. 그러한 비실체적, 허위적인 것들과 결별하도록 하기 위해서는 병석에 드러눕기 바로 직전에 말떼들의 공격이 필요했을 것이다. 이미 말했듯이 그녀가 애인 스크레벤스키나 사회현실과 타협해서는 안 되기 때문이다. 양쪽 대지의 끝을 서로 잇고 또한 하늘과 대지를 서로 잇는 무지개의 모습은 남성과 여성, 인간과 인간, 인간과 만물, 만물과 만물 사이를 서로 이어주는 형상임을 암시한다. 여기서 무지개의 양쪽 끝은 이원적 요소의 양극, 즉 양극과 음극을 의미하는 것이기도 하다.

대지와 하늘 위에 그 아름다움을 드러내는 무지개, 이것은 파멸에 처한 현대문명의 구원에 대한 비전의 계시인 것이며, 극적인 기법에 의해 표현된 묵시록적인 의미를 내포한 상징체이다. 이 무지개는 어슐러가 무의식의 한 가운데서 구도자적인 심정으로 절실하게 희구해왔던 만달라적인 열망의 표상이라고도 할 수 있다. 이제 고뇌에 찼던 그녀의 심장에는 희망이 약동한다. 희미한 색채와 빛의 부드러움으로 나타나서 점점 더 뚜렷함을 보이는 이 무지개는 그녀의 자아 깊은 곳으로부터 분명하게 확신을 더해 주면서 구원의 손짓으로 형상화된다.

망아 속에 깜짝 놀라서 훨훨 떠 있는 그 빛깔을 바라보고 있으니, 그것은 무지개로 변해들고 있었다. 한 군데만은 한층 더 맹렬히 빛나고 있다. 어슐러의 가슴은 희망에 차서 아팠다. 그리고 어슐러는 무지개가 뜰 곳에 무지개의 여신 아이리스의 그림자를 찾았다. 어디서인지도 모르게 신비스럽게도 빛깔은 차근차근 모여들어, 그 자체의 형태를 형성했다. 그리고 거대한 무지개가 희미하게 나타났다. 무지개는 강대한 활모양이 되고 드디어 광선과 색과 넓은 하늘을 재료로 하여 장대한 건축물을 만들면서 부동한 활모양으로 되었다. 아래 언덕 위 새 가옥들의 타락 속을 그 빛나는 대좌로 잡고 저 하늘의 절정을 그 홍예문으로 하고서.

And forgetting, startled, she looked for the hovering colour and saw a rainbow forming itself. In one place it gleamed fiercely, and, her heart anguished with hope, she sought the shadow of iris where the bow should be. Steadily the colour gathered, mysteriously, from nowhere, it took presence upon itself, there was a faint, vast rainbow. The arc bended and strengthened itself till it arched indomitable, making great architecture of light and colour and the space of heaven, its pedestals luminous in the corruption of new houses on the low hill, its arch the top of heaven. (p.495)

이 작품이 불모의 대지 위로 무지개가 나타나서, 그것이 현대인들의 피 속에 세워지고 영혼 속에서 생명이 되어 진동할 것이며 (p.496), 그리하여 그들의 육체는 새싹으로 발아하여 새롭게 성장할 것(p.496)이라는 확신을 주는 창조적인 무지개의 비전으로 끝맺고 있다는 사실은 로렌스가 자신의 상징이라고 밝혔던 죽지 않는 생명체인 '불사조'(Phoenix)[20]의 심상임을 상기시켜 준다. 이 새는 사멸된 재속에서 소멸하지 않고 생명의 불씨를 되살려 또 다시 새 생명체로 부활한다. 현대인들이 문명의 부패를 일소하고 정신의 황폐된 오물을 깨끗이 씻어버린 새로운 생명체로 다시 발아할 것이라는 믿음을 거듭 거듭 어슐러에게 주는 황혼녘의 무지개는 "진리의 살아있는 직물 a living fabric of Truth"(p.496)로서 느껴진다.

이처럼 작품의 결말은 어슐러가 보는 무지개 심상을 통해서 서두에 묘사된 마쉬농장의 브랭웬가 남자들이 자아 내면의 피를 통해서 적나라하게 대우주 자연의 만물들과 교통하고 교감하는 생명력 커뮤니케이션과 다시 연결되도록 처리되고 있다. 이를 위해 생명력의 커뮤니케이션과 순환을 암시하는 원의 회로 구조를 한 무지개를 등장시킨 것은 로렌스의 탁월한 시적, 극적 기법의 창안이라고 할 수 있다.

---

20) D.H. Lawrence, *Phoenix*(London : Heinemann, 1967), "A Propos of *Lady Chatterley's Lover*", p.110.

5. 생명력 커뮤니케이션의 4차원성과 존재의 완성

　로렌스는 예술가의 본무를 논하는 에세이 "도덕과 소설 Morality and Novel"을 통해, 인간과 우주자연과의 4차원적인 생명력 커뮤니케이션에서 가장 생동적인 순간의 완성된 관계를 포착하여 그려내는 것이 예술가의 본무라고 말한 바 있다.[21] 그리고 죽음과 삶에 대한 생명력의 순환과 역동성의 문제에 대한 철학적 에세이 "호저의 죽음에 대한 회상 Reflections on the Death of a Porcupine"에서는 최상의 생명력은 마치 민들레가 태양과의 순수한 생명력 커뮤니케이션 관계에 의해 꽃을 만개시키는 것처럼 각자가 개성을 갖고 순수한 4차원적 관계를 맺을 때 실현된다고 하였다. 이때 우주의 성령(Holy Ghost)이 작은 원을 그리면서 민들레의 씨앗에 앉는다고 말한다.[22] 로렌스는 여러 관계 중에서도 남성과 여성과의

---

21) Ibid., pp.527 – 532.

22) D.H. Lawrence, *Selected Essays of D. H. Lawrence*(Harmondsworth, Middlesex:

관계가 최고의 중요한 관계라고 언급했다. 그러나 남녀간의 관계이든, 인간과 인간, 인간과 우주자연과의 관계이든 어떤 관계이든 로렌스가 부각시켜 그려내고자 하는 것은 양자 사이의 역동적인 생명력 커뮤니케이션과 그러한 커뮤니케이션으로 인한 변화된 주체의 더욱 새롭게 고양된 생명감이다. 로렌스가 존재론적 차원에서 목표로 삼는 것은 지고한 신적 존재인데 그것은 이른바 '연금술적 alchemical' 자아 재창조를 지향하는 과정이다. 이러한 존재론적 변화는 주체들에게 역동적인 생명력의 교통과 교감을 방해하는 왜곡된 인습이나 지적 의식 등과 같은 '소음'의 개입이 제거된 원활한 생명력 커뮤니케이션이 수행될 때 실현가능하다고 본다.

로렌스의 '전자기적 양극성 회로론'은 이러한 생명력 커뮤니케이션의 구조와 양상을 심도 있게 설명하는 패러다임이다. 따라서 본 논문이 제시한 '생명력 커뮤니케이션의 시학'은 로렌스의 '이원론적 생명철학'의 핵심이 되는 것으로서 로렌스 소설의 인물분석을 위한 동력학으로 매우 효과적이라는 사실을 알 수 있으며, 작중인물들 사이에서 일어나는 역동적인 생명력 커뮤니케이션의 양상을 이해하는 데 아주 적합한 비평적 도구가 될 수 있는 것이다.

Penguin Books Ltd., 1972), pp.66 - 67 참조.

Clark, L. D. *Dark Night of the Body: D. H. Lawrence's The Plumed Serpent*. Austin, Texas: University of Texas, 1964.

Humma, John B. *Metaphor and Meaning in D. H. Lawrence's Later Novels*. Columbia: University of Missouri Press, 1990.

Jacobi, Jolande and R. F. C. Hull. *C.G. Jung: Psychological Reflections*. Princeton: Princeton University Press, 1978.

Lawrence, D. H. *Fantasia of the Unconsciousness*. Harmondsworth, Middlesex: Penguin Books Ltd., 1977.

_____. *Lady Chatterley's Lover*. Harmondsworth, Middlesex: Penguin Books Ltd., 1974.

_____. *Phoenix*. London: Heinemann, 1967.

_____. *Psychoanalysis and the Unconscious*. Harmondsworth, Middlesex: Penguin Books Ltd., 1977.

_____. *Selected Essays of D. H. Lawrence*. Harmondsworth, Middlesex: Penguin Books Ltd., 1972.

_____. *Sons and Lovers*. Harmondsworth, Middlesex: Penguin Books Ltd., 1970.

_____. "The Fox", *The Portable D. H. Lawrence*. Harmondsworth, Middlesex: Penguin Books Ltd.,1980.

_____. *The Man Who Died*. Harmondsworth, Middlesex: Penguin Books Ltd., 1977.

_____. *The Plumed Serpent*. Harmondsworth, Middlesex: Penguin Books Ltd., 1977.

_____. *The Rainbow*. Harmondsworth, Middlesex: Penguin Books Ltd., 1977.

_____. *Women in Love*. Harmondsworth, Middlesex: Penguin Books Ltd., 1979.

MacDonald, Edward D. Ed. *D. H. Lawrence: Phoenix.* Harmondsworth, Middlesex: Penguin Books Ltd., 1978.

Moore, Harry T. Ed. "A Propos of *Lady Chatterley's Lover,*" *Sex, Literature and Censorship.* New York: The Viking Press, 1972.

Schneider, Daniel J. *The Consciousness of D. H. Lawrence.* Kansas: The University Press of Kansas, 1986.

Tagore, R. *Creative Unity.* London: Macmillan, 1922.

양영수. 「로렌스의 "목사의 딸들"에 나타난 예술가로서의 육체노동자」. 『D. H. 로렌스 연구』 13 · 1(2005). pp.99 - 117.

조일제. 「D. H. 로렌스 문학의 '혈적 존재'와 물질 · 정신의 일원론적 비전」. 『D. H. 로렌스 연구』 13 · 2(2005). pp.65 - 93.

_____. 「D. H. 로렌스의 중도세계와 제3의 눈」. 『D. H. 로렌스 연구』 12 · 3(2004). pp.165 - 193.

Ⅱ. 비가시적 생명력의 시각적 형상화

1. 들어가며

우리 인간은 자기 내면에서 보이지 않는 어떤 힘 또는 생명력을 생생하게 느낄 수 있고, 마찬가지로 바깥의 자연과 우주를 눈앞에 보면서도 그러한 외계사물의 내면에서 약동하는 듯한 어떤 에너지나 생명력을 느낄 수 있다. 그렇게 느끼거나 지각하는 앎을 원시인들은 어떤 이미지의 형태에 의존했다고 로렌스는 보았다. 작가들은 작중인물들이 느끼는 내면적 감정과 감각들을 묘사함에 있어 비가시적인 것들을 마치 눈에 보이는 것처럼 이미지나 상징의 형태로서 가시적으로 형상화시킨다. 특히 로렌스와 같은 생명주의적 작가들은 자아 내면과 자연으로부터 남달리 강력하게 어떤 기운, 에너지, 생명력을 느끼며 이것을 이미지나 상징의 형태로서 탁월하게 묘사한다. 로렌스의 경우 남녀간의 성적, 관능적 스킨십, 떨어져 있지만 남녀간에 느끼는 상호교감, 아이와 부모간의 태양신경총에 의한 무의식적 커뮤니케이션, 작중인물과 자연 사이에 이루어지는 신비한 감각적 커뮤니케이션 등과 같은 장면들을 통해서 그러한 이미지와 상징들을 찾아볼 수 있다. 예컨대 불(flame, fire) 번개와 천둥(lightening, thunder), 전류(electric currents), 피(blood), 꽃(flower), 어두운 신(dark god), 뱀(serpent), 용(dragon), 태양(sun), 어두운 태양(dark sun), 성령(holy ghost) 등의 이미지와 상징들이 여러 소설에 형상화되어 있다.

로렌스의 중편소설 「성마」(St. Mawr)에서 여자주인공 루(Lou)는 남편이 사들인 종자말로부터 신비로운 검붉은 불길 및 날카로운 칼의 환상적 이미지를 보게 되며, 우리 눈앞의 자연으로부터 살아 있는 신으로서 팬(Pan)을 볼 수 있다는 사실을 신지학 전문가인 듯한 카트라이트(Cartwright)라는 인물로부터 듣는다. 이러한 능력은 이른바 제3의 눈 the third eye'이 열릴 때 가능하다는 대화가 등장한다.[1] 그런가 하면 단편소설 「맹인」(The Blind Man)에서 앞을 못 보는 맹인이 예민한 촉각, 청각, 후각을 통해서 주변의 사물을 감각적으로 감지하는 능력을 묘사하는 대목이 나온다. 그리고 중편소설 「도망친 수탉」(The Escaped Cock) 또는 「죽었던 남자」(The Man Who Died)에서 죽었던 남자주인공이 살아나서 한 처녀와 육체적 스킨십과 마사지, 성의 교접을 통해 상처가 치유되고 완전한 부활을 얻으면서 그의 내면으로부터 발생하는 태양과 연꽃, 불의 이미지를 느낄 뿐만 아니라 눈앞의 세계가 찬란한 꽃들, 예컨대 연꽃과 장미들로 가득 피어나는 환상적 이미지의 세계로 변화되는 장

---

1) D.H. Lawrence, *St. Mawr and The Virgin and the Gipsy*(Harmondsworth, Middlesex: Penguin, 1981), p.62.

면의 묘사가 나온다.

로렌스의 여러 작품에 형상화된 이상에서와 같은 이미지와 상징들은 인간내면의 동적 자아나 무의식에서 일어나는 생명력의 양태를 비가시적인 것으로부터 가시적인 형태로 시각화한 것이라 할 수 있다. 원시나 고대의 인류들은 과학적 주지적 사고방식이나 물질주의 문명에 오염되지 않아 역동적으로 살아있는 자연 속에서 살아 움직이는 생명의 에너지를 '정령'의 형태로서 볼 수 있었다고 로렌스는 생각했다. 신화의 세계는 바로 이러한 신비로운 생명의 교감과 소통이 이루어지는 세계였다는 것이다. 로렌스는 현대인들이 물질주의와 주지적 과학적 사고에 의해서 이러한 감각과 능력을 상실함으로써 현대문명의 위기가 초래되었다고 보았다. 로렌스가 시인으로서 뿐만 아니라 화가로서도 괄목할 만한 능력을 지닌 예술가임에 비추어 볼 때 그가 세잔과 같은 인상파(imagist) 화가들의 그림을 예찬한 것은 어렵지 않게 이해될 수 있으며 그러한 그림에는 '현상학적인' 생명의 원초성과 강렬성이 묻어나있기 때문이다.

로렌스의 아버지는 탄광의 어둠 속에서 보이지 않는 것이지만 마치 보이는 것과 같은 정도로 예민하게 느낄 수 있는 비상한 감각이 개발된 광부였다는 점을 로렌스는 언급한 바 있다.[2] 이러한 사실은 시각적인 기능이 작동되기 힘든 환경에서 인간의 오감 중 촉각, 후각, 미각, 청각과 같은 나머지의 네 가지 감각은 더욱 예민하게 발달될 수 있다는 점을 암시한다. 로렌스가 스스로 명명한 '어둠의식 Dark Consciousness'에는 무의식, 본능, 심층의식, 묻혀있

---

2) 로렌스의 에세이 "Nottingham and the Mining Country" 참조. D.H. Lawrence, *Selected Essays*(Harmondsworth Middlesex: Penguin, 1972).

는 의식, 원초의식 등과 같은 여러 의미가 내포되어 있지만 비가시적인 것도 마치 살아있는 것처럼 역동적으로 느낄 수 있는 의식이라는 의미도 함축되어 있다. 로렌스는 자신의 아버지가 어둠 속에서 보이지 않는 것을 강렬하게 느끼는 비상한 본능과 내면적 인지능력을 지닌 인물이라는 점을 각별히 주목하였으며 그의 소설들에서 그러한 아버지를 원형으로 삼아 연금술적인 변형을 가하여 많은 유사한 인물들을 재창조한 점이 엿보인다. 이러한 어두운 인물의 중요한 특징 중 하나가 생명력에 대해 비범한 감각능력을 가졌으며 보이지 않는 것을 마치 시각으로 보는 듯이 예리하게 느끼고 그러한 느낌과 감각을 눈에 보이는 이미지로서 형상화하여 지각한다는 점이다. 로렌스는 이러한 감각적 지각을 인간의 삶에서 중요하게 생각했으며 인생을 풍요롭게 하고 의식과 영혼을 살찌운다고 역설한다. 로렌스에 의하면 어린아이는 그들 시기의 '동적 자아'에 의해 보이지 않는 생명의 힘을 생생하게 느낄 수 있는데 어른이 되면서 잘못된 교육과 사회적 인습에 의해서 과학적 물질주의적 사고에 물들여지고 그러한 '동적 자아'를 점점 상실한다고 보았다. 그런 만큼 그는 감성을 중시하는 감성주의적 교육을 역설한다.[3]

로렌스는 인간 삶의 행복의 요체를 개념적이고 정신적인(로렌스의 의미로는 '지적인' 것을 뜻함) 앎의 양식으로 살아가는 것이 아니라 각자가 자연, 만물과 동적 교감을 활발하게 하고 감각이 살아있는 삶을 사는 것이라고 본다. 그러한 감각은 영성으로 연결된다. 동적 교감의 감각적 내용은 신비롭고 신성하며 이미지와 상징

---

[3] D.H. Lawrence, *Fantasia of the Unconscious*(Harmondsworth, Middlesex: Penguin, 1977), pp.89-95 참조. 이후 이 책은 *Fantasia*로 약기한다.

의 형태로 제시되는 점이 그의 문학작품이 보여주는 중요한 특징이다. 이러한 특징은 로렌스에게 있어서 이상적인 인간 앎의 양식이다. 이러한 앎의 양식을 작가 생존 당시의 현대 서구인들은 많이 상실했으며, 그것은 인간이나 자연과의 관계를 개념적 정신적인 앎의 양식으로 영위함으로써 초래된 것으로 보았다. 로렌스의 눈에는 이러한 현대인들은 심각한 위험과 불행에 빠져있는 것으로 보였고, 현대인과는 다른 앎의 양식으로 삶을 살아가는 자연 속에 사는 야만인이나 고대인이나 어린이들이 훨씬 행복하다고 분석한다. 『무의식의 환상』(*Fantasia of the Unconscious*), 『정신분석과 무의식』(*Psychoanalysis and the Unconscious*), 『묵시록』(*Apocalypse*) 등과 같은 그의 심리분석 논술서가 강조하는 주된 요지는 바로 이러한 내용이라 할 수 있다. 필자는 로렌스가 역설하는 이러한 요점을 "비가시적 생명력의 시각적 형상화"라는 관점에서 보고자 한다.[4] 본 논문은 로렌스가 이러한 앎의 양식을 어떻게 보고 있으며, 왜 중요하게 생각하는지, 그의 문학작품에서는 어떻게 구현하고 있으며, 어떠한 작용과 효과를 나타내는지를 살펴보고자 한다.

---

4) '보이는 것 vs. 보이지 않는 것'에 관한 철학적 논의에 대해서는 다음 책을 참조할 수 있다.: 메를로-퐁티 저, 남수인, 최의영 옮김. 『보이는 것과 보이지 않는 것』. Merleau-Ponty, *le vible et l'invisible*

2. 무의식의 환상과 이미지·상징에 의한 시각화

로렌스는 『무의식의 환상』의 서문에서 자기가 쓴 소설의 인물창
조가 '무의식적 환상'에 바탕을 두고 있다는 점을 언명하고 있다.
이 저서에서 그는 인간의 삶을 보다 더 가치 있게 해주는 무의식
적 앎의 방식이 고대인, 원시인들에게는 일반적 특성이었음을 지적
하고 그것이 현대인들의 앎의 방식과는 대조된다고 보면서 전자의
인간들은 무의식으로부터 이미지와 상징을 형상화하게 된다는 사
실을 설명한다. 제 5장 '오감'에서 우리가 시각을 선택하는 경우
전자와 후자의 차이점을 이렇게 말한다.

우리가 원하기만 한다면 눈으로 볼 수 있는 세계 너머의 멋진 세계 속에 파
묻혀 기쁘게 지낼 수 있다. 아니면 고대 이집트인들이 하였듯이 어두운 영혼
의 관점에서 볼 수도 있다. 밖의 존재에 대한 상이함을 발견하고 그들과의 차
이를 보며 결국 자신들의 관점에서 밖의 존재를 보는 것이다. 외부의 것들을
고정된 관념으로 주관적으로 보았으며, 밖의 경이로움을 찾기 위해 자신으로부

터 벗어나지 않았다. 이것이 교감적 시각의 중요한 두 가지 방법이다. 우리들의(현대인들의)(괄호는 필자) 방법을 객관적이라 할 수 있고 이집트인들의 방법을 주관적이라 할 수 있다. 그렇지만 객관적이다 주관적이다 하는 단어는 전적으로 당신의 출발점에 달려 있다. 차라리 정신적이다 감각적이다 하는 것이 훨씬 더 자세한 설명이다.

We can, if we choose, see in the terms of the wonderful beyond, the world of light into which we go forth in joy to lose ourselves in it. Or we can see, as the Egyptians saw, in the terms of their own dark souls: seeing the strangeness of the creature outside, the gulf between it and them, but finally its existence in terms of themselves. They saw according to their own unchangeable idea, subjectively, they did not go forth from themselves to seek the wonder outside. Those are the two chief ways of sympathetic vision. We call our way the objective, the Egyptian the subjective. But objective and subjective are words that depend absolutely on your starting-point. Spiritual and sensual are much more descriptive terms.[5]

위에서 로렌스가 의미하는 '정신적이다'는 것은 분석적, 지적, 개념적이라는 뜻이다. 분석적, 지적, 개념적인 앎은 활력이 없는 것으로서 삶을 신비롭게 하거나 감정적으로나 영적으로 풍요롭게 할 수 없다는 것이 로렌스의 관점이다. 그리고 '감각적'이라 함은 구체적인 느낌과 생동하는 실체감을 가진다는 것을 뜻한다. 로렌스는 이 저서의 제 6장 '정신의 초기 형성'에서 지적으로만 아는 것은 생명력과 활력 있는 감각을 죽인다고 본다. 예컨대 사랑하는 사람이나 친구에 대한 개념이 완성되면 사랑과 우정은 죽게 된다. 그러한 관계는 그저 아는 사이 정도에 머물 뿐이기 때문에 자기를 정신적인 개념으로 완성시키는 순간 동적인 의미로 볼 때 그 사람

---

5) *Fantasia*. op.cit., p.66.

은 죽는다는 것이다.[6] 자연 속에 사는 야만인이 가장 전형적인 생명 존재이듯이 어린아이도 개념과 지적 사고에 물들지 않은 점에서 자연 속의 야만인의 의식과 동일하다고 본다. 그래서 교육의 궁극적 목표를 로렌스는 "아는 것이 아니라 존재하는 것이다. The final aim is not to know, but to be."[7]로 삼는다. 현대의 교육자들이나 가정의 부모들은 자녀교육을 위한 그들의 목표를 오로지 정신적 조종과 정신적 의식을 극대화하도록 강요하는 데 둔다. 그 결과 가없은 아이들에게 뿌리도 생명도 없는 병든 사상과 생각들이 치명적으로 가해진다는 것이다. 비극으로 인도하고 삶을 멈추게 하는 것이 인간의식의 개념화와 정신화이다. 로렌스는 동적 의식에 뿌리가 박혀 있지 않은 모든 외부의 생각들은 어린 나무에 못을 박는 것과 같이 위험하다고 보면서 대다수의 사람들에게 "지식은 상징적이고 신화적이며 동적인 것이어야 한다. knowledge must be symbolical, mythical, dynamic."[8]고 강조한다. 로렌스에게는 정신적 의식과 분명한 개념으로부터 벗어날 수 없는 자들에게 정신과 개념들은 죽음과 같은 것이며 그들의 손과 발에 못을 박는 꼴이라는 것이다. 로렌스가 강조하는 감각적으로 아는 것이란 곧 동적인 자아로 존재하는 것이다. 동적 자아의 감각적 앎은 상징이나 이미지의 형태로 구현된다. 감각적 앎의 방식을 취하는 문명에 물들지 않은 자연인으로서의 원시인, 고대인, 어린아이들에게는 비가시적인 내용이 가시적으로 형상화된다.[9] 자연의 사물과 현상을 이미지

---

6) *Fantasia*. op.cit. p.72.

7) *Fantasia*. op.cit. p..68.

8) *Fantasia*. op.cit. p.77.

9) *Fantasia*. op.cit. pp.74 - 75 참조.

나 상징으로 형상화하는 감각적인 앎의 방식은 달리 보면 은유적
으로 느끼는 것을 뜻한다. 그렇기 때문에 외계의 자연이나 인간의
내면에서 실제로는 보이지 않고 존재하지 않지만 마치 얼굴이나
손발과 같은 형상이 있고 소리와 색깔이 있는 존재로 등장한다.

　현대인들의 개념적, 지적, 정신적 앎의 방식은 활력이 없는 자아
를 만들게 되며 삶을 신비롭게 하거나 감정적으로나 영적으로 풍
요롭게 할 수 없다는 것이 로렌스의 관점이다. 로렌스는 고대인들
의 의식을 심도 있게 분석한 저서인『묵시록』에서 고대인들은 대단
히 정교하게 개발된 "감각적인 인지와 감각적 지식 sense-awareness
and sense-knowledge"[10]을 지녔다고 말하면서 현대의 우리들은 이
것을 거의 완전히 잃어버렸다고 지적한다. 그것은 이른바 이성에
의한 것이 아니라 본능과 직관에 의하여 직접 전달되는 대단히 심
오한 지식이며 언어에 근거한 것이 아니라 이미지에 근거한 지식
이었다는 것이다. 로렌스에 의하면, 고대인들의 사고는 일반화나
특성화에 있었던 것이 아니라 상징들로 존재하였다. 그리고 그러한
관계는 논리에 있는 것이 아니라 감정과 관련되어 있었다. '그러므
로' 같은 단어는 존재하지 않았으며, 이미지들이나 상징들은 본능
적이고 임의로운 물리적 관계의 과정에서 서로 연결되어 있었다는
것이다.[11] 로렌스는 문명과 문화란 생명의식으로 가늠된다고 주장
하고 현대인들은 기원전 3000년경의 이집트인들보다 더욱 생명력
있는 의식을 가지고 있지 못하다고 보았다.[12] 그는 고대의 종교들

---

10) D.H. Lawrence, *Apocalypse*(Harmondsworth, Middlesex: Penguin, 1977), p.48.
11) Ibid., p.48.
12) Ibid., pp.46 - 47.

은 "생명과 잠재력과 힘의 문화들 vitality, potency, and power"[13] 이었다는 사실을 잊지 말아야 한다고 하면서 그러나 그리스도 시대에 와서 모든 종교와 모든 사고는 생명과 잠재력과 힘을 숭배하고 연구하는 오랜 전통으로부터 죽음과 사후의 보상, 죽음과 형벌, 그리고 도덕의 연구로 바뀌었던 것 같다고 말한다. 그에 의하면, 현대의 모든 종교는 '삶'의 종교 대신에 연기된 운명, 혹은 죽음이라는 종교로 변하였지만 고대의 이교들과 같이 "신성한 '힘'을 숭배하는 마음의 소유자들은 항상 상징들로 생각하는 경향이 있다. the kind of mind that worships the divine power always tends to think in symbols."[14]고 주장한다.

로렌스에 의하면, 고대인들은 인간의 내부에서 행동하는 자로서의 어떤 힘을 인정하였다. 예컨대 삼손과 골리앗이라는 두 영웅의 행위들을 행하게 한 자를 '신 the god'이라 불렀을 것이라고 본다. 그것은 인간의 초인간적인 잠재력으로, "장엄한 신성을 띤 용 the grand divine dragon of his superhuman potency"이면서 동시에 "인간의 내부를 파괴하는 위대한 악마적 의미를 띤 용 the great demonish dragon of his inward destruction"이기도 하였다.[15] 고대인들이 힘차게 살아갈 수 있게 해주는 것이 바로 이 용이다. 로렌스에 의하면 현대의 철학자들은 그것을 "리비도, 에란 비탈 Libido or Elan Vital"이라고 말한다는 것이다. 그러나 그 단어들의 의미는 너무나 빈약하며 그 단어들은 용의 의미가 지니고 있는 그 활력의

---

13) Ibid., p.37.
14) Ibid., p.38.
15) Ibid., p.91.

연상적 의미를 전혀 지니고 있지 못하다고 본다.[16] 힌두교도들과 중국인에게도 똑같은 용이 그들의 척추의 바닥에 조용히 웅크리고 있으며, 그 용은 때때로 척추를 따라 똬리를 풀며 몸을 편다는 것이다. 요가를 하는 사람은 단지 이 용이 절제된 운동을 하도록 한다고 본다. 로렌스는 이것을 "용-의식 dragon-cult"이라고 부른다.[17] 만약 현대인들이 고대인의 심정적 자아로 용을 느끼고 바라보고 생각하지 않는다면 그 용은 단지 이것, 저것 그리고 다른 어떤 것을 나타낼 뿐이라면서 고대인들의 신화 연구서인 프레이저의 『황금가지』(*Golden Bough*)를 찾아보면, 그러한 용은 일종의 상형문자이거나 상표로 묘사되어 있다는 것이다.[18] 로렌스는 고대인들의 앞의 방식에서 나타나는 이와 같은 상징과 신화의 중요성을 역설하는 작가이다. 그는 진정한 상징과 신화는 모든 설명을 거부한다고 본다. 우리가 그런 상징이나 신화에 의미들을 부여할 수는 있으나 결코 설명으로 그 의미를 쇠잔시킬 수는 없다는 것이다. 상징과 신화는 단지 심성적으로 우리에게 영향을 미치는 것이 아니라 매번 깊은 심정의 중심부들을 감동시킨다고 본다.[19]

로렌스는 고대인이나 원시인들이 우주와 우주의 사물을 보는 이러한 상징적이고 환상적인 신화적 사유를 터무니없는 거짓으로 보는 대신에 우주와의 생명적 대화나 커뮤니케이션을 가능하게 해주는 중요한 사유방식으로서 평가한다. 그러한 사유가 가능한 것은 감각이 살아서 역동적으로 작용하는 동적 자아를 소유하고 있어서

---

16) Ibid., p.91.
17) Ibid., p.92.
18) Ibid., p.115.
19) Ibid., pp.115 - 16.

우주 자연과의 생명적인 유대를 가지고 감각적인 소통을 실현할 수 있기 때문이다. 로렌스는 태양과 달, 별, 유성과 같은 천체들을 보는 데 있어서 고대인들처럼 상징과 이미지로서 인지하고 감각하는 방식의 중요성을 역설한다. 예컨대 태양을 단순히 가스의 구체라고 말한다면 태양빛이 주는 생명의 물길은 우리 속에서 교묘히 파괴하는 힘으로 변하여 우리를 파괴하게 된다는 것이다. 달과 유성들 그리고 별들도 마찬가지다. 태양과 천체들을 우리의 피에 생명과 힘을 주는 위대한 근원으로서 상상한다면 그들은 우리를 창조하지만 그렇지 않으면 파괴하기도 한다는 것이다.[20]

로렌스는 우주는 살아있는 커다란 몸체이고 인간은 그곳의 한 부분으로 보면서 태양과 달과 천체를 보는 고대인들의 상징적, 신화적 앎의 방식을 다음과 같이 말한다.

> 태양은 커다란 심장으로서, 그것의 진동들은 인간의 핏줄을 따라 달려간다. 달은 빛나는 커다란 신경의 구심점으로서 그곳으로부터 우리는 영원히 진동한다. 사투른이나 비너스가 우리를 지배하는 힘을 누가 아는가? 그러나 그것은 생명을 주는 힘으로, 항상 우리를 통하여 정교하게 물결치듯 다가오고 있다. 우리가 황소 별자리인 알데바란을 부인하면 알데바란은 대단히 힘차게 단도를 세우고 우리를 찌를 것이다.

> The sun is a great heart whose tremors run through our smallest veins. The moon is a great gleaming nerve-centre from which we quiver forever. Who knows the power that Saturn has over us, or Venus? But it is a vital power, rippling exquisitely through us all the time. And if we deny Aldebaran, Aldebaran will pierce us with infinite dagger-thrusts.[21]

---

20) Ibid., p.29.
21) Ibid., p.29.

로렌스는 위에서와 같은 방식으로 우주와 천체를 상상하지 않는다면 달은 우리에게 검은 빛이고, 태양은 우리에게 상복이 된다(p.30)는 것이다. 파트모스의 요한(John of Patmos) 시대에 살았던 사람들, 특히 교육받은 사람들은 이미 거의 그러한 우주를 잃어버렸다고 본다. 그래서 태양, 달, 별들은 교감자도, 동반자도, 생명을 주는 자도, 위대한 자도, 무서운 자도 아니며, 단지 죽은 자들로 전락해 버렸고, 임의로운 숙명의 기계적인 주관자들이었을 뿐이라는 것이다. 현대인들도 이와 마찬가지로 우주와 천체들을 잃어버렸기 때문에 고대인들이 그랬듯이 우주와의 그 많았던 교감들을 되살리고 다시 살아나서 생명을 지녀야 한다는 것이다. 로렌스가 보기에 현대인들이 결핍하고 있는 것은 우주적인 삶이다. 현대인들이 외롭다고 불만을 터뜨리는 것은 그들이 우주를 잃었기 때문이다. 로렌스는 그들이 내면에서 태양과 달을 얻을 수 있으려면 "핏속에서 느껴지는 예배의 형식 worship that is felt in the blood"[22]으로 해야 한다고 강조한다. 현대인들은 고대적 상상력을 벗어던짐으로써 아무것도 느끼지 못하게 되었고, 그렇게 됨으로써 지불하여야 할 대가는 "권태와 죽음 boredom and deadness"[23]의 상태일 뿐이라고 본다. 이러한 상황에 대해 로렌스는 비통해 한다. 로렌스가 그의 여러 소설들을 통해 현대인들이 회복해야 할 과제로 제시하는 것이 바로 이와 같은 고대적 앎의 방식이다.

로렌스는 『무의식의 환상』에서 이 책을 집필한 장소를 언급하면서 부분적으로 숲과 나무에 기대어 멋진 명상과 상상의 무의식적

---

22) Ibid., p.30.
23) Ibid., p.49.

세계를 펼치면서 이루어진 것임을 밝힌다.[24] 감각적 명상가로서의 그에게는 보이지 않는 나무 내면의 생명력의 움직임이 가시적 형체를 지닌 실체로서 나타난다. 숲 속에서 생명적, 동적 개체인 나무는 그를 쳐다보는 것도 같고, 그가 안 볼 때 자기들끼리 서로 옆구리를 쿡쿡 찌르는 것도 같다. 또한 나무들이 움직이고 생각하고 기웃거리는 것을 느낄 듯하며, 느리면서도 힘찬 수액이 나무 안에서 울리는 것이 들리는 듯하고, 알 수 없는 피로 꽉 찬 나무들의 소리 없는 울림이 퍼져 나올 뿐만 아니라 얼굴도 손도 눈도 없지만 수액향의 피가 커다란 몸통을 통해 힘차게 올라간다고 기술한다.[25] 로렌스는 눈에 보이지 않지만 마치 눈에 보이는 듯이 나무의 꿈틀거리는 그리고 흐르는 피를 느끼고 그것의 생명과 영혼을 마치 감각적으로 눈에 보는 듯한 느낌을 가진다. 어둡고 습하며 나무의 생명력으로 힘차게 밀착되어 있는 그러한 숲 속에 들어온 고대의 로마인과 그리스인들은 모든 것을 인간처럼 보았으며 얼굴과 소리가 있다고 보았다는 것이다. 그런 맥락에서 "사람이 말하면 분수는 물을 내뿜으며 대답한다. Men spoke, and their fountains piped an answer."[26] 로렌스는 『무의식의 환상』의 원고를 쓰면서 나무에 기대어 자신을 잊은 채 신경계의 측면(planes)과 신경총(plexuses)에 관하여 글을 써나갔다.[27] 다음 장에 로렌스의 태양신경총 논설에 대해 언급하겠지만 그런 정신생체적 기반에 의한 감수성을 기반으로 옛날의 인류는 특이한 상상력을 펼쳤던 것으로 본다. 로렌

---

24) *Fantasia*. op.cit. p.46.
25) *Fantasia*. op.cit. p.42.
26) *Fantasia*. op.cit. p.45.
27) *Fantasia*. op.cit. p.43.

스는 나무에 기대어 고대인들에 대한 상상을 이어간다. 왜 옛날 아리아인들이 나무를 숭배했으며 나무의 삶과 지식을 숭배했는지를 이해하겠다면서 이 놀랄 만한 얼굴 없는 생명체인 나무는 도대체 영혼을 어디에다 간직하는 것일까, 땅 속 사방으로 뿌리를 뻗으면서 돌진하는 거대한 영혼을 가진 나무가 잠시 되어보고 싶다, 아무런 생각도 없고 그저 뿌리의 거대한 욕망만이 있는 나무로 되고 싶다고 희망하면서 나무의 명상이 그에게 편안함, 어두운 욕망, 안식, 고요함과 열정 등의 심리적 영향을 준다는 점을 밝힌다.[28] 그래서 나무들은 "영혼을 살찌운다. They feed my soul."[29]는 것이다. 로렌스가 이처럼 살아 움직이는 나무의 생명력을 피로서 느끼고 나무의 비기시적인 생명의 힘을 가시적인 형태로서 느낄 수 있다는 사실은 그가 현상학적인 비상한 감각의 소유자임을 말해준다.

---

28) *Fantasia*, op.cit, pp.43-44.
29) *Fantasia*, op.cit, p.47.

3. 원초 생명력의 가시화와 신지학적인 앎의 양식

로렌스는 눈에 보이지 않지만 인간 상호간이나 인간과 외계의 대상 간에 이루어지는 어떤 생명력의 교류가 있다는 점에 대해 말한다. 『무의식의 환상』의 제2장 '신성한 가정'에서 "눈에 보이는 것 외에 분명 무언가 더 있다. 당신에게 보여지는 것 외에 그 무언가가 있는데 왜 믿지 않는가? There's more in it than meets the eye. There's more in you, dear reader, than meets the eye. What, don't you believe it?"[30]라고 말하면서 사람에게는 태양신경총(solar plexus)과 요추신경절(lumbar ganglion), 그리고 많은 신경계의 문들이 있는데 실제의 문을 통하지 않고 이루어지는 놀라운 "무선교신 wireless communication"[31]이 있다는 것이다. 그러한 현상은 커다란 교감신경 중심과 그 주위나 근접한 세상과의 사이에서 이루어지며

---

30) *Fantasia*. op.cit. p.26.
31) *Fantasia*. op.cit. p.28.

이 때 태양신경총이 핵심적 기능을 수행한다는 것이다.[32] 엄마에게서 아기의 탯줄이 잘렸을 때 엄마와 아이 사이에는 "보이지 않는 역동적 의식의 끈 the invisible string of dynamic consciousness"이 이어져 있고, "어둠 속의 보이지 않는 전류 a dark electric current"처럼 생명이 연결되어 흐르고 있다는 것이다.[33] 배꼽 바로 아래에 위치한 태양신경총은 한때 모체의 혈관과 직접 연결돼 있었던 곳이다. 아빠와 아이 사이의 생명력 교류현상도 이와 마찬가지다. 아이가 아빠로부터 물려받은 남성핵은 태양신경총 내에서 빛을 발하며 여전히 행세하고 있기 때문에 아이의 커다란 신경 중심은 아버지에 대한 본능적 지식을 갖고 여전히 중요한 기능을 한다. 아이의 태양신경총 안에 자리하고 있는 꺼지지 않는 아버지의 불꽃이 아이 안에서 항상 넘치는 활기로 보이지 않는 전류와 진동을 내보내어 아버지와 아이를 직접 연결시킨다. 이러한 관계를 "혈연"(a tie of blood) 이라 한다는 것이다.[34] 로렌스는 보이지는 않지만 이러한 작용을 자신도 배꼽 아래에 위치하는 태양신경총을 통해 스스로 예민하게 느낀다고 헉슬리(Aldous Huxley)에게 토로한 바 있다.[35] 그는 가족들 사이에 일어나는 이러한 교감을 "원초적, 본능적 커뮤니케이션 primal, pre-mental communication"[36]이라고 규정한다. 로렌스는 자신의 이러한 주장에 대해 "독자 여러분이

---

32) *Fantasia*, op.cit. p.29.

33) *Fantasia*, op.cit. p.29.

34) *Fantasia*, op.cit. p.29.

35) John Atkins, *Aldous Huxley: A Literary Study*(London: Calder and Boyars, 1967), p.136.

36) *Fantasia*, op.cit. p.32.

내 말을 믿어야 할 필요는 없다는 걸 기억하라. 그러므로 이 책을 읽어야 할 의무도 없다. 선택은 당신의 일이니 나를 관련시키지 말라. But remember, dear, reader, please, that is not the slightest need for you to believe me, or even read me. Remember, it's just your own affair. Don't implicate me."[37]라고 하면서 현대인들에게 아직 알려지지 않은 넓은 분야의 과학이 있을 것이라고 주장한다. 자신의 태양신경총 교감이론은 단순한 환상이 아니라 산 경험과 확실한 직관에 의거한 과학이며 "주관적인 과학 subjective science"[38] 라는 것이다. 그는 『무의식의 환상』에 기술된 내용은 자기의 "소설이나 시를 창작하는 과정에서 얻어낸 것으로서 스스로 경험한 후에 얻어낸 결론임을 이해해 달라"고 독자에게 간절히 바란다.[39]

로렌스의 소설에는 작중인물들의 관계에서 일어나는 자아 내면의 무의식의 움직임 혹은 비가시적 생명력의 진동을 시각적으로 형상화한 장면들이 많다. 로렌스에게 '무의식'은 원초 생명력을 의미하며, 삶을 살아가는 데 있어 지적, 개념적 앎의 방식이 아닌 감각적, 혈적 방식으로 살아가는 모든 사람들에게는 언제나 활성화되어 있는 것이다. 무의식적 생명력의 시각적 형상화와 관련하여 우리는 화가로서의 로렌스를 상기할 필요가 있다. 그는 회화적 미학 (visual aestheticism)에 대해 강한 관심을 보이는데, 알드리트(Keith Alldritt)에 의하면 그것에는 인간과 인간 혹은 인간과 자연 사이의 커뮤니케이션에서 생성되는 감각적 내용을 눈으로 볼 수 있는 "의

---

37) *Fantasia.* op.cit. p.33.
38) *Fantasia.* op.cit. p.12.
39) *Fantasia.* op.cit. 'Foreword' p.15.

미를 띤 형태"(significant form)로 담아내는 시각적 상상력의 미학 이념이 반영되어 있다는 것이다.[40] 한편 우리는 로렌스가 신지학적 감각이 고도로 개발된 작가임을 유념할 필요가 있다. 로렌스의 소설은 작중 주인공의 "신비의 몸 the Body Mystical"[41]을 통해 심오하게 느껴지는 비가시적인 어떤 감각과 생명력의 내용을 "의미를 띤 형태"인 상징들로 제시한다. 예를 들면 연꽃과 장미, 무지개, 균형을 취한 별, 새벽별, 태양, 천둥, 번개, 뱀 등과 같은 이미지 형태로 된 상징들이 이에 해당한다. 회화적 상상력에 관심을 두는 로렌스와 관련하여 그에게 미친 영향을 살펴보면 미래파, 입체파, 인상파 등과 같은 모더니스트 범주의 화가들(세잔, 마네 등)과의 교류에서 받은 영향이 특히 크다. 알드리트에 의하면 화가로서의 로렌스는 당대의 화단에서 교류와 모임, 전시회에 참석하여 거침없는 비평을 했다.[42] 그리고 당대 시인들의 유파인 인상파의 잡지 『인상파』(*The Imagist*)에 로렌스는 기고한 바 있다. 인상파의 기법은 어떤 인상을 통해 보는 사람의 내적 감정을 직관적이고 즉각적으로 호출되게 표현하는 데 중점을 둔다. 자연계의 어떤 현상을 볼 때 무의식적으로 즉각 형성되는 앎의 방식은 환상적 사유에 속하는 것이기도 한데 이러한 사유에서 외계의 현상과 사물은 이미지와 상징들로서 기능한다. 로렌스는 이러한 환상적 사유를 비하하기보다는 높이 평가한다. 그래서 고대인들의 신화적 사고를 연구한

---

40) Keith Alldritt, *The Visual Imagination of D.H.Lawrence*(London: Edwards Arnold Ltd., 1971), pp.142 - 43.

41) 이 용어에 대해서는 다음 책을 참조하시오. Frederick Carter, *D.H. Lawrence and the Body Mystical*(NY: Haskell House Publishers Ltd., 1972).

42) Alldritt, op. cit., pp.139 - 161, pp.189 - 218.

프레이저(Frazer)의 저서 『황금가지』(*Golden Bough*)에 나오는 환상적 사유에 대해 다음과 같이 평한다.

> …아마 오늘의 순진한 과학자들은 이미 고전이 된 『황금가지』에 나오는 문구를 보고 그 황당함에 웃어버리고 말겠지만 실제 그 속에는 이렇게 적혀 있다. '옛날 아리아인들은 해가 주기적으로 신성한 참나무 안에 사는 불로부터 재충전된다고 믿었다.' 여기서 생명의 나무에 사는 불은 생명 그 자체이다. 그러므로 우리는 옛날 아리아인들은 해가 주기적으로 생명으로부터 재충전되는 것으로 믿었다.'라고 다시 읽어야 한다. 이것은 고대 그리스 철학자들이 항시 말해온 것이다. 내게는 이 말이 진짜 진리로 보이고 우주조화의 실마리로 보인다. 생명은 태양으로부터 오는 것이 아니라 생명 그 자체에서 발생하는 것이다. 태양은 그러니까 모든 생명체로부터 양분을 받는 셈이다.

> …which, when stated, he would laugh at as fantastic nonsense, let us quote a word from the already-fashioned 'Golden Bough'. 'It must have appeared to the ancient Aryan that the sun was periodically recruited from the fire which resided in the sacred oak.' Exactly. The fire which resided in the Tree of Life. That is life itself. So we must read: 'It must have appeared to the ancient Aryan that the sun was periodically recruited from life.' Which is what the early Greek philosophers were always saying. And which still seems to me the real truth, the clue to the cosmos. Instead of life being drawn from the sun, it is the emanation from life itself, that is, from all the living plants and creatures which nourish the sun.[43]

로렌스는 옛 고대인들의 신화적 세계에는 오히려 "관대한 실용주의를 믿는 행복의 골짜기 the happy valley of indulgent Pragmatism"가 있으며 근접한 곳에 "물활론자들의 즐거운 대지 the chirpy land of the Vitalism"[44]가 있다고 말한다. "당신들 눈엔 안 보이겠지만

---

43) *Fantasia*. op.cit. 'Foreword' pp.14-15.
44) *Fantasia*. op.cit. p.21.

저 푸른 언덕 위로는 슈퍼맨들이 활개치고 다니고 있다. 거기에는 베산테임이 있고, 에디하위가 있고, 저 이상한 작은 땅에 윌스니아도 있으며, 모퉁이를 돌면 라빈드라 나토폴리스가 있고…Over those blue hills the Supermen are prancing about, though you can't see them. And there is Besantheim, and there is Eddyhowe, and there, on that queer little tableland, is Wilsonia, and just round the corner is Rabindranathopolis".45) 이렇게 이미지와 상징들로 외계를 바라보며 살았던 고대인들의 앎의 방식에 대해 로렌스는 "당신에게 진리가 아니어도 내겐 그것이 기쁜 소식이고 절대적 진리이다. Though it be not true to thee, It's gay and gospel truth to me."46) 라고 말한다. 그는 고대적인 이러한 상상력과 감각이 고갈된 현대인들을 안타깝게 생각하면서 "하느님, 저는 아무 것도 볼 수가 없습니다. 하늘이시여, 아무것도 보이지 않는 제게 망원경이라도 선사하소서. But Lord, I can't see anything. Help me, heaven, to a telescope, for I see blank nothing."47)라고 그들의 감각적 무능함을 조롱한다. 로렌스 소설에 나타난 신비주의적이고 신지학적인 여러 장면들은 현대인들이 상실한 창조에 대한 고대적 감각과 상상력의 부활이다. 이러한 장면들에는 삶과 영혼을 역동적이고 풍요롭게 하는 생명주의적 의식이 깔려있다.

앞에서 언급한 바 있지만 로렌스는 "핏속에서 느껴지는 예배의 형식으로서만 태양을 얻을 수 있다"고 했다. 한편으로 에세이 "호

---

45) *Fantasia*, op.cit, p.21.
46) *Fantasia*, op.cit, p.22.
47) *Fantasia*, op.cit, p.21.

저의 죽음에 대한 명상 Reflections on the Death of a porcupine"에서는 눈에 보이지 않지만 생명체의 근원과 씨앗으로서 성령(Holy Ghost)이 우주만물의 개체로 옮겨 다니면서 출입하는데 각 개체가 최고조로 생명력이 충만할 때의 모습이 곧 성령이 임한 때라고 했다.[48] 이러한 로렌스의 관점은 신성하고 신적이며 신비한 생명에 대한 의식을 기본전제로 한다는 점에서 '신지학적 theosophical'이라고 할 수 있다. 몽고메리(Robert E. Montgomery)에 의하면 후반기의 로렌스 사상을 한 단어로 표현해야 한다면 그것은 '신지학적'이 되어야 할 것이라고 했다.[49] 신지학은 이성적인 범주를 넘어서고 지성보다도 높은 원천으로부터 지혜를 이끌어 내며, 그 자체로 고유한 계시 혹은 비전이며, 합리적이기 보다는 신비적으로 그리고 상징적으로 표현된다.[50]

로렌스의 글은 뵈흐메(Jacob Boehme)와 같은 신지학자들의 글의 스타일에 나타나는 것처럼 직접적이고 중개물이 없다. 신지학적 작가들은 성령(Holy Spirit)이 그들의 언어들에 생명력의 에너지로 활성화하는 것에 의존한다. 뵈흐메가 "만약 성령이 나에게서 물러나 버리고 나면 나는 내 자신이 쓴 글들을 알 수도 이해할 수도 없다 if the Spirit were withdrawn from me I could neither know nor understand my own Writings, Montgomery"[51]고 말했듯이 성령은 그것이 일어나는 장소와 시간에 실제로 움직인다. 그래서 문제는

---

48) A.A.A Inglis., ed. *D.H. Lawrence: A Selection from Phoenix*(Harmondsworth, Middlesex: Penguin, 1979), pp.454–59 참조.

49) Robert E. Montgomery, *The Visionary D.H. Lawrence*(Cambridge: Cambridge UP, 1994), p.168.

50) Ibid., p.169.

51) Ibid., p.170.

즉각적이고 순간적인 직관을 포착하려고 시도하며 팽창되고 반복적이며 정열적이고 문장은 새롭게 출발하는 것 같다. 신지학적 작가는 그에게 발생한 단순하면서도 풍부한 어떤 비전 또는 직관을 합리적 담론의 용어들로 처음에는 옮길 수가 없으며 이러한 비전과 직관은 신지학적 작가의 정신 속에서 그 자체를 상징적 이미지로 변형시키고 그 이미지는 추론적 사고의 기저에 자리하면서 작가의 사고에 중심을 형성한다(Montgomery p.175). 로렌스는 이미지들로써 사고하는 것의 유용성을 강조했다. 그래서 그의 소설 장면들은 구체성을 띠며, 결코 추상적이지 않다. 이상적인 작중 인물들의 경우 그들의 의식은 자연계의 생명현상처럼 활력적이며 생동감에 차 있다.

로렌스는 인도와 이집트의 고대 신지학 내용이 집대성되어 있는 브라바츠키(Blavatsky) 여사의 『이시스 여신의 비밀이 벗겨지다』(*Isis Unveiled*), 『秘典』(*The Secret Doctrine*)과 여사의 제자인 프리세(Pryse)의 『묵시록이 풀리다』(*The Apocalypse Unsealed*) 등을 읽고 그들의 저술로부터 인도의 '차크라 chakra'와 '쿤다리니 kundalini' 훈련에 대해 정보를 얻었고 그것을 그의 이상인 우주와의 물활론적 접촉에다 적용시켰다.[52] 쿤다리니는 미묘한 우주생명 에너지로서 이것이 각성되면 마치 잠자고 있는 뱀이 또아리를 풀고 위로 기어 올라오는 것처럼 『우파니샤드』(*The Upanisads*)에서 시적으로 설명되어있다. 이러한 신지학적 원리가 로렌스의 『날개 달린 뱀』(*The Plumed Serpent*)에는 케짤코틀(뱀과 독수리가 엉킨 형체의 동물)이라는 아즈

---

52) W. Y. Tindall, *D.H. Lawrence and Susan His Cow*(New York: Columbia UP, 1939), pp.150-53 참조.

텍의 고대신의 귀환에 관한 주인공 돈 라몬의 설법 장면에 암시적으로 묘사된다. 몽고메리는 로렌스가 프리세의 신지학 이론을 수정한 부분이 있기는 하지만 기본의미가 전혀 의미가 달라지지 않게 수용한 사실을 알리면서, 생명 에너지 / 기(氣)의 센터인 차크라를 운전자와 자동차, 영혼-미묘한 몸(soul-subtle body)과 물리적 몸 사이의, 달리 말해 비가시적 자아(invisible self)와 가시적 자아(visible self) 사이의 동적인 접촉점이라고 설명하고, 이러한 차크라를 통해 주체와 대상 사이에는 눈에 보이지는 않지만 양극성의 회로가 형성되어 활력적인 전기성과 자기성의 눈에 보이지 않는 미묘한 힘과 물결(또는 파동)의 상호작용이 일어난다고 설명한다. 그리하여 인간은 이처럼 비가시적인 미묘한 힘의 장(field)에 놓여있고 이것이 자신의 미묘한 몸(subtle body)을 관통하면서 직접 영향을 미친다고 본다.[53] 이러한 신지학적 원리와 원천에 기반을 두고 인간 상호간 또는 인간과 자연 사이에 생명력의 교류작용이 활력적으로 이루어지는 신비한 현상을 해설한 책이 『무의식의 환상』, 『정신분석과 무의식』이다. 이 저서는 로렌스 자신의 말처럼 "무의식의 어두운 대륙 the dark continent of the unconscious"[54]에 대한 탐험이라고 할 수 있다. 그는 무의식을 영혼을 의미하는 또 다른 단어로 사용했으며, "인간 심령은 무의식의 어두운 대륙을 탐방하지 않고는 이해의 시작조차 할 수 없다 "The human psyche cannot begin to be understood until we enter the dark continent of the unconscious."[55]고 말했다. 로렌스는 일반인이 이해하기 어려운 자

---

53) Montgomery, op. cit., pp.179 - 180.
54) *Fantasia*, op.cit. p.234.

신의 무의식적 경험을 미묘한 수준의 감정 환기적인 이미지와 상
징들을 통하지 않고서는 표현할 수가 없었다.

로렌스가 시각적으로 형상화시킨 원초적 생명이미지들에 관심을
두고 이것을 '신지학적 몸 theosophical body'의 문제에 연관시켜서
중편소설 「도망친 수탉」(또는 「죽었던 남자」)를 살펴보자. 여기에
묘사되고 있는 '보이지 않는' 우주의 장미꽃과 연꽃의 이미지 혹은
상징은 불교의 화엄세계 비전과 상응한다. 육신의 죽음으로부터 새
로운 생명을 여인으로부터 얻어 완벽하고 장엄한 존재로 재탄생되
는 이야기로서 예수의 부활을 상징적으로 변용시킨 이 소설에서
남녀의 성적 결합을 통해 양자의 합일이 완벽하게 성취되면 눈앞
의 세계가 불교의 화엄의 이미지처럼 '꽃들로 장엄된 우주'로 변형
된다는 점을 찾아볼 수 있다. 부활하는 남자(The Man)와 여인 이
시스(girl of Isis)에게 지중해 바다 위로 별들이 빛나는 새벽녘의 신
전 앞에 펼쳐진 광활한 세계는 불현듯 "대우주의 장미 great rose
of Space"[56]로 변용되어 보인다. 두 사람은 이때 그러한 우주의 꽃
의 일부가 됨을 느낀다. 이러한 체험을 경험한 두 사람에게 봄이
왔을 때 꽃이 피는 계절의 리듬의 세계는 "보이지 않는 어두운 장
미꽃잎들 an invisible rose of dark-petalled openness"[57]로 개화된 세
계가 되고, 온 세상은 "우주의 꽃 blossom of the universe"[58]으로
장엄된 아름다움의 극치를 이룬다. 만물의 변화생성이 이루어지는

---

55) Fantasia. op.cit. p.234.

56) D.H. Lawrence, "The Escaped Cock", D.H. Lawrence: The Complete Short Novels
　　(Harmondsworth, Middlesex: Penguin, 1986), p.597.

57) Ibid., p.597.

58) Ibid., p.598.

대지는 연꽃(lotus), 자두나무꽃(plum-blossom), 수선화(narcissus), 아네모네(anemones) 등과 같은 갖가지 꽃들이 피고 지는 최고의 극에 달한 화려하고 아름다운 장엄세계이다. 불교적으로 말하면 불국토 혹은 부처의 세계가 된 것이다.

> 여인은…침묵 속에 본다는 생각조차 없이, 마치 연꽃이 그 황금의 핵을 신선한 생명력으로 가득 채운 채 다시 부드럽게 꽃잎을 닫는 듯이 깊은 생각에 잠겨 집으로 돌아갔다…. 오직 생각이란 이런 것뿐이었다: 나는 오시리스로 가득 차 있다. 부활한 오시리스로 가득 차 있다! 이 얼마나 충만스러운가! 일체의 신들을 넘어서는 것이다… 나는 우주의 거대한 장미의 일부이다. 나는 그 우주장미 향기의 한 낱알과 같다. 그리고 여인은 그 미의 한 낱알이다. 이제 세계는 수많은 꽃잎으로 된 어둠의 한 송이 꽃이다. 그리고 나는 하나의 접촉에서처럼 우주의 향기 속에 존재한다.

> The woman…went home in silence, sightless, brooding like the lotus softly shutting again, with its gold core full of fresh life. …Only she thought: I am full of Osiris. I am full of the risen Osiris! How full it is, and great beyond all gods. …I am part of it, the great rose of Space. I am like a grain of its perfume, and the woman is a grain of its beauty. Now the world is one flower of many-petalled darkness, and I am in its perfume as in a touch.[59]

불교의 화엄세계는 법신, 보신, 화신이라 불리는 비로자나불, 노사나불, 석가모니불의 삼불이 원용한 비로자나불의 세계이다.[60] 깨달은 자에게 세상의 모든 존재는 여래의 화신 아님이 없으며, 모두가 부처 또는 부처의 화신이고, 눈앞에 보이는 우주 법계 전체가 비로자나불(광명불) 아닌 것이 없다. 화엄의 비로자나불은 세계

---

59) Ibid., p.597.
60) 해주, 『화엄의 세계 』(서울: 민족사, 2003), pp.18 - 19.

의 곳곳에 있는 변만불(邊滿佛)인 것이다. 이때 깨달은 자에게는 감각적으로 환상처럼 꽃비가 내리고 몸의 안과 밖이 하나가 되어 환하게 관통해 있으며, 걸림이 없는 무애의 경계가 되어 사사무애(事事無碍), 이사명연무분별(理事冥然無分別)의 경지가 된다. 화엄, 즉 꽃(연꽃)으로 장식된 세계라 함은 이렇게 찬란하고 아름다우며 해탈된 경지의 일심(一心)을 표현한 상징적 세계를 뜻한다. 꽃(연꽃)이란 모든 아름다운 꽃을 대표하는 불교적 의미일 뿐으로 깨달은 자에게 느껴지는 지고한 마음의 상태를 시각적 표상으로 나타낸 데 불과하다. 로렌스가 스스로 불현듯 몸을 관류하는 불길의 체험을 하는 계기가 있다고 밝혔듯이,[61] 그는 '성령 체험'을 하는 성향을 지녔고 신지학적인 몸의 소유자였다.[62] 이 중편소설에서 두 남녀 사이의 신체교감에서 일어나는 심리적 영향을 묘사한 신비로운 이미지와 상징들의 대목에는 불교의 화엄세계와 근접한 신지학적인 작가의 경험이 표출되어 있음을 유념할 필요가 있다.

이제 또 다른 중편소설 「성마」에 나타난 원초적 생명력과 신지학적인 감각의 시각적 형상화에 관해 잠시 살펴보자. 여주인공 루(Lou)를 매혹시키는 종마는 불타는 듯한 건강한 정력으로 가득차 있고 이에 대립되는 지적 허위의식으로 살아가는 그녀의 남편 리코(Rico)와 같은 인간들에 대한 예민한 복수심으로 불타는 모습으로 묘사된다. 그녀는 이 말의 황적색 피부를 통해 생생하게 전해지는 생명의 뜨거움에 펄쩍 놀란다. 보이지 않는 강렬한 생명력이

---

61) Harry T. Moore, ed., *The Collected Letters of D.H. Lawrence*(New York: Viking, 1962), p.189.

62) 이에 대해 상세히 알고자 하면 다음 책을 참조하시오. 조일제 저 『D.H. 로렌스 문학연구』(서울: 신아사, 1995), 2장 "신전적 자아", pp.34-56.

지만 그녀에게는 불길, 단검, 무서운 악마신 등의 여러 이미지들로 가시화되어 하나의 환영처럼 상징적으로 형상화되어 보인다.

> 쓴트 모어의 야성적으로 빛나는 예민한 말머리가 딴 세상에서 그녀를 응시하는 것 같았다. …냉혹한 머리 부근의 숨김없는 곡선에서 두 귀를 단검처럼 불숙 드러내 곤두세우고, 몸뚱이는 넘치는 힘으로 붉게 달아오르는 듯했으며, 번쩍이는 커다란 두 눈은 악마와 같은 질문을 던지는 듯이 그녀를 노려보는 것 같은 그러한 환영을 보는 듯했다. 도대체 그것은 무엇이었던가? 그녀에게 그 말의 두 눈은 영원한 어둠 속에서 그녀를 무섭게 노려보는 신과 같은 것이었다. 의문으로 눈초리를 긴장시키고, 위협적인 빛의 흰 칼날을 번뜩이는 듯 무시무시하게 이글거리는 그 큰 두 눈. 인간의 것이 아닌 그 질문, 그 무시무시한 위협은 무엇이었던가? 그녀는 알 수 없었다. 그 말은 찬란한 어떤 악마의 화신이었고 그녀는 그를 숭배하지 않을 수 없었다.

> The wild, brilliant, and alert head of St Mawr seemed to look at her out of another world. It was as if she had a vision, …the large, brilliant eyes of that horse looked at her with demonish question, while his naked ears stood up like daggers from the naked lines of his inhuman head, and his great body glowed red with power. What was it? Almost like a god looking at her terribly out of the everlasting dark, she had felt the eyes of that horse; great, glowing, fearsome eyes, arched with a question, and containing a white blade of light like a threat. What was his non-human question, and his uncanny threat? She didn't know. He was some splendid demon, and she must worship him.[63]

위에 등장하는 불길, 불의 칼, 악마신 등과 같은 상징적 이미지들은 원초적 생명력의 표상들이다. 이러한 장면은 지적, 개념적 앎의 방식으로 삶을 살아가는 인물들에게는 불가능하다. 인위적이고 의식적인 방식으로 삶을 살아가는 부류의 사람들에게는 강렬한 원

---

63) Ibid., *St. Mawr and The Virgin and the Gipsy*, p.22.

초적 생명력이 고갈되기 때문에 위와 같이 무의식으로부터 환기되는 환상적 영상(fantastic vision)은 생성될 수 없다. 무의식적 환상은 초월적 실체로서 신비롭고 신성하며 때로는 악마적 성격을 띠기도 하므로 그것을 구성하는 이미지와 상징들은 양가적 성격 혹은 복합성을 지니고 있다. 이것은 로렌스 작품의 중요한 특징들 중의 하나라고 할 수 있다.

단편소설 「맹인」(The Blind Man)에서 작가는 실명한 남자의 놀랍고 신기한 감각능력을 중요한 주제로 다루고 있다. 부상으로 실명하여 장님이 된 모리스 퍼빈(Maurice Pervin)은 자신의 소유인 농장에서 부인 이사벨 퍼빈(Isabel Pervin)과 함께 농사일에 충실하며 행복한 삶을 살아간다. 남편이 실명했음에도 불구하고 그들의 삶은 매우 행복하다. 모리스는 소젖을 짜고 우유통을 나르며 돼지와 말들을 보살핀다. "맹인에게 있어서 인생은 여전히 충실하고 신기할 만큼 고요하였으며, 어둠과 즉각적으로 접촉함으로써 얻어지는 거의 이해할 수 없는 평온함으로 인해 태평하였다. Life was still very full and strangely serene for the blind man, peaceful with the almost incomprehensible peace of immediate contact in darkness."[64]고 작가는 기술한다. 모리스는 아내와 함께 "풍요롭고 진실하며 보이지 않는 전 세계 a whole world, rich and real and invisible"[65]를 소유한 것처럼 느끼며, 세상과 동떨어진 새로운 행복감과 함께 "손으로 만져지는 어둠 속의 기쁨 dark, palpable joy"[66]을 느끼면서 어떤 커다

---

64) D.H. Lawrence, *D.H. Lawrence: Selected Short Stories*(Harmondsworth, Middlesex: Penguin, 1983), "The Blind Man", p.301.

65) Ibid., p.301.

66) Ibid., p.301.

란 기쁨으로 인해 영혼이 부푼다. 그럼으로써 심지어 시력을 상실한 것조차도 후회스럽지 않다는 생각이 든다. 눈에 보이지 않는 사물들로부터 마치 가시적인 것 이상으로 어떤 감촉 혹은 생명력을 감각하는 것이 맹인 모리스의 현격한 특징이다. 이러한 장님의 특징을 묘사하는 여러 대목들이 이 작품에서 중심을 이룬다. 어둠 속에 사는 모리스는 비록 어둡지만 익숙한 환경 속에서 거의 무의식적으로 움직인다. 작가는 모리스의 비가시적 사물에 대한 감각을 다음처럼 묘사한다.

> 그는 손도 대기 전에 사물이 있는 것을 아는 듯했다. 그에게 이처럼 일종의 육감적 예지의 물결에 실려 물질적 세계 속에서 흔들리는 것이 기뻤다. 그는 그다지 깊이 생각하지도, 걱정하지도 않았다. 이처럼 실제세계와 순수하게 연결된 육감적 접촉을 계속하는 한 행복했으며 시각적인 의식에 의해 방해받고 싶지가 않았다. 이런 상태에는 어떤 확실성이 풍부히 있어서 때로는 황홀경에 이르기까지 이르곤 했다. 생명은 그의 내부에서 마치 철썩철썩 밀려오는 파도처럼 움직이며 앞으로 다가와 만물을 컴컴하게 에워싸는 것 같았다.

> He seemed to know the presence of objects before he touched them. It was a pleasure to him to rock thus through a world of things, carried on the flood in a sort of blood-prescience. He did not think much or trouble much. So long as he kept this sheer immediacy of blood-contact with the substantial world he was happy, he wanted no intervention of visual consciousness. In this state there was a certain rich positivity, bordering sometimes on rapture. Life seemed to move in him like a tide lapping, and lapping, and advancing, enveloping all things darkly.[67]

이것이 맹인의 내면에 생성된 "새로운 의식방법 the new way of consciousness"[68]이라고 작가는 밝힌다. 둘러싸인 외계의 사물들 앞

---

67) Ibid., pp.308-09.

에서 순수한 생명력의 움직임들이 맹인 모리스에게 느껴지는 방식은 "육감적(혈적) 접촉 blood-contact" 혹은 "육감적(혈적) 예지 blood-prescience"를 통해서이다. 여기서 비가시적인 생동하는 생명력은 "파도 tide"의 이미지로서만 표현되고 있다. 이것은 달리 말하면 비가시적인 원초생명력의 가시적 형상화라고 할 수 있다. 로렌스가 추구하는 이상적인 앎의 방식은 이와 같은 유형이다. 개념적, 지적 추론이나 분석에 의한 앎의 방식은 로렌스에게는 잘못된 것으로 여겨진다. 왜냐하면 그것은 인간의 자아를 물질화하여 생명을 고갈시키고 정서와 감각을 황폐화하기 때문이다. 로렌스가 주장하는 이와 같은 새로운 의식방법은 문명에 오염되지 않고 자연 상태에서 살아가는 고대인, 원시인 혹은 어린아이들에게서 동일하게 나타나는 유형임을 앞에서 살펴본 여러 논의 내용을 통해 알 수 있었다. 로렌스 소설에서 비난의 대상으로 등장하여 비판받는 인물들은 모두 다 "혈적 의식 blood-consciousness"과 "혈적 접촉 blood-contact"의 방식을 상실한 인간 부류에 속한다. 이러한 앎(의식)의 방식을 회복할 때 영혼이 기쁨에 충만하고 생명력에 넘쳐날 수 있으며 행복한 감정을 유지할 수 있다는 것이 로렌스의 지론이다.

---

68) Ibid., p.309.

4. 비가시성의 가시화에 대한 효과와 가치

눈앞에 보이는 자연세계의 사물, 즉 객체 혹은 대상은 그것을 보는 주체의 마음이나 영혼의 투사일 수 있다. 바꿔 말하면 주체의 '보이지 않는' 내적 자아의 무의식이나 생명력의 반영이다. 로렌스 소설의 묘사장면에서 주체–객체의 관계를 보면 주체의 내면에 생성되는 눈에 보이지 않는 어떤 감각적 느낌과 인지적 내용들은 환기작용을 하는 객관적 상관물들로 표현된다. 그러한 상관물들은 원초적인 생명력이 담보된 자연의 이미지로 된 상징들이다. 의미를 설명하기 힘든 그러한 상징들은 주체의 내면을 구성하는 비가시적인 정서, 감각, 인지 등의 내용이 시각적, 회화적 이미지들로서 가시적으로 형상화된 것이다.

로렌스는 비가시적인 원초적 생명력의 감각이나 인지를 자연력의 이미지들을 매개체로 사용하여 상징들로 표현하고 있으며 그러한 상징들은 신비주의적인 특성을 내포한다. 촉각, 청각, 후각 등의 감각적 내용들은 생명력이 결부되어 가시화됨으로써 로렌스 소설의 묘사장면들은 생명력을 촉발하는 강렬한 힘을 보여주며 독자들로 하여금 신비함과 감동을 느끼게 함으로써 시적이고 드라마틱한 효과를 지닌다. 이러한 특성은 현대 산업사회에서 생명력이 고갈되고 정서적으로 황폐하게 살아가는 사람들의 자아를 원초적인 생명상태로 복원시켜주는 기초가 된다. 로렌스는 현대 지식인들이 주체 - 객체 관계에서 맺는 삶의 방식을 과잉된 개념적, 지적 분석과 추론에 의존함으로써 동적 자아를 죽이고 활력을 상실하여 죽음의 상태인 물질적 자아로 전락하고 마는 데 반하여, 자연 상태로 살아가는 고대인이나 원시인들은 일차적이고 직접적인 순수한 무의식 혹은 "피의식 blood-consciousness"에 의존함으로써 영적, 정서적으로 훨씬 풍요롭고 신비로운 삶을 영위했다고 본다. 원초적인 순수생명력이나 무의식적 영혼의 자연스러운 작용에서 일어나는 감각적 내용들을 상징이나 이미지들로 환기하는 사고방식을 취하는 사례를 로렌스는 고대인이나 원시인, 또는 지성과 문명에 물들지 않은 어린아이들에게서 발견하였던 것이다. 그가 "무의식의 환상 Fantasia of the Unconscious"이라고 부른 복합심리학 이론은 산업물질주의 문명의 본질적 문제를 통찰하는 측면에서 크나큰 가치를 지닌다.

로렌스 소설에서 작중인물들의 무의식적 환상을 가시적으로 표상하는 이미지와 상징들에는 현대 산업사회 사람들이 상실한 원초적 감각과 근원적 앎의 중요성을 부활시키고자 하는 작가의 염원이 담겨져 있다. 로렌스를 황당한 작가로 간단하게 규정하거나 쉽게 평가할 수 없는 것은 원시시대에서 현대에 이르기까지 인류의 의식의 역사와 양상을 예리하게 통찰하는 지혜가 있을 뿐만 아니라 산업사회를 살아가는 현대의 문명인들이 상실한 근원적 생명과 신성한 우주적 자아를 복원시킨다고 하는 점에 있다. 그는 이 점에 있어서 비가시적인 생명세계를 가시적인 이미지와 상징들로 형상화하는 데 탁월한 예술적 능력을 보여주고 있다.

메를로-퐁티 저. 남수인, 최의영 옮김. 『보이는 것과 보이지 않는 것』.
    Merleau-Ponty. *le vible et l'invisible*. 서울: 동문선, 2004.

조일제 『D.H. 로렌스 문학연구』. 서울: 신아사, 1995.

해주. 『화엄의 세계 』서울: 민족사, 2003.

Alldritt, Keith *The Visual Imagination of D.H.Lawrence*. London: Edwards
    Arnold Ltd., 1971.

Atkins, John. *Aldous Huxley: A Literary Study*. London: Calder and
    Boyars, 1967.

Blavatsky, H.P. *Isis Unveiled*. California: Theosophical UP, 1988.

_____. *The Secret Doctrine*. California: Theosophical UP, 1988.

Carter, Frederick. *D.H. Lawrence and the Body Mystical*. NY: Haskell House
    Publishers Ltd., 1972.

Inglis, A.A.A., ed. *D.H. Lawrence: A Selection from Phoenix*. Harrmondsworth,
    Middlesex: Penguin, 1979.

Lawrence, D.H. "The Blind Man", *D.H. Lawrence: Selected Short Stories*,
    Harmondsworth, Middlesex: Penguin, 1983.

_____. "The Escaped Cock", *D.H. Lawrence: The Complete Short
    Novels*. Harmondsworth, Middlesex: Penguin, 1986.

_____. *Apocalypse*. Harmondsworth, Middlesex: Penguin, 1977.

_____. *Fantasia of the Unconscious*. Harmondsworth, Middlesex:
    Penguin, 1977.

_____. *Psychoanalysis and the Unconscious*, Harmondsworth, Middle-
    sex: Penguin, 1977.

_____. *Selected Essays*. Harmondsworth Middlesex: Penguin, 1972.

_____. *St. Mawr and The Virgin and the Gipsy*. Harmondsworth,
    Middlesex: Penguin, 1981.

_____. *The Plumed Serpent*. Harmondsworth, Middlesex: Penguin,

1977.

Montgomery, Robert E. *The Visionary D.H. Lawrence.* Cambridge: Cambridge UP, 1994.

Moore, Harry T. ed., *The Collected Letters of D.H. Lawrence.* New York: Viking, 1962.

Tindall, W. Y. *D.H. Lawrence and Susan His Cow.* New York: Columbia UP, 1939.

Ⅱ. 접신주의와 비교(秘敎)

1. 내재적 신성에 대한 직관력

D.H 로렌스 문학작품에서 느껴지는 비교(esotericism)의 요소를 간추려 보면 범주적으로 중첩되는 부분이 있기는 하지만 접신론 (theosophy), 정령론(animism), 제의(ritual), 비술(秘術 occult) 등을 들 수 있다. 로렌스의 타고난 종교적 본성 때문이라고 할 수 있지만 그의 종교적 감정의 특징은 특정 종교나 종파에 국한되기보다는 포괄적이고 절충적이다. 그에게 있어 자연과 인간은 그 자체가 신성 혹은 신을 내재하고 있는 신비적인 존재이다. 어떤 점에서는 그를 접신가(theosophist), 비술가(occultist), 정령론자(animist) 등으로 부를 수 있다. 그는 접신가로서 신성과 영지에 대한 초능력적인 감각과 통찰력을 소유하고 있으며, 몸 안에 있는 신, 즉 내재신의 영감에 의해 스스로 최고급 자아로 변신되는 것을 지상목표로 삼았다.

로렌스는 독서와 함께 세계의 고대 및 원시 문명이 남아있는 현장과 유적지에 대한 종교적 탐험을 위한 답사를 열열히 수행하였는데 이 점은 여러 나라의 고대 원시의 秘敎的 지혜를 집대성한 저술인 『아이시스 여신의 비밀이 밝혀지다』(*Isis Unveiled*, 1877), 『신비한 교리』(*The Secret Doctrine*, 1885), 『신지학의 열쇠』(*The Key to Theosophy*, 1889) 등을 출간한 세계 최고의 접신가로서의 브라바츠키 여사(H.P. Blavatsky)와 비슷하다. 여사의 이러한 저술들은 동서양에 걸친 고대인들의 종교와 신화에 나타나는 비의, 비술(occult), 지혜를 모아 놓은 것으로 그녀의 추종자들에게는 성서로서 도움을 주었다. 여기에는 마술, 밀교, 요가, 점, 점성술, 연금술, 초능력, 심령술, 강신술, 최면술, 텔레파시, 신탁, 입사식, 신비적 명상 등을 포함한 고대인들의 갖가지 儀式과 비술이 들어있다. 로렌스는 브라바츠키 여사의 『아이시스 여신의 비밀이 밝혀지다』, 『신비한 교리』와 그녀의 제자인 접신가 학자인 프리셰(J.M. Pryse)의 저술『묵시록 비밀이 밝혀지다』(*The Apocalypse Unsealed*, 1910), 영국의 라이더(Rider)가 출판인으로 있었던 접신학 잡지인 『오컬트 리뷰』(*The Occult Review*),[1] 그리고 인도의 고대 힌두교 경전인 『우파니샤드』(*Upanishads*), 『리그베다』(*Rigveda*)[2] 등을 읽었다. 뿐만 아니라 고대의 이집트, 인도, 아메리카 인디언, 그리스, 에트루리아, 칼데아인, 드루이드인, 아틀란티스인과 같은 동서양의 고대 문화와 관련된 고

---

1) James T. Boulton, ed. *The Letters of D.H. Lawrence, vol. 1*(Cambridge: Cambridge University Press, 1979), p.150, p.298, p.299, p.526, 그리고 William York Tindal, *D.H. Lawrence & Susan His Cow*(New York: Columbia Univ. Press, 1939), p.134, p.149 참조.

2) Tindall, Ibid., p.149 참조.

고학적, 인류학적 저술들, 예를 들면 제인 해리슨(Jane Harrison)의 『고대 예술과 의식』(*Ancient Art and Ritual*), 에드워드 타일러(Edward Tylor)의 『원시문화』(*Primitive Culture*), 『아프리카의 목소리』(*The Voice of Africa*), 프리스코트(Prescott)의 『페루』(*Peru*), 가스톤(Gaston)의 『이집트』(*Egypte*), 윌리암 매슈 프린더스 페리(William Matthew Flinders Petrie)의 『이집트 역사』(*History of Egypt*), 『이집트 종교』(*Religion of Egypt*), 『이집트 이야기들』(*Egyptian Tales*), 길버트 뮤레이(Gilbert Murray)의 『고대 그리스인들』(*The Ancient Greeks*) 등과 더불어 신화 및 종교 연구서인 프레이저(J.G. Frazer)의 『황금가지』(*Golden Bough*), 융(C.G. Jung)의 『무의식의 심리학』(*Psychology of the Unconscious*) 등을 읽었고 거기서 암시를 얻어내어 그의 문학작품 창작에 예술적으로 활용하였다.[3]

로렌스의 여러 작품에 등장하는 위에서 언급한 秘敎的 요소들은 상업적 물질적 목적을 위한 것이 아니라 종교적 영혼의 충족과 성취에 관련되어 있다. 이러한 모티프는 자세히 살펴볼 때 본질론적인 종교적 차원에서 취급하고 있음에 주목해야 한다. 그의 문학에 반영된 秘敎에서 어떤 신적 존재는 때로는 예감, 힘, 생명력, 영적 에너지나 비전 등으로서 직감되는 양상을 띤다. 이러한 것들은 로렌스의 방식대로 말하면 살아있는 육체(living flesh), 살아있는 "피의식 blood-consciousness"에 의해 직관된다. 로렌스의 친구 알더스 헉스리(Aldous Huxley)는 로렌스의 이와 같은 秘敎的인 직관력에 주목하여 그가 보통의 일상적인 의식을 뛰어 넘어 저 너머에 있는 신성한 것으로 느껴지는 신비한 세계를 보는 비상한 능력의 소유

---

3) Tindall, Ibid., pp.97 – 98.

자임을 지적한 바 있다: "그는 항상 세계의 신비를 강렬하게 의식하고 있었다. 그리고 그 신비는 항상 그에게는 신성한 악마였다. He was always intensely aware of the mystery of the world, and the mystery was always for him a *numen*, divine."[4]

한편으로 보면 로렌스는 어릴 때부터 기독교적 문화환경 속에서 자랐다. 그래서 그의 에세이 "인간 생활에서의 찬송가 Hymns in a Man's Life"에서 예배당의 찬송가 역시 그의 어린 마음을 관통하여 경이로 채웠다고 고백한다.[5] 그러나 그가 기독교 성경에서 느끼는 체험은 문자적인 자구의 해석에 얽매이는 것이 아니라 의식의 장 안에 지극히 육감적으로 작용하는 것이 특징이다. 아주 어린시절부터 그가 읽은 성경은 그의 "의식 안으로 퍼부어지고 거의 포화점 상태에 도달했다. I had the Bible poured every day into my helpless consciousness, till there came almost a saturation point."[6]라고 고백한 바 있다. 이러한 사실에 대해 그의 에세이에서 토로하는 다음과 같은 진술은 그가 어떤 육감적인 秘敎的 기질을 지닌 신비한 육체의 소유자임을 보여준다: "이러한 성경의 언어를 사고할 수 있거나 혹은 심지어 어렴풋이 이해할 수 있기 훨씬 전에 성경의 이러한 '부분들'은 마음과 의식 위로 물처럼 흘러들고, 마침내 안으로 흠뻑 적셔져서 감정과 사고의 모든 과정에 효과를 미치는 하나의 영향이 되었다. Long before one could think or even

---

4) Aldous Huxley, ed. *The Letters of D.H. Lawrence*(New York: The Viking Press, 1932), "Introduction," pp.xi – xii.

5) Warren Roberts and Harry T. Moore, ed. *D.H. Lawrence: Phoenix II*(Penguin, 1974), p.597.

6) D.H. Lawrence, *Apocalypse*(Penguin, 1977), p.3, 그리고 Edward D. McDonald, ed. *D.H. Lawrence: Phoenix*(Penguin, 1978), p.302 참조.

vaguely understand, this Bible language, these 'portions' of the Bible were douched over the mind and consciousness, till they became soaked in, they became an influence which affected all the processes of emotion and thought."[7]

그는 어린시절부터 마을의 광부들과 함께 감리교 예배당에 가곤 하였는데 예배식에서 마치 하늘로부터 "야생의 신비와 거치른 힘에 대한 어떤 기묘한 감각 an odd sense of wild mystery or of rude power"[8]를 느꼈다고 한다. 그는 자신의 뼈 속에 성경을 가지고 있다고 『묵시록』(Apocalypse)에서 강조했다.[9] 이처럼 그는 종교에서 교리적이고 윤리적인 성향 대신에 접신가로서의 秘敎的인 감수성을 강렬하게 지닌 인물이다.

로렌스는 "피도 역시 사람의 마음 안에서 어둡게 숙고하듯이 사고한다. The blood also thinks, inside a man, darkly and ponderously."[10]라고 말하는가 하면, "피 안에서 우리는 가장 강력한 자신의 자기 – 앎, 즉 자신의 가장 힘찬 어두운 양심을 가진다. In the blood we have our strongest self-knowledge, our most powerful dark conscience."[11] 또는 "피의 길을 따라 멀리 멀리 어둠 속으로 내려가면 나는 신에 이른다. Down the road of the blood, further and further into the darkness, I come to God."[12]라고 말하고 있는데, 피 자체 또는 육체 자체가 살

---

7) Ibid., p.3.
8) *Apocalypse*, op. cit., p.10.
9) *Apocalypse*,. op. cit., p.13.
10) Edward D. McDonald, *D.H. Lawrence: Phoenix*(Penguin, 1978), "Books", p.732.
11) *Phoenix II*, op. cit., "The Two Principles", p.236,
12) *Phoenix*, op. cit., "The Crown", p.377.

아있는 의식체이고, 그것에 의해서 그가 말하는 신비한 신인 '어둠의 신'(dark god)을 만나고 '어둠의 신' 자체로 변신한다. 그리하여 그는 피(또는 살)의 종교로까지 나아간다. 로렌스의 이러한 종교적 특성은 秘敎的 意識을 드러내 주는 것이다.

로렌스의 타고난 종교적 본성의 특성대로 그는 관습과 규제로부터 벗어나서 자신의 영적 충만과 영원한 시공을 향해 마음을 열어주는 진정한 종교를 향유하기를 원하는데, 틴달(Tindall)의 지적처럼 "신과의 직접적인 교감 immediate communion with God"13)이 그의 궁극적 목적이다. 이와 유사한 맥락에 닿아있지만 로렌스는 어릴 때와 젊은 시절의 한 때에 빠졌던 기독교와 과학적 유물주의를 완전히 버리기 이전의 시기에 관념주의자들(idealists), 초월주의자들, 그리고 비전통파적인 열광주의자들에게 매료되어 있었다. 그는 칸트(Kant)를 읽었고, 에머슨(Emerson), 소로우(Thoreau), 워즈워스(Wordsworth), 휘트먼(Whitman)을 좋아하였으며, 셀리(Shelly), 카알라일(Carlyle), 브레이크(Blake)를 흠모하였다. 그리고 이와 같은 것들 안에서 친밀감을 느꼈고 나중에 가서 이들 속에서 과학의 지루함으로부터의 어떤 해방감과 감리교 상실에 대한 어떤 보상감을 발견하였다.14) 그가 편지에서 "기본적으로 나는 열렬한 종교적 인간이며, 나의 소설들은 종교적 체험의 깊은 곳으로부터 쓰인 것임에 틀림없다. Primarily I am a passionately religious man, and my novels must be written from the depth of my religious experience."15)

---

13) Tindall, op. cit., p.18.

14) Tindall, op. cit., p.18.

15) Huxley, op. cit., p.190.

라고 자신의 타고난 종교성을 고백했듯이 그는 접신가적 종교의 범주에 속하는 秘敎의 신봉자였다고 할 수 있다.

본 장은 먼저 로렌스가 고대 아메리카 인디언 종교를 재현한 장편소설『날개 달린 뱀』(The Plumed Serpent)를 통해 고대원시회의 秘敎的 요소와 성격을 살펴보고, 다음으로 신비적 육체와 관련된 '어두운 성'(Dark Sex)을 통해 로렌스가 중요 소설들에서 구현한 성의 종교화에 나타난 秘敎的 요소와 성격을 살펴봄으로써, 로렌스 문학의 지배적인 특성의 하나인 秘敎的 차원에 대한 의의를 고찰, 평가하고자 한다. 후자의 경우에 선택한 작품으로는 『아들과 연인』(Sons and Lovers), 『채털리 부인의 사랑』(Lady Chatterley's Lover), 「죽었던 사나이」(The Man Who Died) 등을 중심으로 할 것이다.

2. 고대 원시사회의 비교적 요소

『날개 달린 뱀』의 초반부에서 여주인공인 케이트(Kate)가 영국으로부터 고대 아즈텍족의 신비로운 종교적 지혜가 보존되어 있는 멕시코에 찾아온 목적과 관련하여 현지에서 듣게 되는 말에 "고대의 신들의 복귀 The Gods of Antiquity Return to Mexico"(p.62)와 "아직 완전히는 잊어버려지지 않은 관습 practices not yet altogether forgotten"(p.63)이 있다고 기술된다. 이러한 말은 로렌스의 심리학 저서인 『무의식의 환상』(*Fantasia of the Unconscious*)의 서문에 진술된 "잊어버린 지식 forgotten knowledge"과 병치될 수 있다. 그는 이 저서가 "잊어버린 태초의 언어들을 더듬거리며 적어본 시도 stammer out the first terms of a forgotten knowledge"[16]라고 밝히고 있다. 이것은 접신론의 秘教的 지식에 대한 로렌스의 관심이

---

16) D.H. Lawrence, *Fantasia of the Unconscious*(Penguin, 1977), p.14. 이하 이 책은 *Fantasia*로 약기하고 본문 안에 표시한다.

표명된 부분이라 할 수 있다. 틴달에 의하면 이러한 과거시대에의 관심은 브라바츠키 여사의 원시주의에 가깝고,[17] 아틀란티스 시대 의 秘敎的 지식(esoteric wisdom)과 관련이 있다. 秘敎的 지식은 아틀란티스 시대의 사회에 있어서는 삶의 중심을 이루고 있었으며, 그러한 사회는 로렌스에게 종교적 유토피아로 여겨졌다. 로렌스와 깊은 친교를 나누었던 프레드릭 카터(Frederic Cater)에 의하면 아틀란티스 시대는 로렌스에게는 먼 옛날에 있었던 일종의 황금시대였으며 헤스페리디안(Hesperidean)의 정원에는 처녀들과 사과들과 용들이 모두 완전한 존재였다.[18] 秘敎的 사상이 바탕을 이루고 있는 로렌스의 이러한 고고학적 상상력은 브라바츠키 여사뿐만 아니라 프레이저, 테일러, 해리슨, 프로베니우스(Frobenius), 누탈(Nuttall), 그리고 벨트(Belt) 등으로부터도 많은 정보를 취했다.[19]

로렌스는 점차 현대사회의 물질주의와 과학기술의 사악한 병폐를 체험하면서 그가 한 때 몰입했던 사막과도 같은 물질주의를 경멸하였고 자기의 신앙을 파괴하였던 과학을 증오하게 되었는데, 처음에는 무의식적으로 다음에는 의식적으로 그렇게 하였다. 그러나 그는 유년시절의 단순한 종교로 되돌아 갈 수는 없었다. 그의 영혼은 이렇게 절규한 바 있다: "우리에게 종교를 달라, 우리에게 신앙할 무엇을 달라, 우리 시대의 자궁 안에 들어있는 불만족스러운 영혼이 외친다. Give us a religion, give us something to believe in, cries the unsatisfied soul embeded in the womb of our times."[20] 이

---

17) Tindall, op. cit., p.140.

18) Frederic Carter, *D.H. Lawrence and the Body Mystical*(London: The Garden City Press, 1932), p.56.

19) Tindall, op. cit., pp.143 – 44.

와 같은 심리적 상황에서 그가 할 수 있는 것은 사적 종교를 창안하는 것이었다. 틴달에 의하면, 전통적 종교에 대한 대안으로서의 사적 종교의 창안은 19세기 후반과 20세기 초에 각성된 개신교들 가운데서는 일반적인 일이었다고 한다.[21] 로렌스에게 있어서 사적 종교란 특정의 종교나 종파를 초월하여 심성적으로 심오하게 종교적인 것을 의미한다. 그는 후기에 그것을 고대 원시인들의 문명에서 발견하였으며 특히 고대 아메리카 인디언 문명으로부터 자기가 생각한 이상적인 '어둠의 신들'(Dark Gods)이 구현되어있다는 사실을 알게 되었다. 이러한 점에서 로렌스는 대학시절 이후부터 자기가 기독교인이기를 그만 둔 것을 자랑으로 여겼다고 한다. 마음을 자극할 수는 있지만 자신의 감정이 지지를 받지 못하는 기독교 교회에서는 마음이 편하지 못하였기 때문이다. 다시 말하면 그는 순수하게 접신론적인 차원에서 秘敎的일 때만이 영적인 희열과 충족감을 제대로 즐길 수 있었던 것이다.

『날개 달린 뱀』은 로렌스가 창조하고 싶었던 '어둠의 신들'을 현현시키고자 시도한 작품이기 때문에 그가 자기 작품들 가운데 가장 중요하다고 공언하였다.[22] 이 소설에서는 앞에서 언급한 秘敎的 개념이 반영된 여러 동물과 우주 자연물들이 상징적으로 사용되고 있다. 이러한 秘敎的 상징물들은 어둠의 신들의 현현을 위해 로렌스가 이상적인 목표로 삼았던 종교적 유토피아를 이루기 위한 것들이다. 로렌스에게 있어서는 인간의 의식은 우주적 의식으

---

20) *Phoenix*,, op. cit., "Study of Thomas Hardy", p.434.

21) Tindall, op. cit., p.15.

22) Anthony Beal, *D.H. Lawrence*(London: Oliver and Boyd, 1964), p.77.

로 확장될 때 신성을 획득하여 신적 자아로 변신될 수 있다. 이 작품에는 이를 위해 여러 가지 고대적인 영적 수련 방법들이 동원되고 있다. 명상, 요가, 노래, 춤 등과 더불어 다양한 종교적 儀式과 심신 수련 방법들이 그 실례들이다.

열대 멕시코에서 뱀, 용, 독수리, 태양, 별(샛별) 등과 같은 존재들은 우주 자연의 신적 생명력의 상징이며 작중 주인공들에게 신적 화신들로 간주된다. 이러한 우주 자연물들은 신이 되고자 하는, 그들이 끊임없이 동화와 합일을 시도하는 영적 에너지의 상징이라고 할 수 있다. 이것은 힌두교나 요가의 용어로 말한다면 '군다리니'에 해당하는 것이다. 틴달에 의하면 『날개 달린 뱀』에서 입에 꼬리를 문 케짤코틀(Quetzalcoatl) 신은 프리셰가 설명하는 군다리니가 된 것으로 본다.[23] 작품에서 이 신이 말하는 다음과 같은 대목에서 우리는 이러한 군다리니를 감지할 수 있다:

> '너희 몸의 뱀이 머리를 들어 올릴 때, 조심하라! 그것은 나, 케짤코틀이 너의 몸 안에서 일어나는 것이며, 일어나 밝은 낮을 넘어 저 너머 어둠의 태양으로 가는 것이니라. 그곳에는 최후의 너희의 집이 있느니라...나의 뱀이 너의 배 속에서 그 휴식의 원을 또아리 틀 때에야 비로소 나는 너희와 함께 있느니라.'

> 'When the snake of your body lifts its head, beware! It is I, Quetzalcoatl, rearing up in you, rearing up and reaching beyond the bright day, to the sun of darkness beyond, where is your home at last…and I am not with you till my serpent has coiled his circle of rest in your belly.' (pp.132 - 33)

틴달은 정통 아즈텍인이라면 아마도 케짤코틀이 실제로는 쿤다

---

23) Tindall. op. cit., p.155.

리니라는 것을 알고 놀랄 것이지만, 접신론 학자라면 힌두인이나 아즈텍인이 동일한 종교를 지니고 있다는 사실을 알고는 로렌스의 고대 인디언 종교의 발견에 대해 기뻐할 것이라고 지적한다.[24] 로렌스가 쓴 에세이 "꼬리를 입에 문 그대 Him with His Tail in His Mouth"의 제목은 영원, 윤회 등을 암시하는 접신론 학자들의 상징에서 나왔다. 그의 여러 에세이들을 통해 인용된 상징적인 연꽃이나 백합, 헤르메스 신(Hermes), 그리고 산스크리트에서 나온 신비의 소리인 옴(Om), 프루샤(Purusha), 카라(Kala), 프라드하나(Pradhana)[25] 등의 즐거움에 대한 로렌스의 언급들은 그가 접신론과 오랫동안 친숙했음을 나타내는데, 그러한 용어들과 환상들은 브라바츠키 여사의 언급을 반영하고 있다.[26]

『날개 달린 뱀』에서 인간 자체가 신으로 현현할 수 있는 길은 우주 자연과의 연결과 깊은 합일에 있다는 점이 계속 강조되고 있다. 이러한 연결과 합일을 이루는 방법들이 바로 위에서 언급한 儀式이나 심신 수련법들이기도 하다. 로렌스는 이러한 연결과 합일을 원(circle)의 표상에 의해 상징주의적으로 텍스트의 곳곳에서 나타내고 있다. 원은 로렌스의 접신론적 秘敎의 지혜와 사상을 상징적으로 나타내는 중심적인 모티프로서 기능하고 있기 때문이다.

작품 내부에서 원의 심상이나 상징들은 여러 가지 형태나 모습으로 등장하고 있다. 케짤코틀 記章에 새겨진 태양원 안에서 뱀과 독수리가 둥근 형태로 하나로 엉켜있는 형상도 이 원의 진리, 접

---

24) Tindall, op. cit., p.155.
25) *Phoenix II*, op. cit., p.427 참조.
26) Tindall, op. cit., p.135 참조.

신적 秘敎의 진리를 나타낸다. 이 케짤코틀 종교의 상징은 남성과 여성, 대지와 하늘, 밤과 낮, 삶과 죽음, 빛과 어둠 등의 이원적 대립자가 하나로 통합된 신성의 무한자이고 절대자이다. 『날개 달린 뱀』에서 케짤코틀 상징은 멕시코 국기와 접신론적 디자인에서 나온 하나의 변형이다. 독수리와 뱀은 그 각자가 신성을 지닌 신성자이지만 동시에 양자가 결합하여 이루는 원의 형상이야말로 완전한 신성자를 상징한다. 로렌스는 그가 읽은 고대의 많은 저술들로부터 원이 완전성과 신성의 상징임을 발견하였다.[27] 특히 로렌스는 '원'의 상징이 내포되어 있는 브라바츠키 여사의 뱀, 샛별, 불사조를 받아들였으며, 여사와 여사의 제자들이 묘사한 재생과 비법 전수식에 매혹 당했다. 사실 여사의 발견들은 로렌스의 경험으로 강화되었다.[28] 브라바츠키 여사는 고대 원시문명의 접신론적인 秘敎를 통해 로렌스 후기의 몇 작품에 영향을 미쳤으며 중요한 아이디어를 제공했다.[29]

요컨대 원에는 작품에서 끊임없이 부각되는 '어두운 / 검은 눈'(Dark / Black Eye), 태양, 별, 호수, 자궁, 뱀, 새(독수리), 우주 자체 등이 내포되어 있고, 그것들은 상징적으로 동일시되고 있다. 케이트가 사유라(Sayula) 호수를 건널 때 대화를 나누는 케짤코틀 교도 뱃사공의 '검은 눈'은 그녀에게 새 생명과 희망을 상징하는 새벽별을 연상시켜주는데 작품의 목표인 '어둠의 신'의 상징이기도 하다(p.100 참조). 이러한 종교적 상징은 秘敎的 의미가 내포되어 있음을 말해준다.

---

27) L.D. Clark, *Dark Night of the Body*(Austin: University of Texas Press, 1964), p.129.

28) Tindall, op. cit.,p.160.

29) Tindall, op. cit., pp.138 - 39.

케짤코틀의 출생 신화에 관해 언급된 대목에서 케짤코틀 신은 "낮의 별처럼, 보지만 보이지 않는 두 눈 the eyes that see and are unseen, like the stars by day"(p.64), 또는 "너희의 힘이 그 안에 있는 너희 몸의 뱀 the snake of your body, in whom is your power"(p.132)이라고 묘사된다. 우리는 이러한 대목에서 로렌스가 지극히 육체적일(physical) 뿐만 아니라 秘敎家로서 접신론적임을 알 수 있다.30)

이 작품에서 접신론적 秘敎의 특징들 중에서 대표적인 장면을 좀더 살펴보기로 하자. 맨발로 어둠의 대지를 밟고 인디언들이 춤을 출 때 그들에게 동참하여 함께 춤을 춰보는 케이트(Kate)는 그 순간 지하의 신인 뱀의 신으로 현현한 '어둠의 신'이 된다. 그것은 맨발로 밟는 대지의 생명과의 교감과 합일에서 가능해진 것이다. 백인 여인 케이트는 케짤코틀 종교의 이 춤에 함께 참여해 봄으로써 이제까지 체험하지 못한 힘, 즉 대지의 중심으로부터 불가사의하게 전달되어 오는 껌껌한 생명의 활력에 각성된다. 이것은 그녀가 이 춤을 통해 백인적 자아로부터 위대한 신적 생명으로 갱생되어진 것임을 의미한다. 여기서 로렌스는 인디언들의 춤에 대한 묘사를 통해서 심오한 정령주의적 감성을 지닌 원시자아의 내면에 도달하는 그의 탁월한 秘敎的 능력을 보여 준다고 할 수 있다.

로렌스는 이와 같은 정령적 생명신과의 합일을 구하여 '어둠의 신'이 되지 않는다면 인간은 하잘 것 없는 존재가 될 것이라고 말한다. 이러한 어둠의 신과의 교감과 합일의 진리는 사유라 호수에서 거의 알몸으로 걸어 나온 노사제의 설법에서 다음과 같은 말로

---

30) Clark, op. cit., p.132.

언명되고 있는데 이것은 접신론적 秘敎에 다름 아니다:

> 나는 대지의 심장에서 일어나는 바람이다. 너희들의 발과 다리와 종아리를
> 뱀같이 휘감고, 너희들의 힘의 원천인 육체의 뱀의 머리를 일으켜주는 작은
> 바람이다. 너희들의 육체의 뱀이 머리를 들 때는 조심하라! 그것은 나 케짤코
> 틀이다. 나는 너희들 속에 일어나서 밝은 태양에 도달하여 마침내 그 너머의
> 어두운 태양에 도달한다. 바로 그곳에 너희들의 고향이 있다. 낮의 태양 배후
> 의 어두운 태양이 없었던들, 하늘 속에 뻗쳐있는 네 개의 어두운 팔이 없었던
> 들, 너희들은 뼈뿐이었을 것이고, 별들도 뼈뿐이었을 것이고, 달은 마른 바닷가
> 의 빈 조개껍질에 지나지 않았을 것이다. 노란 태양은 빈 잔이 되어 죽은 늑대
> 머리의 바싹 마른 여윈 뼈같이 되었을 것이다. 그러니 조심하라! 나 없이는 너
> 희들은 무가 된다. 마치 태양 배후의 태양 없이는 나도 무가 되는 것처럼.

> I am the wind that whirls from the heart of the earth, the little winds
> that whirl like snakes round your feet and your legs and your thighs,
> lifting up the head of the snake of your body, in whom is your
> power. When the snake of your body lifts its head, beware! It is I,
> Quetzalcoatl, rearing up in you, rearing up and reaching beyond the
> bright day, to the sun of darkness beyond, where is your home at
> last. Save for the dark sun at the back of the day—sun, save for the
> four dark arms in the heavens, you were bone, the stars were bone,
> and the moon an empty sea—shell on a dry beach, and the yellow
> sun were an empty cup, like the dry thin bone of a dead coyote's
> head. So beware! 'Without me you are nothing. Just as I, without the
> sun that is back of the sun, am nothing. (pp.132－33)

인디언의 춤은 치프리아노(Cipriano) 장군이 부하병사들에게 가르
쳐 주는 홍인종 인디언(Red Indian) 춤의 장면에서도 나타나는데
역시 '어두운 춤'이다. 치프리아노는 이 춤이 지구의 심장과 태양
의 배후에서 나오는 "제 2의 힘 second power"을 획득하게 하는
방법이라고 말한다. 이 춤의 힘은 외부로부터 나오는 기계적인 힘
이 아니라 내부로부터 나오고 내부로 향하는 어두운 활력이다. 치

프리아노 장군이 이 춤을 출 때는 어둠이 깃든 밤이며 또한 불 옆에서 춘다. 로렌스에게 밤과 불은 정열적인 생명력과 신비를 상징하기 때문이다. 치프리아노가 그의 병사들에게 이 춤을 부활시킬 목적으로 훈련시킬 때 그는 이 춤이 '물활론적인 춤'(animistic dancing)이라고 말한다. 이 춤의 성격과 기능에 대해 로렌스는 다음과 같이 묘사한다:

> 의미를 가진 그 춤은 그 자체로 하나의 깊은 훈련이다. 북부의 오래된 인디언들은 여전히 물활론적인 춤의 비밀을 가지고 있다. 그들은 대지의 살아있는 강력한 힘을 얻기 위해 춤을 춘다. 이러한 춤은 강렬한 어두운 집중과 거대한 인내심을 필요로 한다.

> The dance which has meaning, is a deep discipline in itself. The old Indians of the north still have the secret of animistic dancing. They dance to gain power; power over the living forces or potencies of the earth. And these dances need intense dark concentration, and immense endurance. (p.380)

이러한 어두운 물활론적 춤은 어둠의 신이 되도록 만드는 주술적 의미와 기능을 가지고 있으며, 태양, 지구, 뱀, 독수리, 하늘, 구름, 비 등과 같은 자연력, 달리 말해서 신성을 인간의 의지에다 일치시키는 조절력을 가지고 있다는 점에서 프레이저가 종교와 주술과의 관계를 설명할 때 사용한 용어인 "마술적 통제력 the magical control"의 개념[31]에 일치한다고 말할 수 있다. 이러한 대목에 나타난 행동은 접신론적 秘敎의 예를 제시하는 것이다.

---

31) Sir James George Frazer, *The Golden Bough*(Macmillan, 1969), pp.69–96.

3. 성의 종교화에 내포된 비교적 요소

　로렌스가 이상적인 경지로서 구현시킨 성 혹은 관능의 대목들은
좁은 의미의 프로이드적 성관을 훨씬 초월한다. 왜냐하면 로렌스에
게 성의 세계가 함축하고 있는 秘敎的인 특징들은 궁극적으로 병
적이고 비관주의적인 존재론에서 출발한 프로이드의 근친상간적인
어두운 리비도 에너지로 환원시켜서 바라보는 성관과는 본질적으
로 다르기 때문이다. 로렌스의 문학작품에서 성은 "종교적 깊이와
의미 a religious depth and significance"32)를 가진다. 달리 말하면
그것은 심층적 자아에 뿌리를 둔 인간의 가장 심오한 영적 부분의
계시이다.33) 로렌스 부인 프리다(Frieda)는 로렌스와 경험했던 성이

---

32) Janko Lavrin, *Aspects of Modernism*.(London: Latimer, Trend & Co., 1935),
　　p.141.
33) Donald Gutierrez, *Lapsing Out: Embodiment of Death and Rebirth in the Last
　　Writings of D. H. Lawrence*(London: Associated University Press, 1980), Prefix,
　　p.xv.

자신의 본래적 자아의 각성과 고유한 자아의 재탄생을 가져다주었던 하나의 신비였으며, 성이 해방된다면 세계는 낙원으로 변할 수 있음을 믿는다고 말한 바 있다.[34]

로렌스에게 있어 성은 이른바 '피와 살의 종교'를 가장 직접적으로 표현한 형태이다. 그의 피와 살에 대한 종교는 남녀 양성간의 육체가 직접 마주쳐 역동적 생명 에너지가 교류하는 성(sex)에서 가장 강력하게 경험된다. '피의식'(blood-consciousness)은 성관계에서 최고조에 이르고, 그것은 어둠에 속하는 심오하고 성스러운 영역이라고 로렌스는 밝힌 바 있다.[35]

로렌스가 성을 변호하기 위해 쓴 논문들 중의 하나인 "『채털리 부인의 사랑에 대하여』 A Propos of *Lady Chatterley's Lover*"에는 이상적이고 참된 의미의 심오하고 성스러운 '어두운 성 Dark Sex'의 종교적 특성이 잘 설명되고 있다. 로렌스는 이 논문에서 현대인의 성이 심오성과 성스러움을 인식하지 못하고 있음을 외설영화와 외설문학의 여러 가지 예를 들어 비판한다:

> 그것은 가장 값싼 영화에도 가능하다. 그러나 (극작가) 버나드 쇼가 현실의 인간 속에 있는 보다 깊은 성에 관해 언급할 수 없는 것도 확실하다. 그런 것이 존재한다는 것조차 그는 알지 못하고 있는 것 같다. …세상의 모든 문헌이 창부란 궁극적인 면에서 성적으로 불능이고, 남자를 붙잡아 둘 힘이 없으며, 남자 속에 존재하는 깊은 충성의 본능에 대해 노여움을 품고 있다는 것을 나타내고 있다. 세계 역사에 나타나 있듯이 남자의 충성의 본능은 불성실한 성

---

34) Frieda Lawrence. "We Meet", in *Not I, But The Wind*.(William Heinemann, 1935). p.3.

35) Harry T. Moore, ed. *The Collected Letters of D.H. Lawrence*(New York: The Viking Press, 1962), pp.393 – 94. 이하 이 책은 CL로 약기하고 본문 안에 쪽수를 표시한다.

적 방종의 본능보다도 더 깊고 강력한 것이다. …충성의 본능은 우리가 성이라고 부르는 거대한 복합 의식 중에서도 가장 깊은 것이다.

> So can the cheapest film. But it is equally obvious that he [Mr. Shaw] cannot touch the deeper sex of the real individual, whose existence he hardly seems to suspect. …All the literature of the world shows the prostitute's ultimate impotence in sex, her inability to keep a man, her rage against the profound instinct of fidelity in a man, which is, as shown by world history, just a little deeper and more powerful than his instinct of faithless sexual promiscuity. …The instinct of fidelity is perhaps the deepest instinct in the great complex we call sex.[36]

로렌스의 성의 원리에서 내면적으로 남녀 사이의 성이 종교적 깊이에 이르게 하려면 '피의식'과의 연결이 필수적이라는 것이다. 그는 결혼에서의 성이 종교적 깊이의 참된 것으로 인도될 수 있도록 "피는 영혼의 질료이며, 가장 깊은 의식의 질료이다. The blood is the substance of the soul, and of the deepest consciousness"(Propos p.101)라고 하면서 '피의식'을 역설한다. 남녀 사이의 결혼에 있어서 성은 "영혼의 살아있는 생명의 충족 the fulfillment of the soul's living life"(Propos p.99)를 실현시키고 자아의 성스러운 심층에 접근되게 할 수 있는 가장 깊은 매개자이다. 육체 내부의 어두운 피에의 귀의로부터 실현되는 성의 심오한 종교적 성격에 대해 로렌스는 이렇게 말한다: "남자의 피의 거대한 강이 여자의 피의 거대한 강에 가장 깊은 곳으로 접촉한다 – 그러나 그것의 한계는 깨트려지지 않는다. 그것은 실제로 모든 종교가 알고 있듯이 모든 교감 중에서 가장 심오한 것이다. The great river of male blood touches to its depths the great river of

---

36) Harry T. Moore ed., *Sex, Literature and Censorship*(New York: The Viking Press, 1972), p.95. 이하 이 논문은 'Propos'로 약기하고 쪽수를 표시한다.

female blood—yet neither breaks its bounds. It is the deepest of all communions, as all the religions, in practice, know"(Propos p.101). 이러한 성사상은 접신론적인 秘敎에 속하는 것이라고 할 수 있다. 성행위에서 일어나는 "피의 흐름 blood-stream"이 완전하게 이룩될 때의 성은 우주운행의 원동력이고 원천자인 "창조자들 The Creators"이다. 이것은 성스러운 성적 에너지가 흐르고 교류될 때의 남녀의 두 육체는 그 순간에 곧 창조자로서의 성스러운 신으로 새롭게 태어나는 것임을 뜻한다.

> 이것은 결혼(결합)이다. 두 개의 흐르는 강의 회로, 두 개의 피의 시냇물이 만나는 이러한 교감, 이것이다. 다른 어떤 것도 아니다: 모든 종교가 알고 있는 것처럼, …남자도 죽고, 여자도 죽고, 영혼이 분리되어 창조주에게 복귀한다. 누가 알까? 그러나 남자와 여자의 결합 속에서 피의 시냇물이 하나가 됨은 인간성에 관한 한 우주를 완성하는 것이며, 태양의 흐름과 별들의 흐름을 완성하는 것임을 우리는 안다.

> This is marriage, this circuit of the two rivers, this communion of the two blood-streams, this, and nothing else: as, all the religions know. …Man dies, and woman dies, and perhaps separate the souls go back to the Creator. Who knows? But we know that the oneness of the blood-stream of man and woman in marriage completes the universe, as far as humanity is concerned, completes the streaming of the sun and the flowing of the stars. (Propos pp.101-02.)

이처럼 로렌스의 성은 그의 신비주의적인 사적 종교를 구성하는 한 가지 실체이다. 로렌스에게 있어 성의 교류가 이루어 질 때의 자아는 원초적이고 근원적인 우주의식의 상태로 환원된 것으로 인식되며, 인간의 성은 인간 개인의 차원을 뛰어넘어 우주적 차원이 되고 성의 생명력 혹은 에너지는 심오하고 신성한 것이 된다. 달리 말하면 로렌스에게 성은 "영혼의 우주적 확장"[37]이다. 성에 대한 로렌스의 이러한 사상은 우주의 실재와 진리가 남녀 간의 육체로 이루는 성에 있다고 보는 불교의 좌파적 밀교와 상통한다. 밀교에서는 우주에서 일어나는 청정하고 성스러운 자연 현상과 자연의 리듬은 성적 자아의 내면세계에서 일어나는 현상이나 리듬과 다른 것으로 보지 않는다. 구엔설(Guenther)은 성의 우주적 본성을 사려 깊게 고려되어야 할 어떤 것으로서 보며, "종교 혹은 정신적 가르침 혹은 삶의 가정적 상황들과 같은 것들의 개념화된 아이디어들은 자아의 확장자들인 것이다. Conceptualized ideas of religion or spiritual teachings or the domestic situations of life are extensions of the ego."[38]라고 말한다.

로렌스는 고대 종교에서의 성은 우주적인 성이었지만 현대인들은 그와 같은 우주적인 성의 형태로부터 단절되어 있다고 진단하면서 그것으로 복귀할 필요성을 다음과 같이 역설한다:

> 이러한 갖가지 의식들로 우리는 되돌아가야 한다. 그리고 우리는 그러한 의식을 우리의 요구에 합치하도록 발전시켜야 한다. 현실은 우리 스스로의 커다란 요구의 충족이 불가능하기 때문에 파멸에 직면해 있는 것이고, 내적인 영양 보급과 신생의 위대한 근원에서, 영원히 우주에 계속 흐르는 근원에서 떨어져 있는 것이다. 인류는 죽음에 임박하고 있다. 허공에 뿌리를 드러낸 거대한 뿌리째 뽑힌 나무와 같은 것이다. 우리는 스스로를 다시금 우주 속에 심어 주지 않으면 안 되는 것이다.

> To these rituals we must return: or we must evolve them to suit our needs. For the truth is, we are perishing for lack of fulfillment of

---

37) 서경보 편, 『선사상』(서울: 선사상사, 1983년 봄), p.137에서 사용된 용어를 차용한 것이다.
38) Herbert V. Guenther, and Chögyam Trungpa, *The Dawn of Tantra*(Boston: Shambhala, 1988), p.23.

our greater needs, we are cut off from the great sources of our inward nourishment and renewal, sources which flow eternally in the universe. Vitally, the human race is dying. It is like a great uprooted tree, with its roots in the air. We must plant ourselves again in the universe. It means a return to ancient forms. But we shall have to create these forms again. (Propos p.106)

　로렌스에게는 성에서 경험되는 육체 내부의 신성하고 신비로운 힘은 신으로 간주된다. 그는 성을 통할 때 피어오르는 성의 불길로부터 인간 안에 내재하는 신을 만날 수 있었다. 이러한 미지의 신은 인간생명을 새롭게 발아시키고 꽃피워서 삶의 방향을 새로운 창조에로 이끈다고 말한다. 1916년 7월 16일자에 캐서린 칼스웰(Catherine Carswell)에게 보낸 로렌스의 한 서한에는 이러한 성의 秘敎에 관한 사상이 다음과 같이 기술되고 있다:

　　왜냐하면, 여러분이 알다시피, 우리의 자발적인 소망들을 제외한다면 우리는 어떤 불멸성의 암시를 가지겠는가? 신은 나의 내부에서 마치 나의 욕망처럼 작용한다(만약 내가 신이라는 용어를 사용한다면). …나는 역시 어떤 욕망을 좌절시키거나 혹은 부정할 수 있다: 나는 나를 위해서 내가 하나의 실체인 한에서는 최대한 '자유의지'를 가진다. 그러나 내 내부의 신은 나의 욕망이다. 갑자기 신은 나의 내부에서 하나의 새로운 운동으로서 새롭게 움직인다. 그것은 하나의 새로운 욕망이다. 그래서 식물이 잎과 잎을 펼치고 싹들이 트게 하며, 마침내 그것은 꽃을 피운다. 우리 인간도 역시 알려지지 않은 욕망들의 충동 아래서 이와 같이 하는 것이며, 그러한 욕망들은 우리 내부에서 미지로부터 나온다.

　　Because, you see, what intimation of immortality have we, save our spontaneous wishes? God works in me(if I use the term God) as my desire. …I can also frustrate or deny any desire: so much for me, I have a 'free will,' in so far as I am an entity. But God in me is my desire. Suddenly, God moves afresh in me, a new motion. It is a new desire. So a plant unfolds leaf after leaf, and then buds, till it blossoms. So do we, under the unknown impulse of desires, which arrive in us from the unknown. (CL p.467)

로렌스는 『캥거루』(*Kangaroo*)에서 자아의 내부에 흐르는 남근의 성적 에너지를 "어둠의 신 Dark God"라고 명명하면서 "우리를 말해지지 않는 신 앞에 어둡게 두어라: 그 신은 단지 하부 자아, 나의 하부 자아의 어두운 문지방 너머에 있다. 그가 나의 영광인 동안은 나는 그를 두려워 한다. …leave us dark, in front of the unspoken God: who is just beyond the dark threshold of the lower self, my lower self, whom I fear while he is my glory."[39]라고 말한다. 한편 프리차드(Pritchard)는 로렌스의 이와 같은 어둡고 신적인 성의 에너지에 대해, "성의 힘이 가장 명백한 형태가 되는 것이지만, 본성에 있어서 기초적이고 선험적인 이러한 힘들은…인간 내부의 내재적인 신이라고 해석될 수 있다. The primary, preconscious forces in nature, of which the sexual forces were the most obvious…may be interpreted as the immanent God in man"[40]라고 설명한다.

로렌스가 이와 같이 성을 "신성자와의 일치 Unity of the Divine"[41]으로 간주하고 우주적 근원으로 생각한다는 점에서 그의 성사상은 동양의 밀교뿐만 아니라 요가 사상과도 일치하고 있다. 엘리자베스

---

39) D.H. Lawrence, *Kangaroo*(Penguin, 1976), p.151.

40) R.E. Pritchard, *D.H. Lawrence: Body of Darkness*(London: Hutchinson University Press, 1971), pp.25-26.

41) Elizabeth Haich, *Sexual Energy and Yoga*(New York: George Allen & Unwin, 1986.), p.1.

하이츠(Elizabeth Haich)는 성의 에너지와 결합된 요가 형태에 대해 "우리 인간은 우리 내부에 모든 형태의 창조적 에너지를 지니고 있다. 우리는 대우주 안에 있는 소우주이다. 우리의 정신과 우리의 자아는 신이다. We human beings bear all forms of creative energy within us. We are the microcosm in the macrocosm. Our spirit, our Self, is God."[42]라고 말한다.

로렌스가 성을 탐구한 태도는 신을 구하는 종교적인 구도자의 태도인 것이다. 그는 남녀 간의 육체 교섭을 종교적인 경지로까지 탐험해 가는 길로 보고 인도에서 고래로부터 발전한 성의 종교 생리학에까지 관심을 확장하였다. 로렌스와 교류가 잦았던 영국 옥스포드대학 출신의 접신론 학자이자 비술사(occultist)였던 앞에서 언급된 프레드릭 카터는 "그는 신으로 다가서는 신비의 여행이라고 불리는 그러한 내적 실험을 이루기 위한 방법과 수단들을 절실하게 알고 싶어했다. he was urgent to know the roads and the means for that inward experiment called the mystical journey towards God."(p.8)라고 했고, "그는 이미 인정된바 있는 것처럼 오컬트 학파들의 공식보다도 더욱 적합한 해방의 기술을 추구하였다. He sought, admittedly, a technique of liberation which would be more adequate than the formulae of the occult schools."[43]라고 언급한 바 있다. 그리고 로렌스가 신체에 대한 종교적 탐험의 열망에 따라 인도의 불교, 힌두교, 천문학 등에 나타난 "신비의 육체에 관

---

42) Ibid., p.40.

43) Frederic Carter, *D.H. Lawrence and the Body Mystical*(London: The Garden City Press, 1932), p.16.

한 사고 the idea of the mystical body"[44]에 많은 관심을 가졌고 그 것들에 큰 영향을 받았다고 술회하고 있다.

로렌스는 이처럼 성을 인간의식의 최고경지인 신적 경지로 접근 하는 길로 보고 그러한 경지를 탐험함에 있어 특별한 신비적 생리 학의 경지에까지 도달하고 있기 때문에 이러한 그의 성은 보통의 사람이나 현대의 지식인이 생각하는 성의 관념과는 크게 차이가 있다. 그에게 있어 현대인들이 성을 대하는 지적, 과학적 태도나 또는 관념적 이상주의와 같은 태도는 배격된다. 그러한 태도는 자 아 내부에서 발생되는 "거대한 생명의 동력 great dynamism of life"를 죽이는 것이기 때문이다(Fantasia p.114). 현대인들이 지니는 성에 대한 과학적 태도의 사례로서 로렌스는 성을 시험관 속의 혼 합물이나 화학적으로 논증할 수 있는 열쇠와 열쇠구멍의 상징으로 돌려버리는 점을 든다. 그렇게 시험관적 과학방식을 취한다면 그것 은 생명적인 신성한 동력으로서의 성을 죽이는 것이 되고 성을 모 독하는 것이라고 비판한다(Fantasia p.114). 그의 생각에는 성은 자 신의 의식에 관한 순수탐험이어야 한다. 그것은 지적 관념 일체를 초월할 때 실현이 가능해 진다. 이렇게 될 때 비로소 성은 신성한 자연 에너지의 운행이 만들어내는 신세계로서의 우주를 계시해 주 게 된다. 로렌스는 이러한 성을 통해서 선사 석지현의 말처럼 "생 명의 근원에 투사된 우주적인 힘에 부닥히는 환희"와 "이성적인 의미로 파악할 수 없는 근원적인 힘과 신비의 영역"[45]을 추구하고

---

44) C.L. Nahal, "D.H. Lawrence: An Eastern Interpretation", Ph.D. dissertation, The University of Nottingham, 1961, pp.2－3 참조.

45) 석 지현, 『密敎』(서울: 현암사, 1981), p.278.

자 하는 것이다. 로렌스가 말한 본능의 신으로서의 '어둠의 신'은 밀교의 길과 마찬가지로 "본능 그 자체를 본질화하고 탐험하는 길"46)이라고 할 수 있다. 요컨대 로렌스의 성은 접신론적 차원에 입각해 있는 秘敎에 다름 아니다.

이제 로렌스의 문학작품에 구현된 성의 秘敎的 차원을 몇 가지 대표적인 장면들을 통해 살펴보고자 한다.

초기소설 『아들과 연인』에서 살펴보면 포올(Paul)이 크라라(Clara)와 가지는 성적 교감은 미리암(Miriam)과 가지는 성관계에서 경험하는 얕고 분열성을 야기하는 형태와는 완전히 대비된다. 크라라와의 깊고 어두운 성은 종교와 같다. 포올은 그녀로부터 얻는 성적 생명력을 "생명의 세례 the baptism of life"(p.439)라고 느낀다. 신비적인 세계로 이끄는 깊은 성은 그들의 영혼에 깊은 충족과 어떤 만족감을 주며, 자아에 대한 불신과 의혹을 풀어주고, 존재에 대한 명확하고 완전한 확신감과 파악력을 준다(p.439).

포올은 크라라와의 육체교감으로부터 자아 내부에 거대한 변화가 신비롭게 발생됨을 느낀다. 자아는 "하나의 거대한 물결 a great sweep", "하나의 홍수 one flood"(p.442)가 되고 거대한 본능만이 그의 영혼을 지배한다. 이 때 사소한 비평, 감정, 사상, 정신은 떠밀려가고 사라져 버리면서 포올에게 성은 일체의 사물을 용해하는 깊이와 넓이를 알 수 없을 만큼 거대한 용광로가 되어버린다(p.442).

크라라의 육체는 여성다운 깊은 따뜻함과 어두운 관능적 요소를 지니고 있다. 포올이 어두워진 밤에 바깥 들판에서 그녀와 함께 가지는 관능적 애무(pp.429 – 30)에서 그녀의 성은 포올로 하여금

---

46) Ibid., p.7.

영혼과 의식 내부에 깊숙이 묻혀 있던 원초적인 본능과 생명을 찾게 해준다. 어둠 가운데서 그녀와 몰아의 깊은 관능적 애무에 빠짐으로써 "그 원시성에 있어서 강력하고 맹목적이며 가차 없는 어떤 것 something strong and blind and ruthless in its primitiveness" (pp.429 - 30)를 맛보는 포올은 그를 둘러싸고 있는 주변의 사물들이 내부에 신비로운 생명력을 가지고 완전해진 것 같이 감각한다. '성의 세례'는 자아의 내부에 새로운 생명의 불길을 타오르게 함으로써 인간의 영혼을 밤하늘에 떠있는 별들과 하나로 합일하게 만든다. 여기서 성은 영혼을 우주적 차원으로 확장되게 하면서 인간 내면의 생명력을 우주적 에너지로 변환시키는 현상을 일으킨다.

로렌스에게 있어 성의 이상적 형태인 깊고 '어두운 성'은 콘웰 (Cornwell)의 지적처럼 "창조적이고, 비인성적인 creative, impersonal"[47] 한 것이다. 포올은 크라라와 정열의 밤을 경험하고 난 뒤에 성으로부터 내적 무의식 세계의 광활함과 위대함을 새로이 인식하며, 그것에 비하면 자신은 왜소하고 무력한 존재라고 깨닫는다(p.430). 크라라의 성의 정열은 포올을 그녀에게 붙들어 놓는 끊을 수 없는 위력이 된다. 포올이 그녀와의 성적 교감 후 아침에 일어났을 때 느끼는 감정은 종교적인 평화이다: "그는 대단한 평화를 얻었다. 그래서 그 자신 내부에 행복을 느꼈다. 그것은 마치 정열의 불꽃 세례를 알게 된 것과 거의 같았으며, 그것은 그를 휴식하게 하였다. He had considerable peace, and was happy in himself. It seemed almost as if he had known the baptism of fire in passion, and it left him at rest"(p.431). 성으로부터 얻었던 경험에 관한 로렌스의

---

47) Ethel F. Cornwell, *The Still Point*(New Brunswick: Rutgers University Press, 1962), p.217.

이러한 성찰은 일찍부터 이미 秘教로서의 '종교성'을 띠었음을 보여준다고 하겠다.

『채털리 부인의 사랑』에서 보면 코니(Connie)와 멜로스(Mellors)의 성행위에서 나타나는 심리적 율동의 과정은 "율동적인 우주 the rhythmic cosmos"(Propos p.99)에 대한 로렌스의 비전과 병치된다. 두 남녀는 외계의 우주리듬을 자아의 내부에 내재화하고 있고, 육체 내부에서 꿈틀대는 생명적 리듬에 마음을 따르고 있다. 멜로스와 코니가 보여주는 일련의 성적 행동은 그들 자신의 "영혼 속에 촛불처럼 밝혀진 율동적인 감정들 kindled rhythmic emotions in the soul"(Propos p.99 참조)을 일종의 우주적 리듬의 의미로서 표현하고 있는 것이다. 로렌스에 의하면 이러한 우주리듬은 물질주의적이고 기계적인 현대문명인이 상실한 생명리듬이다. 제 15장에 묘사된 멜로스와 코니가 폭우가 내리는 가운데 산장에서 이룩하는 성애 장면은 현대문명의 기계화, 物化, 탈생명화로 치달은 위기국면에 대응하는 안티테제의 구현이다. 두 사람간의 성의 특징은 육체의 내부를 흐르는 어두운 성의 생명력이 원시적이고 야생적인 외부의 자연 환경이나 현상과 병치한다는 점이다. 두 남녀가 숲, 꽃, 조류 등과 같은 야생의 원시적 자연으로 둘러싸인 산장에서 비가 내리는 날씨를 배경으로 하여 연출하는 일련의 성행위(pp.230-31)에는 고대적이고 원시적인 儀式의 반향을 내포한 秘教를 느끼게 한다.

두 사람이 이처럼 어두운 자연력에 그대로 순응하면서 디오니소스적인 욕망을 적나라하게 충족시키는 점은, 모리스 차르니(Maurice Charney)의 지적처럼 "어떤 영웅적, 낭만적인 욕망 성취 a certain heroic and romantic wish fulfillment"[48]를 의미하는 것이라고 말할 수 있다. 두 남녀가 어두운 비의 세찬 생명을 나체에 교감시키면서 달릴 때, 이들은 고대 이교의 "풍요의 신들 fertility gods"[49]로 환원된 존재들이다. 현대문명에 상반되는 의미를 내포한 이러한 성애 장면은 차르니의 표현을 빌리면 "신체적, 기질적인 안티타이프 physical and temperamental antitype"[50]의 창조이다. 차르니는 이 장면이 "원시적 의식 primitive ritual"의 반영이며, 현대문명 비판을 나타내는 로렌스의 성에 관한 사상을 표현하는 상징주의로서 적합하다고 평가하면서 "이러한 경우에 성은 피의 욕망과 원시적 의식으로 복귀된다. 그것은 로렌스가 정신으로 생각하는 성을, 그리고 자아도취적이며 자기-의식적이고 자극적인 도시적, 기계적 문명의 성을 추방하는 데 중요하다. ...where sex is restored to blood lust and primitive ritual. It is crucial for Lawrence to banish sex in the mind and the narcissistic, self-regarding and titillating sex of an urban, mechanistic civilization."[51]이라고 말한다.

비가 오는 날씨의 어둠을 무대로 하여 등장하는 빗물, 천둥, 폭우, 번개, 타는 난로불, 빗물에 젖은 싱싱한 꽃과 나무 등과 같은 자연물들과 약동하는 우주적 현상은 자아 내부에 흐르는 성적 생명과 그 리듬을 암시하는 상징이다. 달리 말하면 이것은 내재된 성적 생명리듬의 외재화라고 말할 수 있다. 멜로스와 코니가 보여주는 디오니소스적이고 원시적인 성의 어두운 몸짓은 석 지현의

---

48) Maurice Charney, *Sexual Fiction*(London: Methuen, 1981), p.101.
49) Ibid., p.108.
50) Ibid., p.101.
51) Ibid., p.108.

밀교적 발언처럼 "까마득한 세상으로부터 익혀온 우주 그 자체의 몸짓으로서의 갖가지 동식물의 그것"[52]과 같다. 이들에게 적나라한 어두운 영혼은 현대인이 메마른 잠으로부터 깨어난 것을 뜻하며 이들의 "모든 몸짓은 이제 우주의 그것이며 결코 나 개인의 것이 아니다"[53]라고 말할 수 있다. 이와 같은 점에서 이 작품의 성은 현대의 물질기계 문명과 투쟁하는 전략적 무기이자 현대인을 죽음으로부터 재생시키는 신비스럽고 성스러운 종교이다. 그런 점에서 우주생명의 원시적 근원으로서의 성을 타락시키고 있는 현대인의 태도를 신랄하게 비난하는 문명비판가로 설정된 인물인 멜로스는 그의 얼굴에 경멸과 냉소의 빛을 떠올리면서 현대인들을 비판하는 가운데 천둥과 번개 소리에 주의를 놓지 않는다. 그의 일련의 태도와 행동에는 원시적인 생명의 상실에 빠진 현대문명에 대한 안티테제가 내포되어 있다.

현대인의 고갈된 생명과는 달리 코니가 멜로스와의 관계를 통해 체험한 깊은 성은 바로 신비로운 종교와 같다. 관능의 밤은 그녀의 자아를 전혀 다른 인간으로 만들어 준다. 그녀에게 성은 인간의 비밀진 곳을 내부로부터 불태워 낡은 자아에다 죽음을 주고, 활활 불태워진 영혼으로 하여금 순수자아로 정화되고 재생되게 하는 불의 심상으로 체험된다. 이제 그녀에게 여름밤의 성애는 인간적인 차원의 사랑과 관능이 아니며, 인간적인 것을 뛰어 넘는 근원적이고 초월적인 우주적 실재라고 인식되어 진다:

---

52) 석지현, op. cit., p.276.
53) 석지현, op. cit., p.277.

그러자 무모하고도 부끄러움이 없는 육감이 그녀를 송두리째 뒤흔들어 놓았으며, 완전히 발가벗겨 놓아 전과는 전혀 다른 여성으로 만들어 놓았다. 그것은 진정 사랑이나 욕정은 아니었다. 그것은 불꽃처럼 날카롭고 영혼을 맹렬히 불태우는 정감이었다. 누구의 눈에도 띄지 않는 비밀스러운 곳에 자리 잡고 있는 가장 깊고도 오래된 부끄러움을 불태워버렸다. 그의 의지에 따라 그가 하는 대로 내버려 두기에는 노력이 필요했다. 그녀는 노예처럼 수동적으로 응하는 존재가 되어야 했다. 그것도 육체의 노예처럼 그러나 정열의 불꽃이 그녀를 깨끗이 태워버리고 육감적인 불꽃이 그녀의 내장과 가슴을 뚫고 짓누르자 그녀는 정말 죽은 것처럼 느껴졌다. 뼈에 사무친 놀라운 죽음이었다. …정열의 정화, 정욕의 방종! 그렇다. 그릇된 부끄러움을 태워버리고, 육체의 가장 무수한 광석을 찾아내어 순결화하는 것이 영원히 필요하다.

   The reckless, shameless sensuality shook her to her foundations, stripped her to the very last, and made a different woman of her. It was not really love. It was not voluptuousness. It was sensuality sharp and searing as fire, burning the soul to tinder. Burning out the shames, the deepest, oldest shames, in the most secret places. …Yet the passion licked round her, consuming, and when the sensual flame of it pressed through her bowels and breast, she really thought she was dying: yet a poignant, marvellous death….The refinements of passion, the extravagances of sensuality! And necessary, forever necessary, to burn out false shames and smelt out the heaviest one of the body into purity. With the fire of sheer sensuality. (p.258)

멜로스와 코니가 모닥불을 지핀 가운데 알몸으로 행하는 성애 장면에 나타나고 있는 난로불은 자아 내부의 불을 상징한다. 이 불은 위 인용문에 묘사된 바처럼 정화를 의미한다. 그리고 두 남녀가 알몸에 꽃을 꽂아주는 행위는 성이 미의 화신이라고 생각하는 로렌스의 성에 대한 철학을 상징주의적인 儀式의 형태로 구현시킨 것이라고 말할 수 있다. 로렌스에게 이러한 원시적인 형태의 꽃으로 장식하는 행위는 종교적인 儀式의 의미를 담고 있다. 이러한 儀式은 예컨대 불교에서 성스러운 부처의 상을 여러 가지 아름답고 신성한 것들, 즉 꽃, 황금, 유리 등으로 장엄(장식)하는 것과 유사하다. 차르니는 이 장면에 대해, "그들은 하나의 종교적 의식을 완수하고 있는 것처럼 보이며, 이러한 의식에서 자연 신들은 그 의례를 위해서 적절하게 장식되어야 한다. they seem to be completing a religious ritual, where the nature gods must be appropriately decorated for the occasion"[54] 라고 말하고 있다. 밀교 혹은 고대 원시종교의 성스러운 儀式에 병치되는 것이 로렌스의 이러한 성묘사 대목이다. 이러한 성의 묘사 대목들은 秘敎的 차원에 속하는 것이다.

　로렌스 소설들 중에서 성의 秘敎的 차원이 가장 이상적으로 구현되고 있는 또 다른 중편소설은 「죽었던 남자」라고 말할 수 있다. '그 남자'(The Man)은 아이시스 신의 여사제(Girl of Isis)로부터 聖油마사지라는 儀式차원의 성애를 받는데 그때 그의 자아 내부의 의식 공간은 우주의식의 공간으로 변용되어 어둠 속에서 신비로운 생명생성의 과정을 느낀다. 이러한 과정에서 그에게는 새벽, 태양, 불 등과 같은 우주와 자연의 생명적 심상이 생성되고 육체 자체는 우주화 된다.

　'그 남자'가 밤늦은 시각을 통해 아이시스 신의 여사제와 사원 안으로 들어가서 성애를 나눌 때, 그의 의식은 또다시 새롭게 갱신된다. 남성과 여성 사이에 성을 매개로 하여 우주생명과의 합일로 인도하는 이러한 성애는 밤의 어둡고 광활한 우주를 무대로 함으로써 더욱 광대무변의 신비적인 차원으로 발전되는 느낌을 준다. 로렌스는 인간생명의 무한한 충만을 가져다주는 우주적인 성은 秘

---

54) Charney, op. cit., p.18.

敎的 차원에 속하는 것임을 보여준다:

　　그러나 '그 남자'는 여명을 앞두고 생생한 별들을 바라보았는데, 그 별들은
마치 비처럼 바다로 빛을 내보내었고, 견랑성(별)은 초록빛을 바다의 먼 끝으
로 비췄다. 그는 생각했다: '아! 얼마나 유연한가, 어두운 색조로 된 꽃잎들이
펼쳐진 모양의 눈에 보이지 않는 장미처럼 여러 곡선들과 겹겹이 포개진 형상
들로 가득 차 있구나! 그곳에는 이슬이 그 어둠을 어루만지고 있다! 그것은 얼
마나 충만하며, 일체의 신들을 초월하는 위대한 것인가! 그것은 나의 주변을
기대고 있구나! 나는 그러한 우주의, 위대한 우주 장미의 일부이다. 나는 그
향기의 낱알과 같으며, 이 여인은 그 미의 낱알과 같다. 이제 이 세계는 수많
은 꽃잎으로 된 한 송이의 꽃이며, 나는 하나의 어루만짐 속에 있는 것처럼
그것의 향기 속에 있다.'

　　But the man looked at the vivid stars before dawn, as they rained
down to the sea, and the dog-star green towards the sea's rim. And
he thought: 'How plastic it is, how full of curves and folds like an
invisible rose of dark-petalled openness that shows where the dew
touches its darkness! How full it is, and great beyond all gods. How it
leans around me, and I am part of it, the great rose of Space. I am
like a grain of the perfume, and the woman is a grain of its beauty.
Now the world is one flower of many petalled darkness and I am in
its perfume as in a touch.' (pp.448-49)

　　위에서 '그 남자'의 의식에는 밤의 공간, 별, 바다 등과 더불어
아이시스 신의 여사제 마저도 살아있는 우주의 일부로 느껴진다.
'그 남자'의 내면심리에 있어 특히 밤의 우주공간은 생명이 소생되
는 자궁과 연계되고 있음이 암시되어 있다. 두 남녀의 육체적 성
애관계에 표현되고 있는 우주종교적인 성사상은 인도에서 개화된
밀교의 성과 좋은 병치를 이룬다. 이들은 남신과 여신으로 등장되
고 있고 어둠의 신으로 창조되고 있다. 리얼 탄나힐(Real Tannahill)
이 지은 저서 『성의 역사』(*Sex in History*)의 "인도편"에 의하면, 밀

교의 시바신(Shiva)은 불가지한 우주정신의 浮人化로서, 장엄하고 전능하며 부동적이고 초월적인 존재이다.[55] 시바는 원초적 에너지의 남성화, 또는 남성화된 우주 에너지이다. 그리하여 남녀 양성간의 성에 있어서 남성은 시바신의 변용이며 그 화신이 된다. 삭티신(Shakti)은 시바신과 짝을 이루는 우주의 정신 에너지이며, 원초에너지의 여성화, 또는 여성화된 우주 에너지이다[56]. 밀교신도는 여성을 인간 에너지의 흐름을 우주정신으로 환원시켜주는 스승, 즉 구루(Guru)로 생각한다. 여기서 여성은 원초적 존재로 복귀하는 길의 안내자이다. 밀교신도는 이러한 여성과 성관계를 가짐으로써 삭티신과 하나가 되며, 그 일부가 되고 우주정신 자체와 합일된다고 믿는다. 이러한 성의 우주적 합일의 체험은 바꿔 말하면 성의 종교로서의 秘教的 체험인 것이다. 위 인용문에 묘사된 '그 남자'와 아이시스 신의 여사제가 완전한 차원의 성애에 도달할 때 찬란하게 빛나는 별들로 수놓인 밤하늘의 우주가 "우주의 장미 the rose of Space"로서 장엄된 비전으로 느껴지는 대목은 다름 아닌 완전성의 극치에 도달한 성의 秘教的 차원이라고 할 수 있다.

---

55) 서경보 편. 『선사상』(서울: 선사상사, 1983년 여름), p.64.
56) 석 지현, op. cit., p.28.

4. 현대문명인의 불모성에 대한 구원

로렌스에게 있어서 인간의 생명은 기계화, 물질화, 그리고 고정화된 틀과 도그마 안에서 도식화될 수 없다. 그것은 무한하고 끊임없이 변화하고 생동하는 것으로서 한낱 물질적, 기계적 존재가 아니라 언어로 설명이 불가능한 경이롭고 성스러운 신성을 지니고 있다. 로렌스가 신화나 원시주의를 秘敎的으로 사용하거나, 작품의 주요 주인공들의 의식을 통해서 秘敎的인 체험의 순간을 도처에 투영시키고 있는 것에는 현대 서구문명이 겪고 있는 정신적 빈곤과 불모성을 구원하려는 안티테제적 의도가 내포되어 있다. 우리는 이와 같은 관점에 입각해서 로렌스 문학의 중요한 배경으로 깔려 있는 秘敎的 특성을 올바르게 이해해야 할 필요가 있다. 19세기 말과 20세기 초의 서구사회를 풍미하고 있었던 지성과 이성을 절대시하는 지성주의와 합리주의, 과학주의와 유물주의, 物神주의와 상업주의 등과 같은 비판받는 서구문명의 풍조에 대한 안티테제로서 로렌스가 자신의 문학을 통해 탐색한 것이 秘敎的 존재관이다. 그는 이 시기에 이러한 시대적 풍조에 반발하여 인간 내면의 무의식 또는 반이성적 영역에 대한 관심을 秘敎의 맥락에서 추구하였다.

로렌스 작품에 묘사된 작중인물들의 자아를 통해 나타나는 특수한 秘敎的 체험에 대한 이해는 그를 신비주의자로 비치게 하여 평자에 따라 무수한 비평용어를 낳고 있다. 예컨대 마술가, 샤만, 심령술사, 접신가, 환상가, 범신론자, 생명주의자, 정령주의자, 밀교적 Guru, 정신신경증자, 최면술사, Yogi, 禪師 등이 그것이다. 마이클 벨(Michael Bell)의 지적처럼 로렌스에게는 어네스트 캐시러(Ernest Cassier)가 말한 "순간적 신 momentary god"[57]를 경험하는 계기가 무수히 많았던 점, 또는 고대인들이나 원시인들이 자연 속에 떠돌아다니는 어떤 정령 내지 신을 '마나 mana'라고 일컬었는데 이러한 마나의 경험자인 점[58], 그리고 자아의 내면이나 타자로부터 감지되는 신적 실체로서의 '어두운 신 dark god'를 느꼈던 점 등은 秘敎家로서의 로렌스의 면모를 나타내는 것이다. 로렌스에게 육체는 그 내부에 mana, 신, 靈(Soul), 성령(Holy Ghost)이 내재해 있으면서 그러한 존재들이 활동하는 신전으로 간주되었고, 작품의 주인공들은 자아의 어두운 내면에서 감지되는 그러한 어두운 실체들, 달리 말해 '어둠의 신들'에게 줄곧 충실하고 그들의 부름에 순응하고 있다. 이러한 신비주의적인 특성은 秘敎的 차원에 속하는 것이다.

---

57) Michael Bell,. *Primitivism*(London: Methuen & Co., 1972), P.9.

58) Vivian de Sola Pinto and Warren Roberts, ed. *The Complete Poems of D.H. Lawrence*(New York: The Viking Press, 1974), 로렌스 시 'Mana of the Sea', p.705 참조.

로렌스는 직관적 통찰력이 번쩍이는 사람이며, 사물을 보는 곳마다 그 내면으로 꿰뚫고 들어가서 그 내부의 신적 정수와 핵을 파악한다. 우주, 자연 그리고 인간의 육체를 살아있는 신적 생명으로 감각하는 점에서 로렌스만큼 인간의식의 내면에 존재하는 秘敎的 실체에 예민한 작가는 드물다. 그는 어두운 자아의 내부 깊은 곳으로부터 심오한 영감을 전달받고 그곳의 신비와 비밀을 신이 주는 것으로서 수용하는 사람이며, 현대의 산업기술사회의 기계론적 세계관과 물질 중심적 태도에서 야기된 인간 위기와 문명 파탄에서 탈출할 수 있는 길로서 탐구한 것이 秘敎인 것이다.

I. Works of D.H. Lawrence

Boulton, James T. ed. *The Letters of D.H. Lawrence, vol.1.* Cambridge: Cambridge University Press, 1979.

Huxley, Aldous ed. *The Letters of D.H. Lawrence.* New York: The Viking Press, 1932.

Lawrence, D.H. *Apocalypse.* Penguin, 1977.

_____. *Fantasia of the Unconscious.* Penguin, 1977.

_____. *Kangaroo.* Penguin, 1976.

_____. *Lady Chatterley's Lover.* Penguin, 1974.

_____. *Sons and Lovers.* Penguin, 1970.

_____. *The Man Who Died.* William Heinemann, 1980.

_____. *The Plumed Serpent.* Penguin, 1977.

McDonald, Edward D., ed. *D.H. Lawrence: Phoenix.* Penguin, 1978.

Moore, Harry T., ed. *The Collected Letters of D.H. Lawrence.* New York: The Viking Press, 1962.

_____. "A Propos of *Lady Chatterley's Lover*", *Sex, Literature and Censorship.* New York: The Viking Press, 1972.

Pinto, Vivian de Sola and Warren Roberts,ed. *The Complete Poems of D.H. Lawrence.* New York: The Viking Press, 1974.

Roberts, Warren and Harry T. Moore, ed. *D.H. Lawrence: Phoenix II.* Penguin, 1974.

II. References

Beal, Anthony. *D.H. Lawrence.* London: Oliver and Boyd, 1964.

Bell, Michael. *Primitivism.* London: Methuen & Co., 1972.

Benedict, Ruth. *Patterns of Culture*. London: Routledge & Kegan Paul, 1961.

Carter, Frederic. *D.H. Lawrence and the Body Mystical*. London: The Garden City Press, 1932.

Charney, Maurice. *Sexual Fiction*. London: Methuen, 1981.

Clark, L.D. *Dark Night of the Body*. Austin: University of Texas Press, 1964.

Cornwell, Ethel F. *The Still Point*. New Brunswick: Rutgers University Press, 1962.

Ethel F. Cornwell, *The Still Point*. New Brunswick: Ruters University Press, 1962

Frazer, Sir James George. *The Golden Bough*. Macmillan, 1969.

Guenther, Herbert V. and Chögyam Trungpa, *The Dawn of Tantra*. Boston: Shambhala, 1988.

Gutierrez, Donald. *Lapsing Out: Embodiment of Death and Rebirth in the Last Writings of D. H. Lawrence*. London: Associated University Press, 1980.

Haich, Elizabeth. *Sexual Energy and Yoga*. New York: George Allen & Unwin, 1986.

Lavrin, Janko. *Aspects of Modernism*. London: Latimer, Trend & Co., 1935

Lawrence, Frieda. *Not I, But The Wind*. Willam Heinemann, 1935.

Levin, Harry. *The Power of Blackness*. London: Farber and Farber,1958.

Nahal, C.L. "D.H. Lawrence: An Eastern Interpretation". Ph.D. dissertation. The University of Nottingham, 1961.

Tindall, William York. *D.H. Lawrence & Susan His Cow*. New York: Columbia Univ. Press, 1939.

Wickramasinghe, Martin. *The Mysticism of Lawrence*. Colombo: M.D. Gunasena & Co., 1951.

서경보 편. 『선사상』. 서울: 선사상사, 1983, 봄.

_____. 『선사상』. 서울: 선사상사, 1983, 여름.

석 지현. 『密教』. 서울: 현암사, 1981.

Ⅳ. 묵시록적 비전과 파괴 – 창조의 교차적 패턴

1. 교차의 시학과 파괴와 창조의 교차

'교차의 시학'이란 평면적 연구를 넘어선 입체적 연구를 의미하는데 복잡하고 다양화되어가는 역동적 사회현상을 포착하기 위한 적절한 연구방법론이다. '교차'란 명제와 이에 유사한 주제에 대한 연구는 국외에서는 이미 수행되어오고 있다. 2005년도 핀란드에서 "교차적 조우"(Chiasmatic Encounters)라는 대주제로 열린 국제 학술대회(IAPA, The International Association for Philosophy and Literature)는 교차시학의 범세계적 중요성을 잘 보여주며 앞으로 국내에서의 교차시학 연구에 대한 관심을 촉발시켜 주는 좋은 계기를 마련해 주었다.

교차(chiasmatus)의 어원은 라틴어로 '동등'과 '대칭'을 의미하는 X자와 닮은 철자의 반 윗 부분을 지칭하는 그리스어의 'chi'와 X의 반 아래 부분으로 '불균형' 또는 '비대칭'의 의미를 가진 'matus'의 두 모양이 결합된 낱말에서 연유한다. 교차를 뜻하는 단어인 chiasm, chiasma, chiasmus는 X자의 글자 모양처럼 십자가형으로 휘어지거나 교차하는 것을 의미한다. 예를 들면, A와 B가 서로 만나 이로 인하여 A가 A'로 변형되고, 또 B가 B'로 될 때, AB＝A'B'가 되지 않는다는 것이다. 다시 말해 A'B'는 각각 길이, 넓이, 그리고 무게에 있어서 AB와 같지 않다는 것이다. 광학에서는 물체의 상이 두뇌 신경에 교차되어 전달되는 것을 말하기도 하고, 생물학에서는 염색체의 유전물질이 융합되거나 상호교류 하는 교차점을 의미한다. 고전 수사학에서는 교차적 작법을 의미하기도 하며, 중요 서신 겉면에 긴박함을 표시하는 리본을 의미하기도 하는데, 과학용어로든 비유적 표식으로든 간에 교차점에서 교차되는 움직임의 이미지를 동반한다.

먼저, 문학적, 철학적, 사상적인 측면에서 본질적 존재실태(본태론)와 관련하여 볼 때 실존이란 존재(being)와 생성(becoming)의 어느 한 교차점에서 포착될 수 있으며 결코 존재나 생성 그 자체만으로 해결되지 않는다. 교차 시학은 이러한 우주적 질서를 설명하기 위한 적절한 방법론이라 할 수 있다. 플라톤의 『티마이오스』에서 보듯이 세계와 개별존재는 형상과 질료로 적절하게 혼용 형성된 운동체이다. 이들은 불변의 형상으로부터 유래한 동일성(sameness)과, 개별존재로부터 도출된 타자성(otherness), 그리고 이 양자가 합리적으로 혼용된 중간자인 실존(existence)으로서의 영혼, 이러한 세 가지에 의해 삼각점으로 빚어진 것이다. 영혼은 형상과 질료의 중간자로서의 존재이다. 이 영혼이 존재의 핵심이고 운동과 생명활동의 원천으로서 스스로 움직이는 동인이 된다. 메를로 뽕띠의 『지각의 탁월함』(*The Primacy of Perception*)과 『가시적인 것과 비가시적인 것』(*The Visible and the Invisible*)에 의하면 '교차'란 비가시적이거나 서로 얽혀진 상태로 있는 존재(being)와 생성(becoming)의 유동적 매듭이라고 한다. 뽕띠의 틈새(l'entre-deux)와 간극(ecart)이라는 개념에서 볼 때, 세계의 발현으로 관찰되는 감각경험이 원천적으로 교차적인 것이라면, 『티마이오스』에서 플라톤이 이미 지적한 바처럼, 우주의 교차가 드러나는 삼각의 틈에서는 어떤 일이 일어나는가? 이러한 존재와 사유에 관한 것은 헤라클리투스의 원소개념으로 나아가게 하는데, 서로 다른 원소들의 이합집산을 로고스로 보았고, 이는 노자 『도덕경』의 도와 유사한 것으로 냉온, 유무와 같은 대립적 요소들의 생성의 공유틀이 된다.

존재론적 교차와 관련하여 동양의 노자(Laozi) 사상, 선(Zen) 사상, 그리고 현대 물리학에서의 유와 무를 결합시키는 연구방법론 등을 생각해 볼 수 있다. 여기서 유(existence)는 운동 그 자체이고 무(nothing)는 운동이 멈춘 상태이다. 유와 무는 상통하는 개념이며 따로 분리하여 생각할 수 없는 것이다. 이러한 존재론은 근·현대 사상에 깊이 뿌리내리고 있는 이분법적 사유의 맹점을 보완할 수 있는 개념이다. 현대과학의 맹목적 물질성을 정신세계와 상보적 관계에 놓고 볼 수 있는 교차적 방법론은 생산성에 상보하는 비생산성의 미학과, 속도에 상보하는 비속도의 미학을 학문적 차원에서 담론화 할 수 있는 철학적 기반을 열어준다. 가상과 현실이라는 문제와 관련하여서도 가상의 현실과 현실적 가상이 맞물리는 교차점을 시뮬라크럼(simulacrum)으로 이해하는 복제와 실제의 미학을 제시하는 보드리아르(Baudrillard)의 철학에 주목하여 교차적 연구방법론을 활용할 수 있을 것이다.

　존재와 생성의 이질적 반복을 둘러싼 비교문화적 철학적 연구는 현대 인문학 연구의 토대를 형성하며, 기술-물질문화(techno-material culture)와 생명과학(bio-studies)과 같은 비교학문적 관심에 힘입어, 생명-신경학적 혹은 생명-건축학적인 이미지-개념의 교차관이 현대 대륙철학의 새로운 하나의 주류를 형성하고 있다. 이러한 진영에는 후설에 뿌리를 두고 니체와 베르그송의 생의 철학을 거쳐 메를로 뽕띠에 이르는 현상학적 전통이 속한다. 사상가로는 레비나스(Levinas), 푸코(Foucault), 들뢰즈(Deleuze), 데리다(Derrida), 세레스(Serres), 리쾨르(Ricoeur), 이리가레이(Irigaray), 크리스테바(Kristeva), 식수(Cixous), 바디유(Badiou) 등이 있다. 주체-객체의 이분법적 사유와 형이상학적 이원론에 토대를 둔 플라톤주의에 반대하는 이러한 철학자들은 전통적 철학 내에 있는 담론적 패러다임을 '낯설게 하기 defamiliarize'(레비나스), '해부하기 dissect'(푸코), '탈영토화하기 deterritorialize'(들뢰즈), '해체하기 deconstruct'(데리다), '열동력화하기 thermodynamize'(세레스), '경험론적인 재통합하기 empirical reintegration'(리쾨르), '재생산하기 regender'(이리가레이), '재등록하기 reregister'(크리스테바), '다시 새기기 reinscribe'(식수), '다시 짜기 reset'(바디유) 등을 하려고 한다.

　교차적 연구방법론을 위해서는 현대이론을 상보하는 개념으로서의 고전문화 연구방법론이 필요하며, 이는 문화와 역사를 시대별 파편이나 단절된 현상이 아닌 연속선상에 놓고 공시적 통시적 교차점으로 이해하는 비교문화적 인식의 토대를 형성할 수 있다. 이러한 교차적 인식을 통해 문학과 문화를 매개로 하여 동양과 서양을 연결시킬 수 있으며, 근·현대 역사에서 많은 논란을 낳고 있는 대립적 인종개념을 초월한 상보적 교차로서의 문화인류학과 정치학을 발전시켜 나갈 수 있을 것이다. 물론 이러한 교차적 인식이 상보적 종교개념을 형성하는 토대가 되는 것은 바람직할 것이다.

문학과 역사에 대한 교차 연구의 전형으로서는 크게는 신역사주의, 탈식민주의, 문화연구론, 흑인문학이론 등이 있다. 신역사주의는 역사주의뿐만 아니라 탈구조주의자인 미셸 푸코의 권력이론과 담론이론, 그람시(Gramsci)의 헤게모니 이론, 맑시즘과 해체주의 등 다양한 이론들이 교차하여 만들어졌다. 탈식민주의 역시 식민주의와 맑시즘, 페미니즘, 포스트모더니즘과 교차를 이루면서 발전된 이론이다. 문화연구론은 탈현대 사회에서 문학으로만 접근하기 어려운 고급문화와 저급문화 등의 다양한 문화적 양상들을 교차시킴으로써 탈현대 사회에 대한 새로운 해석의 길을 제시한다. 그런가 하면 흑인문학이론은 탈구조주의와 포스트모더니즘 같은 유럽의 문학이론을 흑인문학 텍스트에 교차시켜 흑인문학 텍스트를 분석하는 틀로 만들어 냄으로써 흑인문학과 흑인문학비평의 지평을 열어준 이론이다.

로렌스 소설의 경우에 교차의 시학을 적용하여 교차의 양상을 살펴보면 여러 가지로 흥미롭고 의미 있는 사례들을 발견할 수 있다. 『아들과 연인』(*Sons and Lovers*)에서, 남성 주인공 포올(Paul)이 중요 여성인물 중의 한명인 클라라(Clara)와 만나서 교제하는 중에 강변에서 육체적 교감을 통해 그녀의 강력한 성의 생명력에 휩쓸려 지금까지의 '낡은 자아'가 '새로운 자아'로 변용되는 대목을 교차의 시학으로 살펴보자. 그는 클라라와의 육체적 교차로부터 자아 내부에 거대한 변화가 신비롭게 발생함을 느낀다. 이 때 자아는 하나의 거대한 물결(a great sweep), 하나의 홍수(one flood)가 되고 거대한 본능만이 그의 영혼을 지배한다. 그러면서 사소한 비평, 감정, 사상, 정신은 떠밀려가고 사라져버리며, 성은 일체의 사물을 용해하는 깊이와 넓이를 알 수 없을 만큼 거대한 용광로가 되어버린다.[1] 그는 깊고 어두운 성을 체험하는 가운데 그녀로부터 얻은 생명력을 "생명의 세례 baptism of life"(p.439)라고 느낀다. 뿐만 아니라 양성의 적나라한 관능의 교차에 의해 신비적인 세계로 이끄는 성은 영혼에 깊은 충족감을 주며, 자아에 대한 불신과 의혹을 풀어주고, 존재에 대한 명확하고 완전한 확신감과 파악력을 준다고 묘사된다(p.439). 남녀 양성의 육체적 교차로 발생하는 성/관능에 의한 존재의 변형이라는 모티프는 로렌스의 모든 소설에서 공통적으로 나타난다.

『채털리 부인의 사랑』(*Lady Chatterley's Lover*)에서 래그비 저택의 산지기가 거주하는 녹색 숲과 그곳의 각양각색의 꽃들을 배경으로 하여 여주인공 코니(Connie)는 자연과의 교차에 의해, 그리고 자연인을 상징하는 산지기 멜러즈(Mellors)와의 육체적 교차에 의해 육체적 정신적으로 불구인 남편 클리포드(Clifford)와의 생활에서 억압당한 감성과 자연성을 재생하고 무한한 자유와 영혼의 충족을 얻는다. 피와 살이 살아있는 자연 속의 참다운 인간 멜러즈와 이루는 육체적 관능은 생명의 경이로움과 말로 형언할 수 없는 장엄한 아름다움을 생성한다. 낡은 자아(old self)로부터 새로운 자아(new self)로의 이러한 존재변화는 남녀 양성간의 교차에 의해서 이

---

1) D.H.Lawrence, *Sons and Lovers*(Harmondsworth Middlesex: Penguin Books Ltd., 1970), p.442.

루어지는 것이다. 그리고 단편 「태양」(Sun)에서 올리브 나무숲으로 들어간 여주인공이 알몸으로 태양욕을 하면서 맨몸에 생명체로서의 태양빛을 교차시켜 교감하는 대목이라든가 『무지개』에서 안나(Anna)가 밤하늘에 떠 있는 달을 보고는 젖가슴을 열어젖히고 달빛을 맨살에 교차시켜 소통 / 교감하는 대목 등은 태양과 달이라는 우주적 생명체를 매개자로 하여 이루는 신묘한 관능의 교차시학을 보여주는 실례에 속한다.

남녀관계의 성공적인 교차가 나타난 전형적 사례를 중편소설 「죽었던 남자」(The Man Who Died)에서도 찾아볼 수 있는데, 죽음상태로부터 되살아나는 작중 주인공 "남자"(the Man)가 아이시스 여신의 여사제인 "처녀"(Girl of Isis)와의 교차적 육체관계에서 얻는 자아변화의 효과는 너무나 장엄하고 극적이다. 육체관계의 교차를 통해 두 자아를 연결하는 소통회로에서 소통을 방해하는 '소음'(noise)[2]이 전혀 일어나지 않고 상호적인 주고받음이 이루어진다. 남자 주인공은 생명력이 사멸된 성자(The Man) - 십자가에 못 박혀 죽임을 당하고 무덤에 묻혀 있다가 생명이 되살아나는 예수를 암시하고 있다 - 로서 어느 농부의 농가에서 '태양욕'을 통해 생명이 회복상태로 나아가는데 이 성자의 남성적 생명력의 완벽한 완성은 그를 기다리는 여사제 처녀와의 육체적 교차에 의한다. 이 작품은 남녀 주인공 모두가 자아가 완성되고 창조적인 생명이 실현되는 변화과정이 묘사되는 작품이다. 양성의 교차에 의해 자아완성으로 나아가는 과정은 육체와 영혼의 분리가 아닌 통합에 기반을 두고 이루어진다.

---

2) 이 '소음'(noise)라는 용어는 '의사소통 모델'(communication model) 이론에서 사용되는데 여기서 차용한 것이다. 메시지 전달을 위한 발신자와 수신자 사이의 커뮤니케이션 회로상에서 이해되기 힘들거나 수용하기 힘든 장애가 발생하였을 때 그것을 '소음'이라고 말한다.

구원의 종교로서 기능하는 관능과 성이 묘사되는 이 작품에서 두 남녀 간의 생명력 커뮤니케이션은 일방적이 아니고 쌍방적이기 때문에 서로가 상대방으로부터 전달받은 생명력을 통해 각자의 자아가 마치 불교의 화엄세계를 연상시키듯이 온 세계에 연꽃이 만개되는 것처럼 느끼는, 다시 말해 자아가 연꽃으로 장엄되는 자아변형의 체험을 하게 된다.

그런가 하면 후기의 장편소설인 『날개 달린 뱀』(*The Plumed Serpent*)에 이르면 로렌스의 가장 이상적인 교차의 시학은 인간과 자연, 그리고 남성과 여성이 하나로 어우러져 우주적인 장엄한 조화를 이루는 것을 목표로 삼는다. 이 작품에서 교차적 시학의 개념은 로렌스에게 한층 강화되고 더욱 거대한 우주적인 규모로 발전하는데 이러한 교차의 시학을 작가는 둥근 모양의 태양원 안에 뱀과 독수리가 엉켜서 한 몸을 하고 있는 형상으로 나타내고 종교적인 표상으로 형상화시킨다. 열대 멕시코의 뜨거운 자연 속에서 자연과 우주의 힘을 동화한 뱀(용)과 독수리는 대지의 풍요한 힘과 하늘의 힘을 상징하는 신성한 자연신으로 현현된다. 우주 자연과 연결되어 교감을 할 수 있으며, 자연신으로서의 뱀과 독수리와 태양의 힘을 동화하는 능력을 지닌 아메리카 인디언 장군이 남성 주인공 돈 치프리아노(Don Cipriano)이다. 그는 고대 인디언의 자연종교를 현대에 복원하는 종교운동을 벌이는 돈 라몬(Don Ramon)을 도우는 그의 동료이자 제자이다. 여주인공 케이트(Kate)는 유럽세계에서 물질-기계-과학문명에 질식되어 새로운 생명문명을 찾아 이 곳 멕시코에 와서 이러한 동물들의 힘을 내면화한 인물들을 만나면서 그들의 강력한 생명력에 감화되어 백인으로서의 낡은 자아가 충격을 받고 각성되며 해체되어 새로운 자아로 재생되는 과정이 반복하여 묘사된다. 이 작품은 유럽의 백인과 아메리카의 원주민/인디언 사이에 교차의 인간관계학을 설정하여 상이한 두 문명권의 작중인물들이 어떻게 작용하며, 백인인물에게 어떠한 자아의 변화가 일어나는지를 보여준다고 할 수 있다.

　로렌스는 그의 소설에서 교차의 다양성과 깊이와 폭을 확대하기 위해 문화인류학적, 고고학적인 소재의 탐구에 관심을 보였으며 그러한 탐구는 날이 갈수록 더욱 심화, 확장되었다. 그것을 반영하는 예들 중의 하나가 곧 『날개 달린 뱀』이라고 할 수 있다. 이 작품에서 우리는 문화적으로 이질적인 두 자아의 교차에 의한 소통회로에서 조화와 합일을 가로막는 '소음'(noise) 요인이 작용하는 과정을 역시 볼 수 있다. 인간관계론적 교차에서 볼 때 일방적 소통으로 진행되는 교차 유형과 쌍방적 소통으로 진행되는 교차 유형으로 대별될 수 있으며, 전자는 양자 관계의 실패를 초래하고 파괴적 결과를 가져온다. 이에 반해 후자는 이상적인 교차로서 영혼의 자유를 얻게 하고 창조적 생명을 완성하게 하는 것이다. 『날개 달린 뱀』에 나타난 교차는 두 남녀 주인공간의 전체적 관계를 두고 보면 반쯤 성공하는 사례에 속하는 경우이다. 백인 여주인공 케이트가 인디언 남성 치프리아노와 반복적으로 교차하는 과정에서 발생하는 심리적 변화의 양상은 시계의 진자처럼 동화와 저항의 두 축을 끊임없이 오가는 왕복운동으로 나타나기 때문이다. 그녀는 인디언 방식의 케짤코틀 종교의식에 따라 결혼을 하면서도 결혼 이후에 여전히 자아의 혼돈이 진자운동처럼 계속 나타난다. 문화적으로 틈이 너무나 큰 두 이질적 자아의 교차는 상대 타자의 낯설음 만큼이나 소통과 합일에서 어려움을 동반하는 것은 당연하다고 할 것이다. 그러나 두 자아의 교차는 완전한 파멸로 끝나는 것이 아니라 유럽인으로서의 낡은 자아(old self)를 해체하고 새로운 자아(new self)를 재창조하기 위한 실험적인 도전으로서 유보되는 것으로 끝맺는다. '새로운 자아'의 창조과정이 반복적으로 삽입되고 있지만 교차의 소통회로에 완전한 동화와 합일을 끊임없이 방해하는 '소음'이 반복적으로 개입된다. 그러나 여기서 낡은 백인 자아의 소유자인 케이트에게 끊임없이 작용하는 치프리아노의 파괴적 요소는 새로운 생명의 창조를 위한 것이다.

완전히 실패하는 교차의 유형으로는 『사랑하는 여인들』(*Women in Love*)의 제랄드(Gerald)와 구드룬(Gudrun)의 관계가 해당된다. 남녀관계에서 실패의 원인은 교차에서 서로 상대방을 받아들이는 쌍방향적인 소통이 못되고 상대방을 배려하지 않는 일방적 소통이 되기 때문이라고 할 수 있다. 이러한 실패의 책임은 이지적인 자아와 억압적이고 지배적인 의지에 의존하는 남자 주인공 제랄드에게 있다. 작가는 상징주의적인 기법을 사용하고 있지만 그를 파괴시키는 죽음으로 그의 삶을 끝맺게 하는 묵시록적 심판을 벌이고 있다. 이것은 파괴에 의한 새로운 창조를 의도하는 묵시록적 의미가 내포된 것이며, 교차적 시학의 관점에서 보면 파괴와 창조의 교차라고 할 수 있다. 이 작품의 자매편인 『무지개』에서 여주인공인 어슐러(Ursula)가 인습적 자아를 대표하는 그녀의 애인 스크레벤스키와 마지막 무렵에 가서 결별한 후 말떼들의 습격을 받고 병을 얻어 앓아누워 있다가 점점 회복되면서 희망의 무지개를 보고 새로운 자아로 창조되는 대목의 묘사는 파괴와 창조의 교차 시학으로 해석할 때 아주 흥미로운 이해를 이끌어 낼 수 있는 것이다. 중편소설 「쓴트 모어」(St. Mawr)에서 사들인 종마가 여주인공 루 (Lou)에게 강렬한 생명력을 감응시키면서 경외감과 공포를 불러일 으키는 가운데 인습과 낡은 사회의 의식을 증오하는 그녀의 자아 에 충격을 주고 새로운 자아로 변화시키는 대목 역시 파괴와 창조 의 교차로서 이해될 수 있다. 이러한 파괴와 창조의 교차에 의한 자아의 변화는『날개 달린 뱀』의 자매편인 「말을 타고 떠난 여인」 (The Woman Who Rode Away)에서 백인종교를 버리고 산속 오지 의 인디언 마을에서 인디언 추장의 말에 순종하고 인디언 종교로 개종하여 반쯤은 기꺼이 인디언 신에게 인신제물로 바쳐짐으로써 백인자아를 해체하고 새로운 자아로 재창조되는 신화적 자아갱생 이 상징적으로 암시된 삽화에서도 나타나 있다. 요컨대 로렌스에게 이러한 삽화와 장면은 파괴 - 창조의 교차에 의한 새로운 생명으로 의 갱생을 목적으로 삼는 묵시록적 비전을 보여주는 것이다.

2. 현대사회의 위기에 대한 창조적 파괴

　　로렌스 문학에서 우리가 크게 주목할 수 있는 것으로서 두 가지
상반된 요소들 사이에, 반드시 부정과 긍정이라는 대립적 의미만은
아니지만 어떤 이원적 존재들 사이에 교차에 의한 대립과 충돌을
통해 운동, 조화, 발전과 같은 뭔가를 찾아볼 수 있다는 점이다.
이와 같은 점은 두 가지 존재 사이의 관계와 운동을 모순과 대립,
상호작용과 발전으로 설명하는 변증법을 연상시켜준다. 변증법 철
학은 우주의 운행 현상과 원리를 두 가지 대립요소들 사이의 충돌
과 창조적 발전으로 보는 입장을 취한다.[3] 로렌스 문학은 이러한
두 존재들 사이에 창조적 발전을 목표로 삼는 생명주의적 모럴을

---

3) 변증법에 관한 참고문헌으로는 다음과 같은 것들을 참조할 수 있다: 황세연 편역, 『辨證法이
란 무엇인가』(서울: 중원문화, 1984), 이삭신서 편집부,『辨證法 입문』(서울: 이삭: 1985), 거
름문고 우리기획 옮김, 中霖肇『변증법 발달사』(서울: 거름, 1983), 거름 편집부 엮음, 『변증법
적 논리학』(서울: 거름, 1987』, 여홍상, 김영희 공역, Frederic Jameson, 『변증법적 문학이론
의 전개』(서울: 창작과 비평사, 1984), 양운덕, 김재용 옮김, G. Stiehler, 『모순의 변증법』(서
울: 증원문화, 1985).

내포하고 있다. 로렌스의 문학에 등장하는 두 가지 요소들은 다양한 대칭자들로 짝을 지울 수 있지만 만약 파괴적인 것과 창조적인 것의 두 요소로 설정하여 양자가 상호작용하면서 발전해나가는 변증법적 패턴의 운동성으로 볼 경우 파괴적인 것은 창조적인 것을 위한 전제가 되고 파괴는 새로운 창조를 목표로 한다는 어떤 구조를 발견할 수 있다.

낡고 병들고 부패하고 타락한 인간·문명을 파괴하는 것이 파괴 자체만으로 거치지 않고 새롭고 참된 자아를 가진 인간들만이 사는 유토피아적인 사회와 문명으로 재편성되게 한다는 의미를 지니는 사상은 기독교에서 '요한 계시록'에 나타나 있는 바이다.[4] 이때 심판에 의한 파괴와 해체는 새 사회와 새 문명이라는 유토피아를 위해 필수적인 것이다. 로렌스는 과도한 이지주의와 과학과 산업을 주축으로 영위하는 유럽 백인들의 현대 물질문명에 도사린 병폐와 위험을 경고하고 몰락을 예언하면서 새로운 시대를 열기 위해 끊임없이 유토피아적인 비전[5]을 찾았다. 로렌스에 의하면 인간에게 '참된 자아'(true, real self)가 회복됨으로써 영적인 충족과 자아의 완성이 이루어질 수 있고, 이 때 유토피아가 건설된다. 그는 그러한 사회와 문명을 찾아 유럽문명과는 질적으로 다른 타자의 사회와 문명을 탐색하기 위해 세계 곳곳을 찾아 나서는 여행을 지속했다. 고대 유적지와 원시사회, 전원사회에서 살아가는 인간들의 종교적이고 자연친화적인 삶의 형태에서 그가 찾는 비전을 발견하였

---

4) 대한성서공회, 『관주 성경전서』(서울: 보진재, 1962), '요한계시록' pp.399 – 423.

5) 로렌스의 이러한 유토피아적인 비전에 대해서는 Eugene Goodheart, *The Utopian Vision of D.H. Lawrence*(Chicago: The University of Chicago Press, 1971)을 참조할 수 있다.

다. 그의 새로운 인간과 사회를 향한 이러한 탐색여행은 문명의 경계를 넘어서는 행위이며 현대인들로부터 그들의 문명에 얽힌 '낡은 자아'(old self)를 파괴, 해체하고 '새로운 자아'(new self)로 살아가는 유토피아적 문명사회를 재창조한다는 의미를 내포하고 있다. 로렌스가 고대 원시사회의 문명에 나타나 있는 인간들의 자아에 나타난 이상적인 특성을 내면적으로 분석하여 현대 백인들의 문명에 나타난 자아와의 차이를 밝히고, 낡고 사악한 존재들을 파괴해야만 새로운 존재들이 힘을 제대로 발휘할 수 있다고 믿는 신앙이 고대의 모든 종교에서 공통적이라는 사실을 밝히는 저서가 그의 독창적인 『묵시록』(Apocalypse)이다. 로렌스의 이 저서는 기독교의 요한(John of Patmos) 계시록에 표현된 신비스러운 존재들에 대해 상징적, 우의적인 의미로서 해석하고 그 핵심적 의미가 파괴를 통한 새 존재의 창조라고 읽는다. 로렌스는 『묵시록』에서 다음과 같이 말한다.

전 우주는 그 자체가 사악한 면을 지니고 있다. 새로이 바뀐 우주의 시대에도 그 태양이 여전히 낡은 태양으로 있는 한, 그 위대한 태양은 새로이 태어난 연약한 나에게는 증오와 해악의 대상이다. 그 태양은 싸우고 있는 자아인 나를 해친다. 그 태양은 나의 낡은 옛 자아에 힘을 행사하는 까닭에 사악하다. 우주의 물들도 옛 것들은 이전에 지녔던 심연의 본성을 가지고 있는 까닭에 생명에 해롭다. 특히 인간의 생명에는 더욱 그렇다. 나의 내부에 흐르는 강물의 모체인 위대한 달 역시 낡은 것으로 남아있는 한, 그것은 죽은 달로 나의 살에 해를 가하고 상처를 주는 까닭에 증오의 대상이 된다. 그 달은 나의 낡은 옛 살에 힘을 행사하기 때문이다.

이것은 두 가지 재난에 대한 오래된 의미이다. 그것은 파트모스 요한에게는 너무나 심오한 의미였다.

Therefore the whole cosmos has its malefic aspect. The sun, the great sun, in so far as he is the *old* sun of superseded cosmic day, is hateful and malevolent to the new born, tender thing I am. He does me harm, in my struggling self, for he still has power over my old self and he is hostile.

Likewise the waters of the cosmos, in their *oldness* and their superseded or abysmal nature, are malevolent to life, especially to the life of man. The great Moon and mother of my inner water − streams, in so far as she is the old, dead moon, is hostile, hurtful, and hateful to my flesh, for she still has a power over my old flesh. This is the meaning away back of the 'two woes': a very deep meaning, too deep for John of Patmos.[6]

로렌스는 만년에 죽음을 주제로 쓴 시 "죽음의 배 The Ship of Death"에서 고대 그리스의 명부(Hades) 신화를 모델로 하여 자신의 낡고 병든 육신을 파괴·해체하여 죽음세계인 지하 명부로부터 새롭게 생명력을 부여받아 갱생하는 긴 여행의 도정을 신화적 비전으로서 시적으로 형상화시켰다. 여기서 주목할 부분은 '새 자아'(new self)의 탄생을 위해서는 '낡은 자아'(old self)가 반드시 파괴·해체되어야 한다는 개념이다. 그렇지 않으면 새 자아의 재생은 불가능하다는 것이다. 이 시에 구현된 파괴를 통한 창조는 역설의 논리로서 "죽음 − 지옥 − 하데스"를 "삶 − 지상 − 생명"이라고 생각했던 고대인들의 보편적 사고가 로렌스를 통해 재발견되어 새로운 의미가 부여된 것이다. 이 시의 신화적 비전은 로렌스의 묵시록 사상의 반영이라고 할 수 있다. 로렌스는 또 다른 시, "희생제의의 고대적 의미 The Old Idea of Sacrifice"에서 고대인들의 제물의식에 대해 죄와 같은 것은 전혀 없고 오직 "생명과 반생명 life

---

6) D.H. Lawrence, *Apocalypse*(Harmonds Worth Middlesex: Penguin Books Ltd., 1977), p.72.

and anti-life"만 있다고 말하고 그것을 "생명의 법칙 law of life"라고 읊었다.[7] 이것은 고대인들에게 묵시록적 사상이 자연스럽고 보편적이었음에 대한 로렌스의 간파를 보여준다. 멕시코의 인디언 신화가 바탕이 된 단편소설, 「말을 타고 떠난 여인」(The Woman Who Rode Away)에서 로렌스는 백인 여주인공이 그녀에게서 백인의 자아와 백인의 의식이 파괴, 해체되고 새로운 원시인의 자아와 의식으로 교체되도록 하는 제물의식 장면을 제시한다. 이 작품의 결말은 제물의식을 집행하는 인디언들이 백인을 인디언 신에게 피의 제물로 봉헌하고 백인들에게서 빼앗긴 자신들의 지배권을 되찾아 다시 인디언 문명사회를 회복할 것이라는 예언적 서술로 끝난다. 그리고 이 단편(속편)의 원본이라고 할 수 있는 장편소설 『날개 달린 뱀』(The Plumed Serpent)에는 유럽문명에 싫증이 나서 혐오감을 가지고 새로운 생명의 세계를 찾아서 멕시코에 여행을 온 여주인공 케이트(Kate)도 백인의 자아와 의식이 파괴, 해체되고 새로운 원시인의 자아와 의식으로 재창조되게 하는 고대 인디언들의 의식을 수행한다. 그녀에게는 인디언의 피를 받은 멕시코계 남자 주인공들인 돈 라몬(Don Ramon)과 돈 치프리아노(Don Cipriano)를 만나서 그들의 검고 어두운 강력한 원시적 힘에 의한 자아의 전이 과정이 계속되며, 이러한 과정은 백인들이 지배하는 기독교 문명사회를 해체하고 인디언 전래의 케짤코아틀(Quetzelcoatl) 원시종교사회를 건설하는 궁극적 목표를 향해 나아간다. 이러한 인디언족의 전통적 의식은 상징적인 의미를 띤 일종의 제물의식의 수행이자

---

7) Vivian de Sola Pinto and Warren Roberts ed., *The Complete Poems of D.H. Lawrence*(New York: The Viking Press, 1974), p.679.

묵시록적 사상의 반영이라 할 수 있다. 요컨대 낡고 부패하고 부도덕한 존재에 대한 묵시록적 심판이 제물의식의 형태로서 집행되는 것이며 이것은 새롭고 참된 자아와 그것에 바탕을 두는 새로운 사회와 문명을 재창조하는 것을 목표로 삼는 것이다.

이와 같이 파괴를 통해 창조를 실현하는 파괴와 창조의 교차 개념은 인도의 밀교사상에서도 발견된다. 파괴의 여신 깔리(Kali)는 검은 지옥의 이미지로 구상화되는데 『密敎』라는 저서를 쓴 석지현(선사)은 『요가, 불멸, 그리고 자유』(*Yoga, Immorality and Freedom*)라는 저술을 원용하여 깔리 여신이 창조의 여신임을 밝힌다. "그렇다. 그 사랑의 여신은 창조자이면서 동시에 인간의 파괴자다. 병, 굶주림, 폭동, 전쟁, 절름발이를 만들고 죽이는 이 파괴 행위는 그 희생자로서의 인간의 관점에서 볼 때 창조와 사랑의 여신인 그녀의 활동에 불가피한 역할인 것이다. 이러한 실제를 터득하지 못하거나 그 실제를 여신의 본질로 동화시키지 못한다면 그 누구도 성공적인 딴뜨리까(밀교수행 성자: 필자)가 될 수는 없다."8) 『수능엄경』에는 파괴의 이미지를 가진 깔리는 창조와 사랑의 또 다른 에너지이며 지옥, 즉 암흑의 바다야말로 딴뜨리까의 더 없는 수련장이라고 언명한다.9) 이 여신은 사랑을 나누는 의식행위를 무덤에서 행하기도 한다. 이것은 무덤-죽음, 즉 철저한 파괴를 통해 순수생명과 새로운 사랑의 에너지로 재창조될 수 있다는 진리를 상징한다.

지광 선사에 의하면 불경(佛經)에서는 사고사와 같은 급격한 사망의 경우 예견된 것이라는 입장을 취한다고 한다. 지진, 홍수, 전

---

8) 석지현, 『밀교』(서울: 현암사, 1981), pp.134-35.

9) Ibid., pp.136-37.

쟁 등을 통해서 갑자기 찾아온 죽음도 모두 그 나름의 이유가 있다고 본다. 그러한 죽음은 지상생활에 집착하는 강도가 클 때 그 부정적인 마음을 일시에 제거하기 위해 급격하게 찾아온다는 것이다. 다시 말하면 집단에 영적인 진화를 강제하지 않을 수 없을 때 급격한 사망이 주어진다는 것이다.[10] 여기에도 심판을 통한 파괴와 재창조라는 기독교적 묵시록과 근접한 원리가 잠재된 듯하다. 로렌스의 경우 그의 소설에서 이러한 파괴 – 창조의 교차에 의한 묵시록적 모티프를 곳곳에 설정하고 있는 것이다.

---

10) 지광, 『정진』(서울: 랜덤하우스, 2007), p.173.

3. 『무지개』와 『사랑하는 여인들』의 묵시록적 창작

　『무지개』(*The Rainbow*)와 『사랑하는 여인들』(*Women in Love*)는 자매편 소설로서 영국 중부지방의 탄광촌 전원을 무대로 현대인들의 "자아문명"[11]을 통찰하는 문명심판적인 내용을 담고 있다. "현대성의 치명적 위기양태"[12]가 진단되고 참된 내면적 생명과 영혼을 상실함으로써 야기되는 파멸적 상황이 비판된다. 낡은 현대적 자아가 파괴된 후에야 새로운 자아가 재탄생될 수 있다는 작가의 "묵시록적 비전"[13]이 의도되어 있다고 할 수 있다. 『무지개』의 결말은 현

---

11) 이 용어는 Donald Gutierrez가 정의한 "Self"의 개념 중에서 원용한 것이다. *The Dark and Light Gods*, New York: Whitston, 1987, Preface, p.xi: "…It obliquely reflects its heritage in a religious sensibility the very disappearance of which has made the culture of the self such a bristling problem and intense concern for modern people."

12) Maria DiBattista, "*Women in Love*: D.H.Lawrence's Judgement Book", in *D.H.Lawrence: A Centenary Consideration*, ed. Peter Balbert and Phillip L. Marcus, Ithaca: Cornell University Press, 1985, pp.71–72.

13) 『무지개』에 대한 이 주제의 논평으로서는 Peter Balbert, "Logic of the Soul: Prothalamic

대문명에 대해 공포와 환멸에 빠졌던 어슐러(Ursula)가 와병으로부터 회복되면서 "재생된 혼돈 renewed chaos" 가운데서 보게 되는 '무지개'의 상징주의를 통해 새로운 창조적 문명의 가능성에 대한 비전이 제시되는 것으로 처리[14]되고 있지만, 여전히 파괴적인 검은 환영은 남아있다. 그리하여 『사랑하는 여인들』의 초두에 다시 등장한 어슐러는 더욱 심화된 현대문명의 부패·타락·죽음의 상황을 처음부터 다시 경험하고, 서리와 얼음처럼 차갑고 잔인한 현대 지성인을 대변하는 두뇌형 인간인 제랄드(Gerald)의 죽음을 목격한다. 이와 같은 점에서 두 소설은 디바티차DiBattista의 지적대로 현대인이 재체험하는 창조와 파멸과 갱생의 전체 역사를 표상하는 「창세기」(Genesis)와 「묵시록」(Apocalypse)에 상응될 수 있는 "대칭적 이중소설 double novel of symmetry"[15]이다. 현대인들이 원초적인 창조적 자아로부터 단절되거나 그것을 거부할 때 내적 영혼과 생명이 고갈된 사물적 존재로 전락되어 스스로 파멸하고 만다는 것이 로렌스의 통찰이다. 여기서 그는 "내면적 감정생활 the internal emotional life"[16]의 중요성을 강조하고 주인공들의 자아를 통해 "의식의 깊은 지층 a really deep stratum"[17]을 제시하고, 생동

Pattern in *The Rainbow*", in *D.H. Lawrence: A Centenary Consideration*, p.62 참조. 그리고 *Women in Love*에 대한 이 주제의 논평에 대해서는 George A. Panichas, *The Reverent Discipline*, Knoxville: The University of Tennessee, 1974. pp.154-55 참조.

14) Maria DiBattista, "*Women in Love*: D.H.Lawrence's Judgement Book", in *D.H.Lawrence: A Centenary Consideration*, ed. Peter Balbert and Phillip L.Marcus(Ithaca: Cornell University Press, 1985), p.68.

15) Ibid., p.67.

16) Peter Balbert, "Logic of the Soul: Prothalamic Pattern in *The Rainbow*", in *D.H.Lawrence: A Centenary Consideration*, Ithaca: Cornwell University Press, 1985, p.45.

17) Goerge J. Zytaruk and James T. Boulton ed., *The Letters of D.H.Lawrence*,

적인 새롭고 신비한 창조적 자아를 구현하는 인물과는 안티테제가 되는 인물을 대비시켜 심판한다. 두 작품에서 '어둠'의 심상은 창조와 파괴의 두 가지 성격을 동시에 지닌 양가성적인 실체이다. 전자는 살아서 약동하는 원초적이고 원시적인 생명세계로서의 유토피아적 비전과 연결되는 데 반해, 후자는 생명의 황폐와 불모로 이루어진 죽음의 비전과 연결된다.

로렌스가 『무지개』[18]의 창작과 출판과정에 붙여 쓴 글에 의하면[19] 이 소설에는 1차 세계대전에 관한 관념은 전혀 개입되지 않았지만, 그가 나중에 알게 된 사실은 자신이 시도하고자 했던 현대문명인의 의식에 대한 파괴욕망을 전쟁이 대행했다는 것이었다. 당시 로렌스에게 유럽세계는 "무지개 rainbow"가 전혀 보이지 않았고 오직 파괴적인 "철의 무지개 바다 iron rain waters"(CL p.519)만이 그곳에 있다고 여겨졌다. 이 때 그는 이러한 인간들과 그들의 의식을 폭파시켜 버리고 싶은 "어두운 관능의 디오니소스적, 아프로디테적 황홀감dark sensual, Dionysiac, Aphrodisiac ecstasy"(CL p.519)에 충만되어 있었다고 말하고 있다. 그는 전쟁에 의한 유럽인들의 죽음과 파멸에 대해 그것이 "위대한 배려 즉 관능적 황홀감 a great consideration or sensual ecstasy"(CL p.519)라고 역설성을 지닌 감정으로 표현하고 있다:

---

vol.2(Cambridge University Press, 1979), p.526. 그리고 Peter Faulkner, Modernism(London: Methun & Co., 1977), pp.61 - 62 참조.

18) 인용된 책은 D.H. Lawrence, The Rainbow. Penguin Books Ltd, 1977년 판이다.

19) Harry T. Moore, The Collected Letters of D.H.Lawrence(New York: The Viking Press, 1962), p.519 참조. 이하 이 책은 CL로 약기하고 본문에 쪽수를 표시한다.

어떤 아라라트산(노아의 방주가 머문 산: 필자)도 잠기고 있는 철의 바닷물 위로 솟아오르지 않을 것이다. 죽음의 위대한 절정 혹은 무지개에서처럼 관능의 황홀경이 있다. 그런데 역시 죽음의 경사지를 내닫는 가다라의 돼지(귀신이 들려 갈릴리 호수에 뛰어들어 몰사함: 필자)와 같은 죽음이 있다. 이것이 유럽에서 일어난 전쟁이다. 우리는 삶의 완성보다는 죽음으로 소멸하는 것을 선택했다. 그렇게 되도록 내버려 두라. 그것은 나의 잘못이 아니다.

No Ararat will rise above the subsiding iron waters. There is a great *consummation* in death, or sensual ecstasy, as in the Rainbow. But there is also death which is the rushing of the Gadarene swine down the slope of extinction. And this is the war in Europe. We have chosen our extinction in death, rather than our Consummation. So be it: it is not my fault. (CL p.519)

여기에 언급된 어둠이라는 실체의 심상은 파괴적인 특성을 지닌 유형이지만 그것은 낡고 부패되고 타락한 현대적 자아를 파괴하여 새롭고 참된 자아를 재탄생시킨다는 신성한 힘이 내포되어 있다는 점에서 창조적인 파괴성을 갖고 있으며, 복합성을 띤 역설적 실체로서 묵시록적 힘으로 작용하고 있음을 알 수 있다.

『사랑하는 여인들』에는 전쟁에 대한 묘사가 없지만, 1차 대전의 전쟁분위기, 즉 잔인성, 폭력성, 파괴욕구, 죽음 등의 어두운 심상과 비전이 묵시록적인 형태로 창조되고 있음을 로렌스는 1917년에 쓴 한 서한에서 다음과 같이 밝힌 바 있다: "이것은 실제로 인간의 영혼 속에 전쟁의 결과를 내포하고 있다: 『무지개』에서와는 다르게 순전히 파괴적이고, 파괴의 절정인 것이다. 이 작품을 쓴 나에게 조차도 매우 경이롭고 무서운 것이다. This actually does contain the results in one's soul of the war: it is purely destructive, not like *The Rainbow*, destructive- consummating. It is very wonderful and terrifying, even to me who have written it." (CL p.519)

『사랑하는 여인들』에서 로렌스의 상상력을 지배하고 있는 현대 백인문명에 대한 묵시록적인 심판은 그가 다른 여러 글들에서도 표현하고 있는 그의 중심적인 사상 중의 하나이다. 로렌스는 유명한 제페린(Zeppelin) 공습에 대해 1915년에 쓴 한 서한에서 묵시록적인 정신에 입각하여 그것을 해석한 바 있다:

그때 하늘에 전쟁이 있었다. 그러나 그것은 천사들이 아니었다. 그것은 조그마한 황금색의 제페린 비행기가 긴 타원 모양의 세계처럼 하늘 높이 있는 것이었다. 마치 우주 질서가 사라지고, 마치 새로운 질서, 새로운 하늘이 우리 머리 위에 나타난 것 같았다. …그래서 우리의 우주가 폭발하고, 마침내 폭발하고, 별들과 달이 날려 가버리고, 하늘의 덮개가 폭발해버리고 그런 다음에 새로운 우주가 출현한 것 같았다; …그래서 그것은 종말이다 — 우리의 세계는 사라지고, 우리는 마치 허공의 먼지와 같다. 그러나 위로는 새로운 하늘과 새로운 지구와 더욱 깨끗하고 영원한 달이, 아래로는 깨끗한 세계가 있어야만 한다. 그렇게 되도록 하라. 지금은 모든 것들이 폭발해 없어지고 오직 새로운 존재를 얻는 것만이 남아있다.

Then there was war in heaven. But it was not angels. It was that small golden Zeppelin, like a long oval world, high up. It seemed as if the cosmic order were gone, as if there had come a new order, a new heaven above us. …So it seems our cosmos has burst, burst at last, the stars and moon blown away, the envelope of the sky burst out, and a new cosmos appeared; …So it is the end — our world is gone, and we are like dust in the air. But there must be a new heaven and a new earth, a clearer, eternal moon above, and a clean world below. So it will be. Everything is burst away now, there remains only to take on a new being. (CL p.366)

또한 로렌스는 같은 해 1915년 5월에 버틀란드 러셀(Bertrand Russell)에게 보낸 편지에서 다음과 같이 말한 바 있다:

이러한 일이 있은 후에 우리는 변화를 알게 될 것입니다. 우리는 한 번의 운동으로 참으로 태양에 다시 돌아갈 것입니다. 씨앗이 죽는다고 기대하면 그 씨앗은 나오지 못할 것입니다. 오직 기다리세요. 우리의 죽음이 먼저 완성되어야 하고, 그런 다음에 우리는 살아나게 될 것입니다. 오직 기다리며 준비하세요. 우리는 곧 부활의 소리를 내야합니다.

After this we shall know the change, we shall really move back in one movement to the sun. Expect a seed die, it bringeth not forth. Only wait. Our death must be accomplished first, then we will rise up. Only wait, and be ready. We shall have to sound the resurrection soon. (CL p.346)

『사랑하는 여인들』의 표제를 로렌스의 부인 프리다(Frieda)는 'Dies Irae'(분노의 날 혹은 최후의 날 The Days of Wrath, or the Final Days의 뜻을 나타내는 라틴어)로 정하기를 원했다[20]고 알려져 있다. 그러나 로렌스는 그 보다 덜 묵시록적인 '『사랑하는 여인들』'이라는 제명으로 결정했다고 한다. "이중소설 double novel"[21]로서 창작된 이 두 소설은 현대에 있어 재해석된 창조의 전체역사로서의 창세기와 묵시록이라는 대칭자의 영광을 지니게 되었다.[22] 『사랑하는 여인들』은 사실상 최후 시대의 최후 인간들의 운명에 관심을 가진 작품이라고 말할 수 있다. 제랄드는 어둠 속에 살아서 숨을 쉬고 있는 창조적 생명을 거부함으로써 구드룬(Gudrun)과의 사랑은 파국으로 치닫고 말며, 결국 차갑고 얼어붙은 티롤(Tyrol) 산악 고지대에서 눈과 얼음과 더불어 동사하고 만다. 이러한 결말은 자신의 모습대로의 길을 걸은 것이며 묵시록적인

---

20) Zytaruk, op.cit., The Letters of D.H.Lawrence, vol.2, p.669.

21) DiBattistta, op.cit., p.67.

22) DiBattistta, op.cit., p.67.

길과 상응한다고 말할 수 있다. 『사랑하는 여인들』에서 로렌스의 현대 백인문명에 대한 비판적 통찰과 묵시록적인 비전은『무지개』보다 더욱 심각하게 나타난다. 어두운 죽음의 심상은 황폐화된 탄광촌의 자연환경, 제랄드의 탄광 운영에 대한 극도의 두뇌적·기하학적인 방식과 잔인성, 현대 지식인들의 지성과잉과 허식, 예술가들의 타락되고 부패한 감각주의, 도시생활의 혼탁상 등의 묘사장면들에 표현되고 있다.

4. 『사랑하는 여인들』의 묵시록적 심판과 인간 종말

　　『사랑하는 여인들』에서 로렌스의 묵시록적 비전은 탄광 소유주이자 최고경영자로서 등장하는 제랄드에게 맞추어져 있다. 작가의 비전에 있어서 제랄드는 서구의 백인을 대표하는 인물로서, 백인이라는 인종과 색깔의 두 가지 개념이 암시적이지만 강하게 투입되고 있다. 색깔로서의 백색은 '피'와 '살', 즉 살아있는 생명을 상실한 표백된 하얀 존재를 암시한다. 이러한 백색 인종은 내면에 부드럽고 따뜻한 피와 생명의 맥박과 고동이 넘쳐나는 몸과 살갗을 지닌 "어둠의 인간 Dark Man"과 대조되는 존재이다. 역동적인 생명주의와 신비적인 정령사상을 심도있게 천착한 로렌스의 원시적 고대적 인종에 대한 애호 취향을 고려하면 이러한 백색 인종과 어둠의 인간의 대조는 보다 더 명확하게 이해될 수 있다. 내면적으로 죽어버린 존재로서 심각한 정신적 피폐성을 지닌 제랄드가 궁극적 죽음을 향해 나아가는 데 있어 그의 파괴적 인성은 인과응보의 원인을 이루고 있다. 그에게 죽음의 종말은 존재의 창조적 발전에 실패함으로써 기인되는 자연적인 운명이다. 이러한 서구 백인이 인간성 타락과 부패, 그리고 생명의 고갈과 황폐를 통해 죽음이라는 종말로 붕괴되는 것은, 프리트차드(Pritchard)의 지적처럼, 로렌스에 있어서는 "새로운 삶을 위한 당연한 조건 the natural condition for new life"[23]일 뿐만 아니라 "재생을 위한 필수적인 조건 essential for rebirth"[24]이다. 『사랑하는 여인들』에서 중심적인 이미지와 모티프를 형성하고 있는 "부패, 분열, 죽음 corruption, disintegration, death"은 이와 같은 점에서 하나의 역설적인 의미를 내포하고 있다.

이 작품에서 버킨은 현대 유럽문명의 위험스러운 치명적 자아를 대변하는 제랄드나 허마이오니(Hermione)를 분석하고 심판하는 로렌스의 분신이며, 참되고 진정한 인간존재란 어떤 자아의 소유자여야 하는가에 관한 진리를 신비적인 '어두운 앎 dark knowledge'과 '어두운 영혼 dark soul'으로서 보여준다. 이 점에서 그는 "사회적 예언자와 현자로서의 예술가 the artist as social prophet and sage"[25]라고 말할 수 있다. 버킨이 정신적 의식(mental consciousness)으로 편중된 주지주의와 과도하게 물질을 지향하는 합리주의로 인해 초래된 현대문명의 위기로부터 현대인들을 새로운 자아와 생명으로 구제되게 하려는 그의 메시지의 핵심에는 이지적인 빛(이성, 지성)에 중심을 둔

---

23) R.E. Pritchard, *D.H.Lawrence: Body of Darkness*(London: Hutchinson University Press, 1971), p.80.

24) Ibid., p.81.

25) Ibid., p.67.

"두뇌적 앎 brain knowledge" 대신에 피 / 살과 영혼에 중심을 둔 "어두운 앎 dark knowledge"이 자리잡고 있다.

버킨은 산업기술 사회에서 이지적 합리주의자로 삶을 영위하는 위험스러운 제랄드의 현대적 자아를 관찰하고 묵시록적인 차원에서 심판을 벌이는 주역인물들 중의 가장 중요한 인물이다. 구드룬은 제랄드의 연인이며, 어슐러는 버킨의 연인이다. 그리고 허마이오니는 버킨의 한 때 연인으로서만 머무를 뿐이다. 한편으로 버킨은 제랄드의 친구이기도 하다. 그는 친구인 제랄드를 통해 드러나는 파괴성에 대비되는 창조성을 보여주기 위한 안티테제적인 인물로 기능한다. 이러한 파괴성과 창조성의 대비는 작품의 흐름에서 구성적으로 설정되어 있으며 교차적인 패턴을 띤다.

파괴적인 묵시록적 심상은 『사랑하는 여인들』의 처음부터 등장하는데 여주인공 어슐러는 『무지개』의 마지막 장의 무대가 되었던 벨도버(Beldover)에서 중등학교 교편을 잡고 있다. 제 1 장에서부터 제랄드의 아버지 토마스 크리치(Thomas Crich)가 탄광소유주로 되어있는 이 고장의 자연환경은 온통 검게 탄가루로 뒤덮여 생명이 황폐되어 있다. 이 고장 사람들도 환경의 영향을 받아 생명이 상실된 물질로 전락해 있다. 자연은 소박한 생명성과 활력을 잃었고 고풍스러운 종교성, 인간과 자연의 조화와 생명의 율동은 완전히 사멸되어 버렸다. 이 고장은 더욱 완전하게 산업화된 장소로서 등장하며 주민들도 그들의 환경처럼 추하고 공허하고 무의미하며 기계적인 생활을 영위하고 있다.

이곳의 중부지대 탄광촌의 사람과 사물 모두는 지옥, 하계, 무덤, 유령, 喪章, 투구풍뎅이 등의 파괴적 심상들로 묘사되는데 이러한 심상들로 가득찬 풍경은 묵시록적인 풍경과 등가를 이룬다. 모든 것은 "현실세계의 유령 같은 복제 a ghoulish replica of the real world"(p.12)이다. 그러나 이러한 현실을 부끄러워하는 사람은 한 사람도 없다. 탄가루로 시꺼멓게 더럽혀진 사물들과 사람들은 물질처럼 딱딱한 껍질만 있을 뿐 내부의 생명은 죽어버리고 없다. 이 지역의 광부들에게는 제랄드와 마찬가지로 철이나 기계와 같은 파괴적인 위험스러운 관능이 침투되어 있으며, "어두운 경직성 dark callousness"(p.129)를 띤 강렬한 관능이 목소리에까지 배어있다. 어슐러는 광부들이 거리를 지나갈 때, 그들의 검은 육체와 검은 목소리로부터 발산되는 파괴적인 힘의 물결에 반쯤 공명하면서도 그들에게는 위험한 비인간적인 세계가 있다는 사실을 깨닫고 혐오감에 찬다. 광부들의 이러한 어둠의 힘은 『아들과 연인』(*Sons and Lovers*)에 묘사된 지하로부터 형성된 활력적인 생명력과는 대조적이다. 이러한 현실은 묵시록적인 지옥과 죽음의 비전에 다름 아닌 풍경이다. 생명의 무한한 창조성과 대비되는 이러한 끔찍한 파괴성은 우주자연의 생명과 율동, 신비로운 생명과 영혼에 대한 꿈을 지녀온 어슐러를 포박하고 절망시킨다. 그녀의 자아 내부에서 창조적인 어두운 생명과 영혼은 껍질에 갇혀 있을 뿐이다. 그녀에게 생명의 불꽃과 광채는 자아의 내부로부터 밖으로 내뻗으려고 애쓰고 있으나 현실세계는 죽음의 상황에 놓여 있기 때문에 외계와 조화를 이루기가 불가능하다. 외부환경에 나타나 있는 이러한 파괴성은 신비로운 생명과 영혼을 갈망해 온 어슐러에게 내부의 자아에 잠재되어있는 창조성과 상극관계를 이룬다. 이러한 파괴적인 현실에서 사람들에게는 창조적 생명 대신에 에리히 프롬(Erich Fromm)

이 말한 "내면의 죽음 inner deadness"[26]이 있을 뿐이다. 이 첫 장을 통해 이미 현대문명과 제랄드의 운명이 암시되어 있다고 볼 수 있다.

화자의 분석적인 목소리로 서술되는 평가에 의하면 제랄드는 능률의 전문가이고 가장 현대적인 산업가를 대표한다. 그에게 중요한 것은 생산 밖에 없다. 그의 산업주의는 생명을 순수한 수학적 원리에 복종시키고, 유기적인 원리를 기계적 원리로 교환하고, 유기적인 단위, 유기적인 목적, 유기적인 통일을 파괴하여 역설적인 의미의 보다 위대한 기계적인 그것들로써 대체시킨다. 그의 이지는 신에 가깝고 열정은 비정하고 영웅적이다. 디바티차의 지적처럼, 그는 "니체적인 산업왕 the Nietzschean captain of industry"(p.67)이며, 그의 주변에 있는 모든 것들은 그의 억압적이고 통제적인 이지를 거침으로써 유기적인 생명 대신에 물질적인 죽음의 표상일 뿐이다. 그가 회사의 경영체재를 탁월하게 조직하는 능력이나, 광부들을 일말의 감상주의적인 동정심이나 인간적인 애정도 배제하고 완벽한 기계로서 복종시켜 나가는 행위나 말을 학대하는 행위 등에 있어서 그의 의지와 이성은 실로 영웅적인 면을 가지고 있지만 그것에는 치명적인 위험성과 딱딱하게 굳은 기계성이 내포된 관능이 깃들어 있다. 그의 심리 내부에서 작동하는 현대적인 통제 원리는 "악마적 물질주의 savage materialism"[27]의 정당화라고 할 수 있다. 디바티차는 제랄드의 심리적 극화에 표현된 아이로니컬한

---

26) Erich Fromm, *Zen Buddhism and Psychoanalysis*(New York: Harper & Row, 1970), p.85.

27) DiBattista, op.cit., p.73.

특성에 대해 "그 자신을 아폴로적인 타락된 형태들로 표현하려고 애쓰는 무정부적인 디오니소스적 정신의 특별한 현대적 비극 the peculiarly modern tragedy of anarchic Dionysian spirit trying to express itself in the Apollonian degraded forms"(p.72)라고 논평한다.

강력한 카리스마를 가진 제랄드가 자기의 의도대로 회사체재를 완벽하게 바꿈으로써 이제 더 이상 그의 존재가 탄광에 필요가 없게 되었을 때 그는 이제까지 자신을 지탱시키면서 비정한 황홀감을 충족시켜 주었던 삶의 구심점을 상실한다. 그의 마음은 항상 공허하고 불안감과 무기력증에 빠지게 되며 그의 얼굴은 공포와 불안의 빛에 찬다. 여기서 작가는 현대인의 이지적인 자아의 역설성을 심도있게 꿰뚫어보고 있다.

제랄드는 낮의 활동, 낮의 일에만 익숙해 왔던 현대적 인간이다. 그것의 결과로 그는 밤의 어둠을 견디지 못한다. 그는 밤에도 불을 밝혀야만 안심이 된다. 빛에만 집착해온 제랄드는 어둠의 그늘이 제공하는 무한한 감정, 휴식과 잠, 온화한 감각, 묻힌 세계의 영원한 느낌 등을 수용할 수 없는 인간이 된 것이다. 작가에게는 이 대목에서 빛은 아폴로 신과 이성을 암시하지만 위험하며, 어둠은 디오니소스 신과 혼돈에 관련되지만 생명과 축복을 암시한다. 이지주의적인 빛으로 무장된 산업왕인 제랄드가 직면하게 되는 비극적 운명이 서서히 다가오는 것이다. 그는 낮의 밝음을 통해서 이루어지는 이지적인 산업세계의 활동과 일에만 오직 집요하게 관심을 가지는 습관 때문에 낮을 뒤이어 찾아드는 밤의 어둠을 공포스러워하면서 잠을 이루지 못하고 불면증에 걸린다. 밤의 그늘이 주는 안정과 휴식, 평화가 거부되는 비극적 자아로 추락한 것이다.

그가 겪는 불면증이라는 상징적인 장면은 어둠을 단절시켜 왔거나 그것의 수용을 거부한 인간의 치명적인 파괴성을 보여주는 것이라고 할 수 있다.

구드룬이 어느날 해질 무렵에 숲 언저리에서 스코틀란드산 야생의 소떼와 괴이한 생명교감을 하고 정령에 지배된 듯한 춤을 추며 행동하는 대목이 있다. 구드룬이 춤을 출 때 자아의 내부를 사로잡는 공포, 희열, 전율, 발작 그리고 구드룬의 춤에 맞춰주기 위해 노래부르는 어슐러의 마법에 걸린 듯한 행동, 피할 수 없는 공포와 마력에 사로잡힌 어리둥절한 소들, 구드룬이 소들의 젖가슴으로부터 받는 전기의 맥박 등과 같은 신비로운 요소들은 어두운 무의식으로부터 나오는 충동적인 생명력이라고 하겠다. 긴 털이 나 있는 이 야생의 스코틀랜드산 소들은 드러낸 콧구멍에 그늘이 가득 차 있다.28) 그리고 무릎을 세운 채 쳐다보는 소들의 눈들은 어둡고 사악하다(p.187). 구드룬이 이 소떼들을 향해 춤을 출 때 그녀의 육체 내부에는 "비밀스러운 힘과 신비로운 정열 secret power, strange passion"(p.187)이 충만되어 있다. 이처럼 어두운 힘을 근원에 지닌 원시적인 자아는 현대적인 자아에 대극된다. 이때 제랄드는 구드룬으로부터 그녀의 손등으로 얼굴을 맞고는 창백해지고 얼굴에 불길이 솟구친다(p.191). 그런데 제랄드에 대한 구드룬의 이러한 첫 일격은 시작일 뿐이고 최후의 일격에 의한 그의 죽음이 있을 것이라는 사실이 암시된다: "당신은 첫 일격을 가격했습니다, 그는 마침내 말했다....그녀는 자신도 모르게 확신에 찬 믿음으로 대꾸했다, 나는 최후의 일격을 가격할 것입니다. You have struck the first blow, he said

---

28) D.H.Lawrence, *Women in Love*(London: Penguin Books Ltd., 1979), p.186.

at last, …And I shall strike the last, she retorted involuntarily, with confident assurance."(p.191). 이제 연인관계인 두 사람 사이에는 매사가 위험스럽게 비뚤어지고 마찰과 갈등이 야기된다. 그것은 제랄드가 인간적인 부드러움이나 생명의 따뜻함, 경직되지 않은 자연성을 완전히 상실한 물질인간이며 기계인간임이 하나씩 드러나기 때문이다.

구드룬이 티롤의 산악지대 여행 중에 그곳 고지의 산장에서 만나 秘敎적인 교감을 나누는 독일계 화가인 뢰르케(Loerke)와의 발전된 애정관계는 어느날 밤 제랄드로 하여금 질투심으로 격노케 한다. 그는 피와 살로 채워진 유기적 인간이 아니라 비정한 寒氣와 마찰성을 지닌 백색 인간으로서 이 산악 고지의 얼음과 눈에 동일시된다. 그런데 작가는 이 고지대의 얼음과 눈을 북극의 얼음과 눈에다 동일시하고 있다. 북극적인 얼음과 눈의 인간으로 접근할 뿐인 제랄드가 구드룬 사이에 갈등과 불화를 야기할 때 그의 내면은 파괴적인 "거대한 어둠의 파도 great waves of darkness" (p.498)로 출렁이며 어두운 힘은 폭력, 야수, 파멸, 불모, 타락 등의 특성과 연결되고, 이곳 산악고지에 쌓여 있는 백색의 눈과 얼음의 차가운 특성과도 동일시된다. 제랄드의 이러한 파괴적 자아에 대한 작가의 묵시록적 심판은 점점 더 강화되면서 작품은 마침내 그의 파멸로 이어가는 예약된 사건이 발생하도록 극화된다. 제랄드가 뢰르케 문제로 구드룬과 격한 싸움을 벌인 후 울화와 격분을 견뎌내지 못하고 살인충동과 폭력행동을 저지른 후 눈으로 하얗게 뒤덮인 산악을 방황하다가 절벽에 떨어져 얼어 죽게 되는 비극적 사건은 창조적인 생명과 무한자로서의 영혼을 거부하고, 따뜻하고 부드러운 피를 상실한 기계 / 물질 인간의 필연적 결과이다.

『사랑하는 여인들』에서 중심적인 심상들 중의 하나로 형상화된 백색의 빛은 티롤의 산악고지에 덮인 눈, 얼음, 서리를 통해 현실감 있고 압도적으로 구현된다. 이곳의 백색 눈은 고압적인 제랄드와 동일시되며 동시에 현대 산업기술 사회의 백인들의 자아와 백인문명을 상징한다. 작품의 마지막 3장은 피와 생명을 상실한 이러한 백색의 현대적 자아에 대한 공포와 죽음의 운명이 집중되어 있다. 여기서 버킨, 어슐러, 구드룬은 현대사회의 제랄드와 같은 백색 인간들을 저주하는 주인공들이다. 백색은 파괴성을 상징하는 심상이며 창조적인 어둠과 대립되는 본성을 잘 나타내고 있다 하겠다.

이와 같은 맥락에서 산악 고지대 세계의 백설은 어슐러를 사방으로부터 하얗게 질식시키면서 점점 더 그녀를 죽음으로 내모는 것같이 느껴진다. 여기서 백설뿐만 아니라 고지대 세계도 역시 상징적인 의미를 함의하는데, 문명적이고 현대적인 인간의 상부두뇌와 연관된다고 볼 수 있다. 어슐러에게 백색 눈은 그녀의 육체를 두들겨 쳐서 상처를 낼 것 같고 눈의 냉기는 그녀의 영혼을 더욱 질식시켜 머리는 현기증으로 어지럽고 마비되어져 간다. 상징성을 띤 이러한 백색의 눈빛은 자연과 생명에 반하는 "부자연스러운 빛 unnatural light" (p.488)이다. 어슐러는 눈의 이러한 속성을 극도로 증오한다.

마지막에 가서 제랄드의 얼어 죽은 차가운 시신을 눈앞에 두고 쳐다보는 그의 친구인 버킨, 그의 연인인 구드룬, 그리고 버킨을 이해하고 사랑하는 어슐러, 이들 세 사람이 느끼는 심정을 기술한 대목을 통해 다시 한번 제랄드의 불가피한 파멸과 죽음의 운명성이 제시된다. 제랄드가 죽음으로 종말을 맞게 되는 것은 인간존재의 내면에 있는 참된 생명의 신비와 따뜻한 인간애와 무한자로서의 영혼을 부정한 데 기인한다. 차갑고 냉정한 합리적 치밀성, 기계적인 사고방식, 잔인한 의지와 폭력성, 불굴의 철의 의지로 무장한 그는 세 사람에게는 "기계의 신 God of Machine"의 화신이자, 차가운 얼음과 눈으로 된 백색 북방인으로 느껴진다. 제랄드에게는 육체의 깊은 내면에서 고동치는 심장과 따뜻한 혈액이 필요했다. 그는 이러한 어두운 육체 내부에 살아 흐르는 '혈적 생명'(blood-life)을 거부한 북방적인 얼음과 눈의 화신이었기에 산악고지의 눈밭에서 동사할 수밖에 없었다. 구드룬은 제랄드의 시신을 보고 동정과 슬픔 대신에 필연적인 결과라고 생각하면서 오히려 통쾌해한다. "구드룬은 어슐러의 어깨에 얼굴을 묻고 그녀의 영혼을 얼어붙게 하는 차가운 악마와 같은 아이러니를 피할 수 없었다. 하, 하, 웃으면서 그녀는 이것이 올바른 행위라고 생각했다. Gudrun hid her face on Ursula's shoulder, but still she could not escape the cold devil of irony that froze her soul. Ha, ha , she thought, this is the right behaviour."(p.353).

동사한 제랄드의 시신을 눈앞에 두고 지켜보는 버킨에게 제랄드는 극단적인 신념으로 무장한 오만성과 물질이나 기계와 같은 차가운 냉기를 지닌 비정성 때문에 죽을 운명으로 예정되었다고 회상되어진다. 버킨의 회상 장면은 제랄드의 죽음이 이미 예정된 필연성을 이미 지니고 있었음을 한층 실감나게 해준다. 그는 차가운 물질/기계 인간 제랄드가 죽지 않고 살 수 있었던 길이 있었다고 생각하면서 제랄드가 인간의 애정을 회복할 것을 기대했던 자신의 소망이 결국 실패했음을 슬퍼한다. 버킨이 어슐러에게 제랄드에 대한 그의 우정과 조언이 수용되지 못한 안타까움을 화자는 이렇게 서술한다. "그는 나를 사랑했어야 했었다. 나는 그에게 그것을 제안했다고 그는 말했다, 그녀는 응답하였다: 그렇게 했다면 뭔가가 달라졌을 것입니다! 그렇게 했다면 달라졌을 것입니다, 그가 말했다. 달라졌을 것입니다. He should have loved me, he said. I offered him. She answered: What difference would it have made! It would! he said. It would.(p.539). 한때 버킨은 제랄드에게 "형제적 피나눔"(Brüderschaft), 즉 인간과 인간 사이에 피의식으로 교류하고 소통하는 형제애 관계를 제의하고 수용하기를 강조한 바 있었다. 그러나 비정한 현대적 자아의 소유자인 그는 그것을 거부했었다. 제랄드가 그러한 충고를 수용했다면 제랄드에게 구원의 길이 열렸을 것이며 티롤의 산악 고지대의 차가운 백설에 묻혀 얼어서 죽는 운명을 피할 수 있었을 것이다. 그것이 중세의 독일에서 행해졌던 피로써 맺는 "형제적 관계 Brüderschaft"이며, 이러한 '피 나눔'의 의식을 통한 동지애·인간애의 형성은 제 20장, "격투 Gladiatoeia"에 묘사된 일본식 유도 경기 장면에서 상징적으로 나타난 바 있다. 두 사람이 몸을 맞잡고 하나로 엉켜 붙어서 하는 이 게임은 두 사람 사이에 깊은 생명의 접촉과 피의 교류를 이루어지게 하는데 몸 전체에 걸쳐 깊고 어두운 피의 소통과 교감이 이루어진다. 어둠이 수반된 가운데 피의 생명력이 상호 침투되고 교류되면서 두 존재가 하나의 존재로 합일되게 하는 것이 이 일본식 격투운동의 기능이다. 이 생명 교감적인 전신운동은 "그들에게 끝나지 않은 어떤 심오한 의미 some deep meaning to them, an unfinished meaning"(p.307)을 가지고 있다. 자아의 참된 내면과 창조적인 어둠의 영혼으로부터 단절되어 있었던 제랄드에게는 자아의 중심에 들어설 수 있는 이러한 피나눔이 필요했던 것이다. 그러나 그는 이것을 거부했던 것이다. 버킨은 이러한 피나눔의 형제애를 거부한 친구 제랄드의 죽은 시신을 보면서 그의 죽음은 우주적 생명의 흐름에 의한 새 질서와 새 생명의 탄생이라는 목표를 위한 전제가 되는 것이라고 믿는다.

제랄드가 죽음의 종말을 맞이했던 백색 눈으로 뒤덮인 고지대는 생명의 대지와 초목이 살아있는 저지대와 대극적이다. 어슐러는 생명이 박멸된 눈과 얼음의 산악 고지대를 떠나 따뜻하고 부드러운 생명이 살아있는 저지대의 대지로 내려갈 결심을 굳힌다. 그곳은 백색과 대비되는 어둠의 심상으로 형상화된다. 화자는 "과일이 가득 자라는 어두운 대지 the dark fruitful earth", "오린지 나무들과 사이프러스들로 어둑하게 되어있는 땅 land dark with orange trees and cypress", "어둠의 대지 dark earth" 등과 같은 용어들을 구사하여 어둠의 심상들을 생명적인 것으로 사용한다.

그러나 눈부신 흰빛이 그녀를 두들겨대고 마침내는 그녀를 다치게 하는 것처럼 보였다. 그 냉기가 서서히 자가의 영혼을 졸라매는 것 같았다. 어슐러는 머리가 흐릿하게 마비되는 것을 느꼈다.

갑자기 어슐러는 도망치고 싶었다. 다른 세계로 도망칠 수도 있을지도 모른다는 생각이 그녀의 마음 속에 기적처럼 일어났다. 그녀는 그때까지는 이 영원한 눈 속에 운명 지어져서 아무 데도 갈 곳이 없는 것처럼 느끼고 있었다.

지금 갑자기 어슐러는 마치 기적처럼 저 먼 아래쪽에 어둑하고 기름진 땅덩어리가 누워있고, 남쪽을 향해서는 오렌지 나무와 실편백 삼목이 울창하게 들어서고, 잿빛 올리브로 가득찬 땅이 몇 갈래로 뻗어있고, 푸른 하늘을 배경으로 하여 털가시나무가 이상한 깃털모양의 타래로 그늘을 드리운 것을 생각해 냈다. 기적의 기적!—이 완벽하게 조용한, 얼어붙은 산꼭대기의 세계가 전 우주는 아닌 것이다! 여기를 떠나서 그것과 손을 끊을 수도 있는 것이다. 도망칠 수도 있는 것이다.

어슐러는 이 기적을 곧바로 실행하고 싶었다. 지금 당장 이 눈의 세계와 이 무서운 정지된 얼음의 산꼭대기와는 인연을 끊고 싶었다. 그녀는 시커먼 땅덩어리를 보고, 비옥한 땅 냄새를 맡고, 참을성 있는 겨울의 초목을 보고, 햇빛이 봉오리를 불러일으키는 것을 느끼고 싶었다.

But the dazzling whiteness seemed to beat upon her till it hurt her, she felt the cold was slowly strangling her soul. Her head felt dazed and numb.

Suddenly she wanted to go away. It occurred to her like a miracle, that she might go away into another world. She had felt so doomed up here in the eternal snow, as if there were no beyond.

Now suddenly, as by a miracle she remembered that away beyond, below her, lay the dark fruitful earth, that towards the south there were stretches of land dark with orange trees and cypress, grey with olives, that ilex trees lifted wonderful plumy tufts in shadow against a blue sky. Miracle of miracles! – this utterly silent, frozen world of the mountain-tops was not universal! One might leave it and have done with it. One might go away.

She wanted to realize the miracle at once. She wanted at this instant to have done with the snow world, the terrible, static ice-built mountain-tops. She wanted to see the dark earth, to smell its earthy fecundity, to see the patient wintry vegetation, to feel the sunshine touch a response in the buds. (pp.488 – 89)

어슐러는 이곳을 떠나 남쪽의 더 먼 다른 곳으로 가자는 자신의 제안에 대해 버킨으로부터 동의를 얻지만, 구드룬은 다른 어떤 곳도 역시 이곳과 다를 바 없지 않겠느냐고 비관적인 견해를 제시한다. 어슐러는 이에 대해 정신적 대안에 해당하는 발언을 내 놓는다. 만약 인간이 영혼을 통해서 세계를 보고, 그리하여 자아의 영혼을 보게 된다면 다른 무엇인가가 새로운 세계에 있을 것이라고 응답한다. 어슐러는 구드룬에게 "이곳에서는 단순한 연결도 전혀 없다. 인간은 또 다른 자아의 종류가 있다. 그것은 이곳에 속하지 않고 새로운 행성에 속한다. 우리는 그곳으로 뛰어가야 한다. One has no mere connexions here. One has a sort of other self, that belongs to a new planet, not to this. You've got to hop off."(p.493)라고 말한다. 로렌스는 이러한 대목을 통해서 원초적인 생명과 영혼이 살아있는 어두운 자연 – 대지 – 자아의 회복함으로써 생명이 말살된 백색사회 – 백색자아의 구원이 가능하다는 점을 말하고 있다. 제랄드는 어둠의 대지와 같이 피가 흐르는 인간이기를, 유기적인 생명체이기를 거부했고, 오직 "신으로서 존재하기 위해 생산하고 창조하고자 하는 갈망, 타고난 열정 an inherent passion, a craving to produce, to create, to be as God"[29]에만 몰입함으로써 파멸한 것이다.

제랄드가 모든 인간과 사물을 마음대로 통제하고 지배하는 신처럼 되고자 하는 열망은 그가 인간인 한에 있어서는 "그릇된 모방 a faulty mimesis"[30]인 것이다. 제1장 "자매들 Sisters"에서 제랄드는 구드룬의 첫눈에 이미 북극의 차가운 얼음(p.15)과 교활한 동물적 위험을 지닌 인간으로, 그래서 늑대의 토템을 가진 자로 간파되었다(pp.15 – 16). 이러한 맥락에는 그의 비극적 운명이 이미 예정되어 있었던 것이다. 토템이란 운명과도 같은 신앙의 대상임과 동시에 자기 자신과의 동일물을 암시한다. 그의 토템이 북극 늑대인 점은 그가 태생적으로 비인간임을 의미하는 것이며 이 점은 텍스트 곳곳에서 반복적으로 표현되는 얼음, 눈, 기계, 물질 등의 심상

---

29) DiBattista, op.cit., p.73.
30) DiBattista, op.cit., p.73.

들과 연장선상에 있음을 뜻한다.

　제랄드뿐만 아니라 여성인 그의 어머니의 토템마저도 늑대이다. 이 점은 크리치 가문 전체의 운명을 암시하는 한 단면이다. 제 2장에서 제랄드가 어린 시절에 사고에 의해 동생을 살해한 사건에 대해 버킨은 카인과 아벨에 비유한 바 있다. 버킨은 이 때 제랄드가 동생을 죽인 사건을 두고 순전한 개인적인 우연인가 아니면 개인적인 사건이란 없고 모든 것은 우주적인 관련이나 우주적인 뜻을 지니고 있는 것인가 하는 의문에 깊이 빠졌다. 여기서 버킨의 결론은 "우연한 사고와 같은 것이 있다고 믿지 않았다. 그 모든 것들은 깊은 의미에서 함께 얽혀있다. He did not believe that there was any such thing as accident. It all hung together, in the deepest sense."(p.28)라는 것이다. 제랄드 가문의 연달은 가족들의 죽음, 제랄드와 구드룬과의 사랑의 실패, 그에 따른 그의 죽음의 종말 등 일련의 사건은 유기적인 인과관계를 맺는 가운데 텍스트 전체에 묵시록적인 예언성을 형성한다. 디바티차는 현대문명의 산물인 유물론적 이지주의에 대한 역사적 차원의 묵시록적 심판이 크리치 가문에 우화적으로 표현되었다고 논평하는데, "크리치 왕가의 가문 연대기 the family chronicle of the Crich dynasty"(p.34)에서 크리치가의 "비스마르크적인 구세주 제랄드 크리치 Bismarckian savior, Gerald Crich"(p.74)의 죽을 운명은 "완벽한 냉기 perfect cold"에 의지함으로써 예견되었다는 것이다. 파니카스(Panichas)에 의하면 제랄드의 죽음은 산업사회를 주도하는 현대적 이성과 지성이 그를 이롭게 해주지 않는다는 깨달음이 절정에 이른 고통의 상징이다.[31] 이 소설은 인간 스스로의 내면에 창조적이고 유기적인 생명과 영혼이 깃들어 있다는 사실을 부정하고 자신의 내면으로부터 소외되어진 인간이 겪게 될 불행과 파멸하게 될 죽음에 이르기까지의 일련의 과정을 예언적인 암시성과 묵시록적인 심판에 바탕을 두고 진행시킨 것이다.

---

31) George A. Panichas, *The Reverent Discipline*(Knoxville: The University of Tennessee, 1974), p.225.

5. 창조적인 ‘어둠의 자아’를 향한
변증법적 교차 운동

앞의 『사랑하는 여인들』에서 제랄드를 통해 드러난 인간과 사회의 물질화, 이지화, 기계화를 기반으로 하는 현대 산업문명의 치명적인 위기상황을 처방할 수 있는 대안이 되는 장면이 텍스트 곳곳에 배치되어 있다. 이러한 구성은 일종의 변증법적 운동 형태로 되어 있으며 파괴성과 창조성을 교차시키는 시학적 장치로 작동하고 있다. 대안으로서 교차시키는 장면은 로렌스가 이 시기에 읽은 인류학적인 자료들을 원시적-낭만주의로서 이용하는 형태가 되고 있다.[32] 구드룬과 소페 사이의 생명교감으로 나타나는 원시의 정령주의적인 춤, 구드룬과 뢰르케의 秘敎주의적인 관능의 교감, 버킨과 어슐러가 밤에 도버해협을 건널 때의 선상 낙원 체험이나 두 사람이 셔우드 숲(Sherwood Forest)에서 가지는 밤의 사랑 등과 같

---

32) Michael Bell, *Primitivism*(London: Methuen & CO., 1972), p.61.

은 장면들은 창조적인 생명력과 신비주의적인 관능을 바탕으로 하는 낭만적-원시주의의 모티프이다. 부분적이지만 일례로서 제시된 이러한 장면들은 어둠의 영혼과 내적 생명의 신비에 대한 탐색의 의미를 띤 것으로서 극단으로 치닫고 있는 이지주의와 물질주의에 의해 잃어버린 근원적인 자아를 회복하는 안티테제이다.

버킨과 허마이오니의 부조화와 대조되는 교차적 장면으로, 버킨이 어슐러와 함께 어둠이 깃든 밤과 숲을 배경으로 하여 이루는 사랑의 여행이 묘사된 제 23장, "Excurse"(들놀이)을 살펴보자. 이 장면에 구현된 비전은 유물주의에 함몰된 현대문명인들이 잃어버린 원초적인 어두운 영혼의 실재에 관한 것이다. 어슐러는『무지개』에서 생명과 영혼에 관한 그녀의 신념을 전적으로 부정하는 물리학 교수인 프랭크스톤 박사(Dr. Frankstone)와의 논쟁 후에 빛 안에만 갇혀있는 대학을 벗어나 밖의 어두운 숲으로 뛰쳐나가 연인 스크레벤스키와 산야에서 잠정적으로 실현한 적이 있었던 어두운 영혼의 신비로운 생명과 관능을 이제는 버킨이라는 이상적인 연인을 만남으로써 완전한 창조성으로 이끌고 있다. 이것은 스크레벤스키와의 관계에서보다 훨씬 더 심화된 형태로 구현된다.

버킨은 어슐러와 자동차를 몰고 가다가 격렬한 언쟁을 하지만, 잠시 후에 어슐러는 꽃을 들고 와서 버킨과 화해를 이루고 여인숙에 들어선다. 어슐러는 여인숙의 옛스러운 마당에서부터 심리의 변화가 일어난다. 짚, 마굿간, 석유의 내음이 나고 머리 위로는 별들이 반짝이고 있다. 밤의 세계는 어둠을 배경으로 하여 어슐러의 심리상태를 비현실적 세계, 어린시절의 꿈의 세계, 이상한 초자연적 세계로 변환시킨다. 두 사람이 거실의 불 옆에 앉아 있을 때,

버킨은 어슐러에게 신비적인 인물로 보이기 시작한다. 그녀는 버킨으로부터 태초시대의 하나님의 아들로서 여겨지는 환영을 본다. 버킨의 육체는 불가사의한 비인간의 초연한 모습이며 그로부터 "사랑을 초월한 어떤 존재 something beyond love"(p.209)에 대한 불가사의한 감정을 느낀다. 바로 이것이 어슐러가 체험하는 "어두운 앎 dark knowledge"이다. 이 장면에서 어슐러에게 형상화 되어지는 다양한 심상들, 예컨대 "존재의 질료 the very stuff of being," "태초의 신의 아들들 중의 하나 one of the sons of God in the beginning of the world," "태초의 신비롭고 비인성적인 아들 the strange inhuman sons of God in the beginning"(p.353) 등과 같은 심상들은 원초적인 생명적 심상들이다. 곧 이어 두 사람 사이에는 둘을 하나로 묶는 눈에 보이지는 않지만 생명이 소통하고 교류되는 회로가 형성된다. 이러한 어두운 앎을 형성하는 의식은 문명화된 두뇌적 이지적인 빛의 앎 또는 지적인 앎과는 대극되는 것이다. 버킨은 이렇게 하여 앞에서 허마이오니와의 논쟁에서 언명한 "어두운 관능의 참된 실체 dark real body of sensuality"(p.45)와 "위대한 어둠의 앎 great dark knowledge"(p.46)를 구체적으로 실현하는 것이다.

두 사람이 여인숙 밖으로 나왔을 때 밤의 어둠은 정서적으로 큰 영향을 미치는데, 버킨은 어슐러에게 "어둠은 그 어떤 것보다도 더 좋아요. 이 직접적인 좋은 어둠이 말입니다. It is better than anything ever would be – this good immediate darkness."(p.358)라고 말한다. "직접적"이란 말은 지적, 분석적 의식에서는 이루어 지지 않는 것으로 제3의 매개자가 개입되는 간접적인 의식과는 대조된다고 할 수 있다. 버킨이 밤의 어두운 숲을 따라 서서히 차를 몰고 나아갈 때 밤의 존재들은 내면으로부터 약동하면서도 말이 없고 고요하면서도 약동하는, 즉 靜中動, 動中靜의 상태로 감각된다. 우주 만물들은 밤의 어둠으로 감싸여 우주적 근원으로 되돌아 간 듯이 느껴진다. 버킨과 어슐러의 의식에 비쳐오는 바깥의 나무줄기와 양치류와 장미는 밤의 어둠 속에서 정령이 스며있는 듯하며, 감각을 지닌 살아있는 원시적인 생명체나 고대의 승려처럼 보인다.

숲의 어두운 공간을 서서히 나아가는 동안 자동차에 앉아 있는 버킨의 모습은 밤의 어두운 정적과 조화되고 합일되어 평정심으로 균형이 잡혀 있고, 그의 어두운 육체는 시간을 초월하여 있는 듯하고, 태고시대의 어떤 힘이 가득 들어있는 것 같으며, 마치 "전기와 같은 어두운 힘 a force in darkness like electricity"(p.358)이 육체 내면에 들어있는 것 같이 느껴진다. 이성적, 지적인 분석에 의해서는 포착되기 힘든, 말로 표현할 수 없는 어떤 신비로운 생명이 육체와 영혼을 통합하고 있는 듯하다. 한편 이렇게 신비주의적으로 통합된 자아상은 고대 이집트의 파라오나 고대 그리이스인과 같은 이미지로 형상화되기도 한다. 마침내 자동차 안에 앉아 있는 버킨과 그 옆에 나란히 앉은 어슐러, 이들 두 연인의 모습은 마치 어두운 밤의 공간에서 적절한 거리를 두고 균형을 유지한 채 빛나는 두 개의 별과 같은 이미지로 형상화되는데, 화자는 이것을 두고 "별의 균형 star-equilibrium"(p.360)의 실현이라고 말한다. 이러한 균형은 로렌스가 한 때 남녀 양성관계에서 가장 이상적인 형태로서 추구한 것이다. 밤의 어둠 속에서 어두운 두 영혼과 육체가 서로의 독립성을 지키고 억압과 지배에서 벗어나 자유, 균형, 평정과 같은 감정을 느끼면서 동등한 자격으로 영적, 생명적 소통과 교감을 실현하는 "별의 균형"은 "어두운 앎"의 영역에서 이루어지는 가장 이상적인 관계라고 하겠다.

뒤이어 지는 대목에서 버킨과 어슐러는 숲 속의 나무 밑에 가서 원시적인 밤의 어둠 한가운데서 성적 육체교감을 가진다. 이때 태고로부터 전승해 오는 비밀스러운 "어두운 실체의 우주 a universe of dark reality"(p.361)와 하나로 어우러져 이룩하는 내면적 세계가 얼마나 무한하고 위대한 잠재력을 가진 것인가 하는 사실을 알 수 있다. 심오하고 깊은 감정적 충족을 성취하게 만드는 이러한 원초적인 자아의 세계는 생명이 불모화되고 고갈되어버린, 현대화되고 문명화되어진 자아의 내면에서는 불가능한 것이다. 지적, 물질적 의식으로 굳어버린 현대인들의 자아에서 느끼는 분열감이나 소외감 같은 감정은 버킨과 어슐러에게는 소멸된다. 두 사람 사이에 이루어진 어두운 앎이나 어두운 관능의 세계에서는 자신과의 일체감뿐만 아니라 바깥의 우주 자체나 외계의 다른 모든 사물들과 더불어 일체감을 이루며, 대립성이 용해되어 버린다.[33] 이러한 창조적 형태의 어두운 관능은 제랄드가 아버지의 喪을 치르고 난 후에 구드룬을 찾아가서 일방적으로 성적 육체교감을 할 때 이루는 부패와 파괴와 죽음의 힘으로 가득 찬 어두운 관능과는 대조된다. 관능이 일방적이거나 퇴폐성을 띤 극단적 감각주의의 추구 형태로 흐를 때는 자아에 대해 해롭고 파괴적인 것이 되지만, 버킨과 어슐러 사이에 구현되고 있는 것과 같은 창조적인 형태에서는 조화와 합일로써 심오한 영적, 생명적 흐름으로 환원된다. 이러한 관능

---

33) Ibid. Bell이 지적하는 원시적 자아의 특성이다. p.45.

은 두뇌적 방식의 접근으로서는 이룰 수 없는 영혼의 우주적 확장을 실현시켜 준다. 두 사람의 관능은 뢰르케가 추구했던 은밀한 퇴폐성과도 다른 것이다.

『사랑하는 여인들』에서 버킨과 어슐러의 사이에 실현되는 창조적인 영혼과 생명은 현상학의 존재이념을 충실하게 구현한 것으로 볼 수 있다. 그들의 자아는 현상학의 이념적 용어들인 절대적 자아(absolute Ego), 선험적인 나(transzendentales Ich), 원초적인 자아(originares Ich), 순수 자아(reine Ego), 근원적인 나(Ur-Ich)[34]로 환원되어진 상태이다. 현대인들의 깊이 없는 표면적 자아(surface-self)에 대조되는 두 사람의 어두운 자아는 보통 사람에게는 낯설고 익숙하지 못한 원초적이고 원형적인 것이지만, 이미 동양철학이나 고대의 원시종족의 문화에 있어서는 보편적인 것이다.[35] 달라스 켄메어(Dallas Kenmare)에 의하면 현대인의 위기와 불행한 삶의 초래는 어두운 앎을 이루는 자아의 깊은 내면과 단절된 데 있다는 것이다.[36]

제 29장, "유럽대륙"(Continental)에 묘사된 버킨과 어슐러가 도버해협을 건너는 밤의 해상여행 에피소드는 타락하고 위험스러운 산업사회와 이지적 문명세계로부터 벗어나 정신적인 유토피아를 발견하려는 일종의 자아탐험 여행이며, 동시에 이지적, 물질적 생활에 대한 환멸로부터 해방되려는 도피의 의미를 담고 있다. 안소니 빌(Anthony Beal)은 이 작품에 대해 죽음의 소설이며 도피의 소

---

34) Wilhelm Szilasi, *Einführung in Die Phänomenologie Edmund Husserls*(Tubingen: Max Niemeyer Verlag, 1959), p.86.

35) Dallas Kenmare, *Fire-Bird*(London: James Barrie, 1951), pp.1 - 3.

36) Ibid., p.3.

설[37]이라고 말한 바 있다. 이 여행에는 현대문명의 위기와 혼란에 맞서서 투쟁하고 새로운 유토피아 건설을 통해 인간 영혼을 구제하려는 작가의 역사의식이 반영되고 있다. 어둠의 배에 몸을 싣고 있는 버킨과 어슐러는 한 장의 모피를 몸에 감싸서 한 몸처럼 서로 껴안고 구석진 장소에 앉아 있다. 어두운 밤의 해상세계는 방금 떠나온 영국과 대조되는 낙원으로 느껴진다(p.436). 영국 해안에 있는 황량한 등불들이 자꾸만 작아지면서 시야로부터 사라지는 것을 지켜볼 때, 어슐러는 그녀의 영혼이 "마취되어 있었던 잠 anaesthetic sleep"(p.436)으로 부터 꿈틀거리면서 깨어나는 것을 느낀다. 여기에는 영국문명에 대한 작가의 혐오감이 암시되고 있다. 해상에 펼쳐진 밤의 어둠세계는 인간의 이지와 문명에 의해 그 본래의 자연성과 원초성이 유린당한 인간의 대지와 대조되는 실재로서 존재한다. 바로 이러한 장면에 작가가 의도하는 교차의 시학이 자리한다.

선상에서 보내는 밤 시간의 어둠세계는 어슐러에게는 "가슴에 불타는 낙원의 불꽃이며 말로 나타낼 수 없는 평화 the paradisal glow on her heart, and the unutterable peace of darkness in his" (p.438)이다. 심층의식의 어둠세계에 대한 칼 융(Carl Jung)의 동경과 마찬가지로, 버킨과 어슐러 두 사람의 항해에 나타난 심리세계는 어두운 무의식의 중심 — 핵으로 향한 영혼의 탐험[38]이 되고 있다. 자아 바깥의 어둠과 자아 내면의 어둠은 두 사람의 의식세계

---

37) Anthony Beal, *D.H.Lawrence*(London: Oliver & Boyed, 1964), p.42.

38) 로렌스는 Herman Melville의 *Moby Dick*에 관한 논평에서 선장 Ahab을 "The captain of the soul"이라고 해석한 바 있다. D.H.Lawrence, *Studies in Classic American Literature*(London: Penguin Books Ltd., 1977), p.157 참조.

안에서는 별개로 분리된 것이 아니고 동일시된다. 외계의 대우주는 자아의 영혼세계 내부를 상징하는 마음의 우주로서 간주되어 진다. 버킨과 어슐러가 감싸 안고 한 몸이 되어있는 "닫힌 한 알의 씨앗 one closed seed of life" (p.437)의 모습은 문맥 내에서 "잴 수 없는 어두운 우주 dark, fathomless space" (p.437)나 "깨어지지 않는 검은 우주 the black, unpierced space"(p.436)와 동일시되고 있음이 암시되어 있다. 달리 말하면 어두운 우주는 두 사람의 자아내면 세계의 투영인 것이다. 버킨과 어슐러를 감싸고 있는 것이 있다면, 알 수 없고 볼 수 없는 완벽한 밤의 공간 내부를 희미하게 끝없이 나아가는 배의 궤도이동과 이에 따르는 물가름 소리일 뿐이다. 선상에서 서로를 깊이 포옹하고 있는 두 사람은 어둠의 한가운데로 향해 나아가는 배의 궤도운동만을 의식한다. 여기서 이들은 현재와 과거의 모든 것을 잊어버린다. 이러한 내적 자아세계는 현대 문명의 혼돈이 제거된 순수상태로의 환원인 것이다. 두 연인이 보이지 않는 짙은 어둠의 우주공간 속을 마치 끝이 없는 어떤 중심을 향해 구심운동을 이행할 때, 밤 우주는 자아내부의 광활하고 어두운 무의식의 세계와 동일시된다. 이것은 달리 보면, 알 수 없는 원초적인 존재에 대한 형이상학적인 탐험과 같은 것이라고 말할 수 있다.

두 사람은 깊은 어둠속으로 떨어지는 것처럼 느껴졌다. 거기는 하늘도 없고, 땅도 없고 있는 것은 오직 단 하나의 깨어지지 않는 어둠뿐이고, 그 속으로 자는 것과 같은 부드러운 움직임에 흔들리면서 그들은 닫힌 한 생명의 씨앗처럼 캄캄한 끝없는 공간 속으로 떨어지는 것처럼 생각되었다. 두 사람은 자기들이 지금 어디에 있는가를 잊어버리고, 현재도 과거도 모두 다 잊어버리고, 오직 마음속에서만 의식을 지니고 있었다. 그리고 거기에선 비상한 어둠 속을 통하는 이 순수한 상각궤도만을 의식하고 있었다. 이 배의 이물은 약하게 물을 가르는 소리를 내면서 완벽한 어둠 속으로 아무것도 모르고, 아무것도 보지 않고, 오직 앞으로 나아갈 뿐이었다.

They seemed to fall away into the profound darkness. There was no sky, no earth, only one unbroken darkness, into which, with a soft, sleeping motion, they seemed to fall like one closed seed of life falling through dark, fathomless space. They had forgotten where they were, forgotten all that was and all that had been, conscious only in their heart, and there conscious only of this pure trajectory through the surpassing darkness. The ship's prow cleaved on, with a faint noise of cleavage, into the complete night, without knowing, without seeing, only surging on. (p.437)

로렌스의 이러한 어둠의 비전은 칼 융(Carl Jung)이 말한 심령현상에서 볼 수 있는 시간과 공간을 넘어서는 "동시성 현상 Synchronizitat"[39)]에 해당한다고 말할 수 있다. 버킨과 어슐러는 "이 심오한 어둠의 한가운데서 the midst of this profound darkness"(p.437)에서 최초에 인류가 태어나 살던 원시낙원에 돌아가 있다고 상상한다. 여기서 현대의 일상 세계와 현대 문명의 어떠한 감염도 배제됨으로써 원초적인 순수한 자아가 보존되어 있는 존재론적 실재가 어둠을 통해 계시되는 심리상황을 로렌스는 형상화하고 있다.

어슐러의 감각에 앞 쪽의 비현실적인 세계가 모든 것을 압도하여 덮쳐왔다. 이 깊은 어둠 속 한가운데서 그녀의 가슴에 알지 못하고 실현되지 않은 낙원의 광채가 빛나는 것 같았다. 그녀의 가슴은 어둠의 꿀물처럼 금빛으로 빛나고, 대낮의 온기처럼 향기로와 참으로 기묘한 빛으로 가득 차 있었다. 이 빛은 이 세상에 흐르는 일은 없고, 그녀가 이제부터 가려고 하는 미지의 낙원에만 흐르는 빛인 것이다. 아무도 모르게 살아가는 기쁨과 향기로움, 그것은 틀림없는 그녀의 것이었다.

---

39) 이 부영, 『分析心理學－C.G.Jung의 人間心性論』(서울: 일조각, 1982), p.312.

In Ursula the sense of the unrealized world ahead triumphed over everything. In the midst of this profound darkness, there seemed to glow on her heart the effulgence of a paradise unknown and unrealized. Her heart was full of the most wonderful light, golden like honey of darkness, sweet like the warmth of day, a light which was not shed on the world, only on the unknown paradise towards which she was going, a sweetness of habitation, a delight of living quite unknown, but hers infallibly. (p.437)

흥미로운 것은 이 어둠속의 항해가 두 사람의 우주적 영혼의 탐험으로 환원된다는 점이다. 광활한 밤바다는 우주가 되는 동시에 내면을 향해 무한히 열려있는 내적 자아의 세계와 상징적으로 동일한 세계이다. 이를 통해 어둠 속에서 '어둠의 자아 dark self' 세계가 펼쳐지는 가운데 로렌스가 강조하는 "어두운 앎 dark knowledge"이 실현되는 것이다.

위의 장면은 로렌스가 제시했던 어둠과 빛에 대한 이원론적 사고방식을 잘 보여준다. 낮의 경제와 산업 활동, 그리고 분석적 조명에 의존하는 학문과 과학 활동은 빛의 영역에 속하는 것으로 이 빛의 영역은 무수한 부작용을 낳기 때문에 앞에서 언급한 바처럼 로렌스는 저항하고 거부한다. 작가는 작품의 구성과 흐름에서 이러한 부정적인 빛의 영역에 대해 어둠의 영역이 교차되도록 하는 것이다. '어두운 앎'은 부드러움, 따뜻함, 생명, 신비, 영원성, 무한자, 심오성, 안정감, 평화 등과 같은 창조적인 작용을 하기 때문에 로렌스에 의해 적극적으로 권장된다. 두 영역은 로렌스의 작품에서 파괴성과 창조성의 대립적인 이원론적 구성요소로 작용하면서 변증법적인 운동 패턴을 형성한다. 이와 같이 반복적으로 교차되는 파괴적인 빛과 창조적인 어둠의 이원론적인 대립구조에 관한 로렌스의 형이상학은 그와 절친한 친구인 알더스 헉슬리(Aldous Huxley)에게 큰 매력과 호기심을 주었다. 그는 이 점에 대해 다음과 같이 진술하고 있다.

타자의 신비를 감각하는 재능을 지닌 사람에게 참된 사랑은 반드시 로렌스의 용어로 말하면 야행성이어야 한다. 참된 앎도 그렇게 되어야 한다. 야행성의 그리고 촉각적인 — 밤의 접촉성 감각을 지녀야 한다. 인간은 자신의 편리를 위해서 외부의 물질과 그 자신의 비합리성으로 된 보다 거대한 낯선 세계 안에 있는 기성품의 우주에 거주한다. 저 세계의 무제한적인 어둠으로부터, 말하자면 관습적인 사고의 빛은 불빛으로 조명된 조그마한 동굴을 둥그렇게 만드는 것이다 — 한 개의 밝은 터널, 그 속에서 인간은 의식이 탄생할 때부터 죽을 때까지 살고, 움직이고, 자기 존재를 가진다. 대부분의 우리들에게는 이 밝은 터널은 전체적 세계이다. 우리는 바깥의 어둠을 무시한다 ; 아니면 만약 우리가 그것을 무시할 수 없다면, 만약 그것이 우리에게 너무 집요하게 압박한다면, 우리는 무서워하면서 부정한다. 로렌스는 그렇지 않았다. …그는 기성품의 인조 터널에는 만족할 수 없었으며, 다른 사람이 그것에 만족해야 한다는 것을 이해할 수 없었다.

For someone with a gift for sensing the mystery of otherness, true love must necessarily be, in Lawrence's vocabulary, nocturnal. So must true knowledge. Nocturnal and tactual — a touching in the night. Man inhabits, for his own convenience, a home — made universe within the greater alien world of external matter and his own irrationality. Out of the illimitable blackness of that world the light of his customary thinking scoops, as it were, a little illuminated cave — a tunnel of brightness, in which, from the birth of consciousness to its death, he lives, moves, and has his being. For most of us this bright tunnel is the whole world. We ignore the outer darkness; or if we cannot ignore it, if it presses too insistently upon us, we disapprove, being afraid. Not so Lawrence. …He could not be content with the home — made, human tunnel, could not conceive that anyone else should be content with it.[40]

광활한 어두운 밤바다 위를 달려가는 선박 위에서 포옹한 채 감각하는 버킨과 어슐러의 어두운 앎에 나타난 심리현상은 에리히 프롬의 표현을 빌리면, 우주에 근원을 둔 全人[41]으로 돌아간 것이며, 인간 존재의 여명으로까지 거슬러 올라간 과거를 표현하는 무의식적 자아[42]로의 환원이고, 자기 자신을 우주적 인간으로서 경험 [43]하는 상태에 있는 것이며, 자기 자신 내부의 가장 깊은 근원으로서의 全人과 함께 한다[44]고 말할 수 있다. 거기에는 어느 누구도 어떠한 사물도 자기에 대하여 타인은 아니다. 어둠을 통할 때 영혼이 경험하는 버킨과 어슐러의 자아는 우주적인 무의식과 직접 교통하는 위대한 사람으로서의 禪師[45]와 같다. 에리히 프롬의 견해에 의하면 자아의 참된 실재는 머리, 이성 / 지성으로써 그 모습을 나타낼 수 있는 것이 아니라, 무의식과 육체 내부로부터 오며, 그것의 성격은 초언어적이고 변용기능은 전인적인 것이다.[46]

로렌스와 마찬가지로 이성과 빛의 자아문화를 경고하고 어둠의 자아문화를 강조한 칼 융은 자아의 중심에 놓여있는 무의식의 어둠세계를 의식층으로 끌어올림으로써 인격의 변화가 창조적으로 일어나 주체적인 참된 자아로 승화할 수 있다고 통찰한 바 있다. 융은 자아의 어두운 측면이 유물주의적인 합리주의와 과학주의에

---

40) 'Introduction' edited by Aldous Huxley, *The Letters of D.H.Lawrence*(New York, The Viking Press, 1932), p.10.
41) Fromm, op.cit., p.106.
42) Fromm, op.cit., p.127.
43) Fromm, op.cit., p.127.
44) Fromm, op.cit., p.127.
45) Fromm, op.cit., p.131.
46) Fromm, op.cit., p.132.

만 젖어있는 현대 산업기술사회의 서구문명인에게 절실하게 요청된다는 점을 강력하게 역설한다. 그는 자아의 어두운 측면을 밝은 의식과 통합시킬 때, "원만한 인간 a well-rounded man"이 될 수 있고 자아실현의 길이 열린다는 진리를 지적하면서 그것을 실천한 영광을 획득한 사람은 인류 역사상 불과 극소수에 지나지 않는다고 말하고 있다.[47] 로렌스는 그러한 진리를 깊이 인식한 작가로서 그러한 능력을 실현한 인물에 해당될 수 있다.

『사랑하는 여인들』에서 제랄드의 파멸과 죽음은 피와 영혼을 상실하고 창조적인 존재로 변화하는 데 실패함으로써 기인되는 자연적인 운명임을 이미 필자는 앞에서 밝혔다. 서구 백인문명이 잔인성과 타락과 부패에 의해 죽음으로 치닫는 것은 로렌스에 있어서는 새로운 삶을 위한 당연한 조건이자 재생을 위한 필수요소라고 해석한 프리트차드(Pritchard)의 지적을 따르듯이 로렌스는 이후에 제랄드와 같은 생명이 고갈된 창백한 이지주의에 편향된 인간들이 사는 영국을 떠나 새로운 생명이 넘쳐나는 유토피아를 찾아나선다고 할 수 있다. 그러한 탐색은 고대 인디언들의 전통이 살아 숨쉬고 있는 멕시코의 인디언 종교사회로 향하였다. 인디언 원시사회에 머물면서 썼던 작품, 『날개 달린 뱀』(The Plumed Serpent)과 그 자매편인 「말을 타고 떠난 여인」(The Woman Who Rode Away)은 서구인의 극단화된 빛의 문명이 초래하는 비인간적, 탈생명적, 물질적 자아에 대한 심판을 수행하면서 백인적, 서구적 자아를 파괴해버리고 창조적인 유형의 어두운 자아, 원시적 자아로의 대체를 시도하는

---

47) Jolande Jacobi, *The Psychology of C.G.Jung*(New Haven: Yale University Press, 1973), pp.126 – 27.

정치성을 띤 일종의 종교소설이다. 로렌스의 원시사회에 대한 동경은 시간이 진행될수록 더욱더 강렬해져 갔으며, 그것은 현대 서구 사회에서 빛의 문명이 날이 갈수록 더욱더 사회를 황폐시켜 갔고 거기에 따라 로렌스의 혐오감이 그것을 더 이상 인내할 수 없었기 때문이다.

『날개 달린 뱀』과 「말을 타고 떠난 여인」은 원시종교사회의 심오한 어두운 자아를 재창조함으로써 실현하는 원시적 유토피아 건설에 대한 실험적 시도의 하나라고 할 수 있다. 로렌스는 이 작품들을 통해 원시문명사회로부터 발견한 "어두운 신 dark god"을 자아완성의 새로운 모델로서 현대인에게 회복시키고자 시도하였다. 이러한 시도는 영국을 배경으로 하여 쓴 『무지개』와 『사랑하는 여인들』에서 실패한 유토피아적 비전을 새롭게 완수하기 위해 영국을 떠나 이탈리아를 배경으로 하여 쓴 『아론의 지팡이』(*Aaron's Rod*)와 오스트레일리아를 배경으로 하여 쓴 『캥거루』(*Kangaroo*)에서 다시 이루어진다. 이러한 과정에서도 뜻을 제대로 이루지 못한 자아실현의 장을 또다시 새롭게 마련하려는 변증법적인 탐색의 여정에 『날개 달린 뱀』과 그 자매편인 「말을 타고 떠난 여인」이 등장하게 된다. 이들 작품에서는 백인적 자아의 파괴성에 대해 실제적인 원시 고대사회에서 재생시킨 원시적 자아의 창조성을 교차되게 한다.

『사랑하는 여인들』에서 로렌스가 견뎌낼 수 없었던 것은 영국사회를 지배하는 도구적, 탈생명적, 기계적인 빛의 문명이다. 현대사회가 병들고 타락하고 생명이 제거되어버린 파괴적 상황으로 전락하게 된 것은 빛의 문명에 대한 상류 지배계층의 왜곡된 신념과 거기서 나오는 오만성, 억압성, 폭력성에 있다고 본 것이다. 그것을 대변하는 인물이 제랄드이며, 로렌스는 그의 비극적 죽음을 통해 빛의 자아가 맞는 파멸의 불가피성을 극적으로, 상징적으로 형상화시켰다. 이 작품의 흐름과 구성상의 특징으로 우리가 주목해야할 것은 파괴적인 빛의 자아에 대한 안티테제를 어둠의 자아로 교차시켜 새로운 창조적 세계를 건설해야 한다는 로렌스의 독특한 철학이다. 인간의 참된 삶을 위해 낡은 파괴적 자아를 생명적이고 유기적인 창조적 자아로 대체함으로써 현대의 백인을 구원할 수 있다는 철학이 『사랑하는 여인들』 이후의 여러 소설 작품들에서도 계속되는 것이다.

인용문헌

Balbert, Peter and Phillip L. Marcus. ed. *D.H. Lawrence: A Centenary Consideration*. Ithaca: Cornell University Press, 1985.

Beal, Anthony. *D.H. Lawrence. London: Oliver & Boyed,* 1964.

Bell, Michael. Primitivism. London: Methuen & Co., 1972.

Faulkner, Peter, *Modernism*. London: Methun & Co., 1977.

From, Erich. *Zen Buddhism and Psychoanalysis*. New York: Harper & Row, 1970.

Goodheart, Eugene, *The Utopian Vision of D.H. Lawrence*. Chicago: The University of Chicago Press, 1971.

Gutierrez, Donald. *The Dark and Light Gods*. New York: Whitston, 1987

Jacobi, Jolande. *The Psychology of C.G.Jung*. New Haven: Yale University Press, 1973.

Kenmare, Dallas. *Fire − Bird*. London: James Barrie, 1951.

Lawrence, D.H. *Lady Chatterley's Lover*. Penguin Books Ltd., 1974.

_____. *Sons and Lovers*. Penguin Books Ltd., 1970.

_____. *St. Mawr*. Penguin Books Ltd., 1981.

_____. *Studies in Classic American Literature*. London: Penguin Books Ltd., 1977.

_____. *The Man Who Died*. London: William Heinemann Ltd., 1980.

_____. *The Plumed Serpent*. Penguin Books Ltd., 1979.

_____. *The Rainbow*. Penguin Books Ltd., 1977.

_____. The Woman Who Rode Away in *D.H. Lawrence: Selected Short Stories*. Penguin Books Ltd., 1983.

_____. *Women in Love*. Penguin Books Ltd., 1979.

Magliola, Robert R. *Phenomenology and Literature*. Indiana: Purdue University Press, 1977.

Moore, Harry T. *Sex, Literature and Censorship*. New York: The Viking Press, 1972.

Moore,, Harry T. *The Collected Letters of D.H. Lawrence*. New York: The Viking Press, 1962.

Panichas, George A. *The Reverent Discipline*. Knoxville: The University of Tennessee, 1974.

Pinto, Vivian de Sola and Warren, Roberts ed. *The Complete Poems of D.H. Lawrence*. New York: The Viking Press, 1974.

Pritchard,, R.E. *D.H.Lawrence: Body of Darkness*. London: Hutchinson University Press, 1971.

Szilasi, Wilhelm. *Einführung in Die Phänomenologie Edmund Husserls*. Tubingen: Max Niemeyer Verlag, 1959.

Zytaruk, Goerge J. and James T. Boulton ed., *The Letters of D.H.Lawrence, vol.2,* Cambridge University Press, 1979.

거름 편집부 엮음.『변증법적 논리학』. 서울: 거름, 1987.

거름문고 우리기획 옮김. 中霖肇.『변증법 발달사』. 서울: 거름, 1983.

대한성서공회.『관주 성경전서』. 서울: 보진재, 1962.

석지현.『密教』. 서울: 현암사, 1981.

양운덕, 김재용 옮김. G. Stiehler,『모순의 변증법』. 서울: 증원문화, 1985.

여홍상, 김영희 공역. Frederic Jameson,『변증법적 문학이론의 전개』. 서울: 창작과 비평사, 1984.

이 부영.『分析心理學 – C.G.Jung의 人間心性論』. 서울: 일조각, 1982.

이삭신서 편집부.『辨證法 입문』. 서울: 이삭, 1985.

지광.『정진』. 서울: 랜덤하우스, 2007.

홍 광엽. "현상학 철학자 메를로퐁띠와 새로운 자유관",『세계의 문학』 48, 여름. 서울: 민음사, 1988.

황세연 편역.『辨證法이란 무엇인가』. 서울: 중원문화, 1984.

V. 감성주의 교육과 생명적 자아의 복원

1. 들어가며

로렌스는 젊은 시절 한동안 교사였으며, 교육에 대해 확고한 신념을 가진 인물이었음을 주목할 수 있다. 그의 교사생활을 간략하게 정리해보자. 1902~1905년에는 이스트우드(Eastwood)의 브리티시초등학교(British School) 교생이었으며, 1905~1906년에는 브리티시 초등학교 임시교사였고, 1906~1908년에는 노팅햄 대학 2년제 사범과(Nottingham University College) 과정을 이수한 후 1908년 교사자격증을 취득했으며, 1908~1911년에는 크로이던(Croydon)의 데이빗 로드 초등학교(Davidson Road School) 교사생활을 하다가 1911년 심한 폐렴에 걸려 교사직을 사직하였다. 대략 9년의 기간을 교직생활에 관여했다.

우리는 장편소설 『무지개』(*The Rainbow*)와 『사랑하는 여인들』(*Women in Love*)을 읽을 때 그가 몸담았던 초등학교와 고등학교에서 일어났던 학생들의 실상을 서술하고 묘사한 장면을 마주하게 된다. 뿐만 아니라 당시 영국의 대학교가 어떤 교육을 어떻게 행하고 있었으며, 어떤 문제점이 있었는지에 대해 실감나게 서술하고 묘사하는 대목들을 만나게 된다.

『무지개』에서 보면 어슐러(Ursula)는 초등학교 교사이고, 대학에 진학하여서는 대학 교수와 논쟁을 벌이고 대학의 교과내용과 교수방식을 비판하는 통찰력을 갖춘 대학생이 되며, 이 작품의 자매편인 『사랑하는 여인들』에서는 고등학교 교사이다. 그리고 그녀와 연인관계에 있는 남자 주인공 버킨(Birkin)은 장학사이다. 필자는 로렌스의 두 소설에서 학교교육이나 학문과 관련된 삽화나 화제를 중심으로 당시 영국의 학교교육과 학문의 세계가 어떻게 기술되고 있으며, 당대 산업사회의 과학기술 문명과는 어떤 관계를 가지고 있는지를 살펴볼 것이다. 로렌스가 지향하는 학교교육의 목표와 역할, 국가 교육정책의 방향에 대한 그의 신념을 요약한다면 타고난 자연성, 본능, 직관, 감각 등을 중시하고 역동적인 자아를 계발하여 창조적 생명의 실현을 추구하는 감성주의적 교육관이라고 할 수 있다. 로렌스가 이러한 감성주의적 교육관을 강조한 것에는 당시의 물질주의와 주지주의로 인한 심각한 폐해와 인간성의 위기상황이 배경으로 작용하고 있다. 『무지개』와 『사랑하는 여인들』의 주요 작중인물들 가운데 교사나 교육과 관련되는 직업을 가진 주요 인물들은 빅토리아조로부터 극도로 번영해오던 영국의 산업물질문명과 이러한 문명을 떠받치는 이성과 지성에 편중된 교육풍토에 대해 강한 문제의식을 나타내면서 당대의 주지주의 문명을 강력하게 비판하는 역할을 수행한다. 필자는 로렌스가 쓴 에세이들과

위 두 장편소설에 나타난 교육관련 직업을 가진 작중인물들을 통해서 인간의 자연성과 감성이 고사되도록 만드는 당대의 사회문화적, 지적, 물적 풍조는 어떠했는지, 그리고 시대의 왜곡되고 위험한 지적, 물질적 풍조에 저항하면서 새로운 대안으로서 제시되는 감성 중심의 교육관이 어떤 내용으로 나타나고 있는지를 살펴보고자 한다.

2. 영국의 교육현장과 인간의 물질화, 기계화

　로렌스의 소설과 에세이들을 읽으면 감성과 자연성이 사멸되고 있는 당시 산업사회의 물질주의와 지성편중 풍조에 대한 작가의 강렬한 위기의식과 혐오감을 느낄 수 있다. 감성은 인간을 역동적이고 활력적으로 만드는 요소로서 지성의 기능과는 상반된다. 따라서 로렌스는 지성능력보다 훨씬 더 중요한 기능을 한다고 믿는 감성능력을 되살리는 데 엄청난 열정을 경주한다.

　본격적인 논의에 앞서 로렌스의 독특한 이원론 사상을 알아 둘 필요가 있을 것 같다. 그의 이원론 사상에서 현대성을 상징하는 "빛 – 이성 – 두뇌 – 상부자아"는 모든 사물과 현상을 밝혀서 드러내고 신비를 몰아내어 억압과 통제와 지배를 정당화하는 요소와 논리로 작용한다. 이러한 빛의 요소와 논리를 기반으로 삼는 아폴론적 문화에 대칭되는 다른 한 축에 "어둠 – 감성 – 피 – 살 – 하부자아"가 설정된다. 어둠의 요소와 논리는 원시성이나 고대성을 상징하며 내면적으로 활성화된 감성과 생명력을 중시하는 디오니소스적 문화의 특징이라 할 수 있다. 로렌스는 "어둠의 신 dark god"이라는 조어를 사용하여 인간과 자연을 망라한 모든 만물에서 깊이 흐르는 어두운 내면의 생명적 에너지를 신격으로 상징화하기도 한다. 이것은 로렌스가 그만큼 인간 자아 내면의 살아있는 감성과 감각에 대해 중요한 가치를 부여함을 뜻한다. 그리하여 때로는 우리가 느끼기에 로렌스가 이성이나 지성을 완전히 무시하는 비정상적인 신비주의자이거나 신경증자로 오해할 우려가 있지만 그는 결코 이성과 감성간의 균형을 잃은 사람이 아니라 날카롭고 냉철한 이성과 지성을 소유한 작가인 점을 분명히 할 필요가 있다.

　로렌스의 이원론적 요소에서 교육적 이상은 후자 쪽인 디오니소스적 문화를 지향한다. 당대의 교육계와 사교계, 지식계를 보면서 로렌스는 병적으로 비대해진 이성 중심주의나 주지주의 사고방식과 풍조가 인간과 사회를 파멸로 몰고 간다고 보았다. 『무지개』에서 여주인공인 어슐러는 일크스톤(Ilkeston) 초등학교에 교사생활을 하면서 자신이 목표로 삼았던 교육에 대한 꿈이 교육현장에서 완전히 거꾸로 움직이는 상황에 대해 쓰라린 비애를 느낀다. 학교운영은 아이들을 감성이 살아있는 생동적이고 주체적인 자아로 만드는 데 목표를 두는 것이 아니라 마치 자동기계의 생산품처럼 억압 - 통제 - 지배에 주력하고 있다. 어슐러는 학교 당국의 잘못된 교육방침과 왜곡된 교육현장을 다음처럼 비판한다.

어슐러는 직업에 대한 커다란 공포감에 사로잡혔다. 브런트 선생, 하아비 여선생, 스커필드 여선생, 이 밖에 모든 선생님들은 많은 아이들을 하나의 훈련된 기계 같은 틀 속에 억지로 집어넣어 전체 아동들을 복종과 주의의 자동기계가 되게 한 다음 여러 지식의 단편을 받아들이라고 명령해야만 하는 과업을 마지못해 하고 있다는 것을 알았다. 무엇보다도 먼저 해야 할 일은 60명의 아동들을 하나의 마음, 하나의 존재로 만들어버리는 일이었다. 그런데 이 상태는 아동들의 의지 위에 가해지는 의지를 통하여, 다음에는 학교 전체의 의지를 통하여 자동적으로 이루어져야 하는 것이었다. 요컨대 교장과 교사들이 하나의 권위적 의지를 가져야 하며, 그렇게 되면 아동들의 의지는 통일을 이루게 할 수 있다는 것이다.

A great dread of her task possessed her. She saw Mr. Brynt, Miss Harby, Muss Schofield, all the schoolteachers, drudging unwillingly at the graceless task of compelling many children into one disciplined, mechanical set, reducing the whole set to an automatic state of obedience and attention, and then of commanding their acceptance of various pieces of knowledge. The first great task was to reduce sixty children to one state of mind, or being. This state must be produced automatically, through the will of the teacher, and the will of the whole school authority, imposed upon the will of the children. The point was that the headmaster and the teachers should have one will in authority, which should bring the will of the children into accord. (pp.382 – 83)[1]

인간에게서 가장 소중한 목표는 내면적으로 감수성이 살아있고 진정한 정신적 자유를 누리면서 창조적인 생명을 통해 자아의 실현감정을 느끼는 것이라 할 수 있다. 하지만 학교 당국은 아이들에게 이러한 목표가 실현되도록 교육하는 대신 한낱 자동화되고 기계화된 물건처럼 그들을 억압하고 통제한다. 어슐러가 처음에 소망한 것은 인간적이고 살아있는 역동적 관계를 아동교육에다 구현시켜 본다는 것이었다. 원래 아이들이란 교실에 조용히 앉아서 온

---

1) D.H.Lawrence, *The Rainbow*(Harmonds Middlesex: Penguin Books Ltd., 1977).

순하게 글을 배우려고 하지는 않는다. 그렇기 때문에 더 강력하고 현명한 의지를 가지고 강제할 수밖에 없게 된다. 하지만 어슐러는 교육에서 그러한 강제력을 사용하는 것을 바람직하지 않다고 생각하기 때문에 학교의 방침과는 반대로 모든 것을 개인의 자율에 맡기고 강제는 전혀 사용하지 않는다. 그러나 아이들에게서 나타나는 반응과 결과는 완전한 실패이다. 그리하여 날이 갈수록 처음에 이 학급을 맡았을 때의 이상과는 달리 매일 아이들을 통제하는 데 투쟁을 벌이게 된다. 역부족인 그녀가 이러한 아이들과의 전쟁에서 이기는 유일한 길은 야수적인 폭력을 사용하는 길 뿐임을 알게 되고 다른 교사들처럼 단조하고 쉰 목소리로 억압된 마찰을 일으키면서 그저 움직이고만 있는 기계처럼 되어야 한다는 생각을 하게 된다. 그러자 그녀는 정말 무섭고 소름이 끼치는 것 같다. "개체적 자아 personal self"를 버리고 "하나의 도구 an instrument"와 "하나의 추상 an abstraction"(p.383)으로 전락한 채 매일 "그토록 많은 지식을 전달해 주는 틀에 박은 목적을 달성하기 위해 to achieve a set purpose of making them know so much"(p.383) 일하는 것은 그녀의 교육적 신념에 정면으로 위배되는 것이다. 이 장에서 어슐러라는 젊은 여교사의 이와 같은 교직생활에 대한 좌절감을 묘사한 대목들을 고려해 볼 때 한 때 교사로서 봉직했던 로렌스에게 이상과 현실의 괴리감은 너무나 컸던 것 같다. 물론 어느 교사에게나 초등학교 아이들을 요령 있게 다루기란 쉬운 일이 아니다. 하지만 학교의 최고경영자인 교장을 비롯해서 모든 교사들이 참된 교육목표에 대한 의식이 제대로 되어있지 않고 그저 기계적으로 인습적인 세계 안에서 문제의식 없이 교사 노릇을 한다는 것은 지극히 잘못된 일이다. 그녀는 강압적인 힘을 행사하는 교장과 말을 듣지 않는 아이들에게 맞서서 바보취급을 받지 않으려고 결심을 하고, "일의 세계, 남성의 인습적 세계 the world of work and man's convention"(p.406)에서 싸워 자신의 지위를 지켜야겠다는 태도를 굳게 다짐한다.

그러나 어슐러는 자신의 교육적 이상과 신념에 어긋나는 폭력과 의지를 아이들에게 행사하면서 후회하는 일이 계속 일어난다. 그 결과 "일과 기계적 사고의 새로운 생활 속에서 낯선 존재 a foreigner in a new life, of work and mechanical consideration"(p.406)가 되고 만다. 이와 같이 아이러니컬한 현실에 대해 그녀는 환멸을 느끼고 다른 길을 모색하려 한다. 유일하게 마음이 통하는 동료교사 매기(Maggie)와 함께 때때로 인생과 사상에 대해 토론을 하기도 하고 종교와 여성 참정권을 화제로 의견을 나누기도 하지만 현실의 이 모든 것들은 자아를 억압하며 기계적이고 자동화된 시스템의 한계를 지니고 있다고 생각된다. 어슐러에게는 이러한 세계와는 전혀 다른 "참되고, 깊고, 멋진 자유의 세계 real, deep, wonderful free world"(p.408)가 있을 것이라고 믿어진다. 이러한 세계는 로렌스가 지향하는 감성적 교육관과 감성적 유토피아의 실현과 연결된다고 할 수 있다.

> 매기에게나 마찬가지로 어슐러에게는 여성의 자유라는 것이 일종의 깊고도 진실한 의미를 가지고 있었다. 그런데 그녀는 자기가 어디엔지 무엇에 자유가 아닌 것만 같았다. 그러니 만큼 자유가 되고 싶었다. 그녀는 반항의 인간이었다. 아니 일단 자유를 얻기만 하면 갈 수가 있지 않겠는가. 그 어디에, 아, 아, 그 멋지고 참된 그 어디에, 지금은 손에 닿지 않으나 가슴 깊이, 깊이 느끼고 있는 그 어디에.

For her, as for Maggie, the liberty of woman meant something real and deep. She felt that somewhere, in something, she was not free. And she wants to be. She was in revolt. For once she were free she could get somewhere. Ah, the wonderful, real somewhere that was beyond her, the somewhere that she felt, deep, deep inside her. (p.406)

여기서 잠깐 소설 전개를 위한 로렌스의 독특한 창작기법에 관해 언급하는 것이 필요한데 그것은 이원론적인 두 개의 상반된 영역을 설정하여 반복적, 유기적으로 교차하도록 하는 패턴이다. 이것은 일종의 변증법적인 운동 형식이다. 이와 같은 패턴에 입각하여 보면, 어슐러는 교사로서 근무하는 닫힌 일의 학교세계라는 하나의 영역과 이에 상반되는 자신의 감각과 상상력을 마음껏 풀어낼 수 있는 자유로운 바깥세계라는 또 하나의 영역 사이에서 교차하며 갈등한다. 바깥의 자유세계는 그녀 자신의 목표가 될 뿐만 아니라 학생들을 위한 교육의 목표와도 관련되는 감성적 영역에 속한다고 할 수 있다. 다음에 인용한 대목에는 두 영역 사이의 반복적인 교차와 어슐러가 지향하는 교육적 목표가 우회적으로 나타난다.

아침 학교에 오면서 보면 길가에 아저귀꽃들은 이슬에 젖어있으며, 장미색의 작은 밀알들은 이슬방울 같이 번쩍이고 있었다. 종달새는 아침 햇빛 속에서 떨리는 소리로 지저귀고 있으며, 전원은 온통 기쁨에 차 있었다. 일부러 시내의 먼지와 음산한 분위기 속으로 뛰어든다는 것은 일종의 모독적인 행위만 같았다. 그래선지 학급을 앞에 놓고도 도저히 수업에 열중할 수가 없었다. 전원과 초여름의 기쁨을 동경하는 정력을 찢어서 50명의 아동을 통솔하여야 하며, 하찮은 산수 같은 것을 가르치고 있어야 하다니....유리창 가에 놓인 자래초나 미나리아제비꽃이 꽂힌 꽃병만 보아도 마음은 먼 목장에 끌리었다. 그곳엔 자랄 대로 자란 풀밭 속에 실국화가 반쯤 잠겨있고, 개똥지바뀌들은 연분

홍색 물안개 같이 날고 있었다. 그러나 눈앞에는 50명의 아동들 얼굴이 있었다. 이 얼굴들조차 어둑한 풀밭 속의 큰 실국화꽃 같이 보였다. …어슐러는 두 개의 세계, 초여름과 꽃이 있는 자기 자신의 세계와, 일의 세계 사이에 끼어서 갈등하고 있었다.(p.408)

She came to school in the morning seeing the hawthorn flowers wet, the little, rosy grains swimming in a bowl of dew. The larks quivered their song up into the new sunshine, and the country was so glad. It was a violation to plunge into the dust and greyness of the town. So that she stood before her class unwilling to give herself up to the activity of teaching, to turn her energy, that longed for the country and for joy of early summer, into the dominating of fifty children and the transferring to them some morsels of arithmetic. …A jar of buttercups and fool's parsley in the window−bottom kept her away in meadows, where in the lush grass the moon−daisies were half−submerged, and a spray of ragged robin. Yet before her were faces of fifty children. They were like almost big daisies in a dimness of the grass. …She was struggling between two worlds, her own world of young summer and flowers, and this other world of work. (p.408)

그런데 지금 여기서 더 이상의 논의로 나아가기 전에 잠깐 앞으로 돌아가서, 어슐러가 초등학교 교사가 되기 이전에 중등학교에 다니던 학생 신분이었을 때 학급 수업에서 만난 위니프레드 잉거(Winifred Inger)라는 여선생에 대한 삽화를 한번 살펴보자. 그녀는 학교의 과학교사로서 체격이 남자 같고 수영을 좋아하며 어슐러와는 제자 사이인데도 양성애 관계를 유지하다가 나중에는 어슐러의 반감과 거리두기에 따라 어슐러의 외삼촌인 탄광 경영주인 톰 브랭웬(Tom Brangwen)과 약혼을 거쳐 결혼하게 된다. 잉거 선생은 처음에는 사춘기에 들어선 어슐러를 강렬하게 사로잡는 감각적 정신적 매력을 지닌 선생님으로 느껴졌지만 점차 그녀의 허위의식이

드러나고 어슐러의 외삼촌인 톰과 동류의 인간으로서 주체적 생명력이 결여된 사물이나 기계와 같은 존재에 지나지 않음이 드러난다. 잉거 선생과 결혼한 톰은 탄광 경영 외에는 관심이 없고 무기력에 빠져버리는 인물이며, 오직 탄광산업의 일에만 관심이 있을 뿐이다. 탄광 경영자로서의 그는 "저 거대한 기계의 매일 같이 반복되는 활동을 통하여 추진력을 얻고 고양되는 흙덩이 clay lifted through the recurrent action of day after day by the great machine from which it derives its motion"(p.352)와 같은 인간이라고 서술된다. 그의 배필이 된 잉거 선생도 역시 톰과는 "교육받은 동류의 인물 an educated woman, and of the same sort as himself" (p.352)이다. 결국 잉거 선생은 어슐러가 원하는 올바른 교육관과 인생관을 가진 인물이 못 된다. 동류인 두 사람은 어슐러가 그토록 혐오하는 물질세계와 기계주의에 봉사하는 것 외에는 만족과 행복을 느끼지 못하며 감성과 생명이 살아 숨 쉬는 생물계, 자연계와의 역동적 교감이 불가능한 존재이다.

> 유일한 행복의 순간, 순수한 자유의 유일한 순간이라 함은 그가 기계에 봉사하고 있는 때였다. 그가 기계에 사로잡혀 있을 때에만 그는 자기혐오에서 해방되며, 냉소나 환상 없이 완전한 활동을 할 수 있는 것이었다. 그의 진짜 애인은 기계였다. 위니프레드의 진짜 애인도 기계였다. 그녀 역시 물질적 기계주의라는 불순한 추상을 숭배했다. 기계, 그리고 기계에의 봉사에서만이 그녀는 인간적 감정의 번민과 타락에서 해방될 수 있었다. 생이 있거나 말거나 온갖 물질을 지배하는 괴물 같은 기계주의와 이 기계에의 봉사에서만이 그녀는 신생명의 완성과 조화와 불멸에 도달할 수가 있었다.

> His only happy moments, his only moments of pure freedom were when he was serving the machine. Then, and then only, when the machine caught him up, was he free from the hatred of himself,

could he act wholly, without cynicism and unreality. His real mistress was the machine, and the real mistress of Winifred was the machine. She too, Winifred, worshipped the impure abstraction, the mechanisms of matter. There, there, in the machine, in service of the machine, was she free from the clog and degradation of human feeling. There, in the monstrous mechanism that held all matter, living or dead, in its service, did she achieve her consummation and her perfect unison, her immortality.(p.350)

어슐러는 초등교사 자격증을 취득한 후 지금까지 성 필립교회 부속학교(St Philip' School)에서 2년 동안 해오던 교사생활을 청산한 다음 노팅햄 대학교에 입학한다. 입학했을 때의 대학생활도 역시 그녀가 옛날부터 꿈꾸어 왔던 대학과는 거리가 멀다. 그녀에게 대학은 신비적인 중세의 어둠에 감싸인 종교적 신전으로 여겨왔다. 처음에 그녀는 "종교의 그늘 shadow of religion"(p.430)에서 秘義를 전수받았을, 검은 가운을 입은 신학교수들 밑에서 공부하게 허용된 것을 엑스타시의 감정을 가지고 기대에 한껏 부풀었다. 그러나 다른 학문은 말할 것도 없고 신학마저 대학에서 물질적인 성공의 보조역으로 타락해 버렸다. 외관만은 종교적 지식의 가치를 위해서 존재하고 있는 척하나 실제로는 "물질적 성공을 위한 신에의 봉사자 a flunkey to the god of material success"(p.435)가 되어 있었다. 어슐러는 대학의 "상업적 신전에의 봉사 service at the inner commercial shrine."(p.435)에 이처럼 매달리는 상황에 환멸을 느낀다. 어슐러에게 있어 대학교육은 그 내면을 보면, 물질적 동기만이 유일한 동기가 되고 있고, 상업적 가치에만 봉사하고 있으며, 모든 교과내용은 메마른 상품으로 전락되어 있고, 교수들이란 "죽은 비실재 dead unreality"(p.435)의 창고에서 낡은 골동품을 파는 일에

종사하고 있을 따름이다. 대학의 이러한 가짜와 비실재를 향해 어슐러의 감정은 분노로 가득 찬다. 이러한 작품의 대목은 현대의 유물주의, 상업주의가 사회 전체에 보편화되어 있고 현대인의 자아에 깊숙하게 침윤되어 있어서 당대의 영국사회 전체에 팽배한 '物神主義' 가치관의 위험수위가 심각하다는 것을 보여준다고 하겠다.

이처럼 생명력이 사멸되고 죽은 비실재에 지나지 않는 물질의 생산에만 매몰된 교육현장에 대응되는 영역을 찾으려 어슐러는 자연계로 나아간다. 이러한 자연계는 감각과 생명이 살아서 움직이고 생명의 신비를 열어서 보여주는 영역이다. 두 영역이 어슐러에게 대비되면서 그녀는 생명세계를 향해 상상의 날개를 편다. 그러자 별안간 그녀는 다른 여타의 교과목 공부를 포기해버리고 식물학에서 우등을 하겠다는 결심을 하게 된다. 대비되는 물질계와 생명계가 다음과 같이 제시된다.

그녀에게는 식물학만이 산 학문이었다. 이를테면 식물생활 속에 들어가서 식물세계의 기묘한 법칙에 매혹당해 있었다. 인간세계의 목적과는 완전히 별도로 움직이고 있는 그 무엇을 이식 속에서 힐끔 엿보았던 것이다. 대관절 대학이란 가장 야비하고 비열한 상점으로 타락된 신전이요, 빛 좋은 개살구 격이었다. 어슐러 자신은 신비의 원천에 맥박을 울려주는 학문의 여운을 듣고자 온 것이 아니었던가? …대학에서는 가운을 입은 교수들이 줄곧 가짜 엉터리 물건들을 매매하고나 있는 것 같다랄까, 자기의 인간성이 타락해 가고 있음을 늘 느끼고 있었다. 그러나 식물 실험실에는 아직 다소의 신비가 아물거리고 있었으니, 식물실험실에서 실험을 하고 있는 사실만은 예외이었다.

This(botany: the writer's own) was the one study that lived for her. She had entered into the lives of the plants. She was fascinated by the strange laws of the vegetable world. She had here a glimpse of something working entirely apart from the purpose of the human world. College was barren, cheap, a temple converted to the most vulgar, petty commerce.

had she not gone to hear the echo of earning pulsing back to the source of the mystery? ···the professors offered commercial commodity ··· All the time in the college now, save when she was labouring in her botany laboratory, for there the mystery still glimmered, she felt she was degrading herself in a kind of trade of sham jewjaws.(p.436)

로렌스에게 학문과 지식은 일종의 '빛'으로 상징된다. 노팅햄대학의 교수들이 제공하는 지식의 '빛'은 신비한 생명과 감성이 적나라하게 살아서 움직이는 존재의 심층세계, 다시 말해 "어두운 의식 dark consciousness" 세계를 말살해 버린다. 이러한 세계는 과학의 칼 혹은 과학의 등불로써 그 어둠 속을 아무리 분석하고 조명하여도 다 밝힐 수 없는 생명과 영혼의 참된 실재가 놓여있는 곳이다. 로렌스에게 이처럼 신비한 생명과 영혼의 세계는 물질세계와 대비된다. 그리하여 대학은 어슐러가 추구하는 "어두운 실재 dark reality"에 관한 비전과 메시지를 주지 못한다. 이러한 뜻에서 대학교육에 극도로 비판적인 어슐러는 이렇게 말한다. "실재는 어디까지나 어둠 속에 숨어만 있고 끝내 표면에 나타날 수는 없었다. 그러한 실재는 마른 재 속에 파묻힌 것 같았다. That which she was, positively, was dark and unrevealed, it could not come forth. It was like a seed buried in dry ash."(p.437). 어슐러의 대학교육과 학문에 대한 생각과 행동에는 현대인들이 도구로 삼는 '빛'에 의존하여 만들어낸 세계가 얼마나 반생명적이고, 자기모순적이며, 허식적인가를 극렬하게 힐난하는 내용을 포함하고 있다.

대학에서 공부하여 학사증을 따고나면 당분간은 어느 고등학교(문법학교)에서 교사생활이라도 해볼 생각이었던 어슐러였다. 하지만 참된 생명세계와 영혼, 진리, 실재에 대해서 꿈을 키워온 그녀에게 대학교육과 학문의 '빛'이란 아이러니컬하게도 인간의 참된 자아와 생명과 영혼에 역행적일 뿐인 것이다. 지성의 그러한 빛이 밝혀주는 것은 살아있는 인간존재와 동식물의 자연세계에 깃든 생명의 신비를 말살할 따름이다. 어슐러에게 대학 교육과 학문의 빛 안에서 배우고 있는 학생들은 마치 램프 불빛 둘레에 멋모르고 놀아나고 있는 나방이들과 같다. 그 빛은 안전한 곳이라고 기만시키지만 눈멀게 만드는 빛이기 때문이다. 학생들은 광명권의 그 빛 때문에 신비에 속해 있는 어둠의 영역이 있다는 사실도 모르고 빛의 세계에 안주하고 있는 것이다. 로렌스는 기만적인 '빛'과 이에 상반되는 신비로 감싸인 '어둠'에 대한 사상적 견해를 이원론적 대비를 통해 상징적 기법으로 다음처럼 묘사한다.

어슐러가 살고 있는 이 세계는 등불이 비치는 하나의 우리 안이라 해도 좋았다. 인간의 완전한 의식으로 말미암아 비치는 이 광명의 지역만이 자기의 전 세계요 또한 그 세계 속에 무릇 사물이 영원히 그 자태를 나타내고 있다고 생각되었다. 그렇기는 하나 쭉 바깥 암흑 속에도 야수의 눈같이 켜졌다 꺼졌다 반짝이면서 뚫고 드는 몇 줄기 광선이 의식되었다. 그런데 그녀의 영혼은 벅차오르는 거대한 공포감 속에서 저 바깥의 암흑만을 인지했다. 그리고 자기가 이 안의 광명권에 살며 활동하고 있으며 이 안에서 기차는 달리고 있고 공장은 제품을 생산해내며 식물과 동물들은 과학과 지식의 광명으로서 활동하고 있는데 느닷없이 모기와 아이들은 지금 그들이 광명 속에 있다는 이유만으로 밖에는 암흑이 있다는 것조차 모르고 그 눈부신 광명을 믿고 안심하여 그 안에서 놀고 있는 아아크 등불 밑의 광명권 지역인 성싶어지는 것이었다.

This world in which she lived was like a circle lighted by a lamp. This lighted area, lit up by man's completest consciousness, she thought was all the world: that here all was disclosed for ever. Yet all the time, within the darkness she had been aware of points of light, like the eyes of wild beasts, gleaming, penetrating, vanishing. And her soul had acknowledged in a great heave of terror only the outer darkness. This inner circle of light in which she lived and moved, wherein the trains rushed and the factories ground out their machine-produce and the plants and the animals worked by the light of science and knowledge, suddenly it seemed like the area under an arc-lamp, wherein the moths and children plated in the security of blinding light, not even knowing there was any darkness, because they stayed in the light. (p.437)

어슐러가 노팅햄대학의 실험실에서 단세포 생물을 현미경으로 들여다보고 공부하면서 생명현상에 대해 논쟁을 벌이는 물리학 교수 프랭크스톤 박사(Dr. Frankstone)는 극단적인 유물론적 존재관을 지녔다. 그는 현대의 지식인을 대변하는 인물이다. 어슐러는 그와의 학문적 대화에서 생물과 생명현상에 대한 극단적인 유물주의적 견해를 듣고 충격을 받는다. 프랭크스톤 교수는 생명현상으로부터 어떠한 신비적인 생각도 철저히 배제해야만 한다고 말한다. 그가 어슐러에게 생명현상이란 모두 단순히 물리적이고 화학적인 행위들로 환원시켜야만 옳다고 강조할 때, 그녀는 생명이란 제한된 기계적 에너지나 단순한 자기보존의 목적에 한정되는 것이 아니라 무한자이며, 인간자아의 실재는 이러한 "무한자 a being infinite"와의 합일에 있다고 반박한다. 프랭크스톤 교수가 단순히 주장하는 물리적 화학적인 힘으로서의 전기나 빛과 열에는 영혼이 없다. 생명이란 단지 비인간적인 힘이나 힘의 결합체가 아니라 그것을 초월하는 어떤 목적이 있는 것이다.

'아니지 사실,' 하고 프랭크스톤 박사는 말했던 것이다. '생명이란 것에 대하여 왜 특히 신비스러운 이유를 부여해야만 하는지 모르겠지만—그렇지 않은가? 우리가 전기를 이해하고 있는 것 같이 생명을 이해하고 있는 것은 아니지. 그렇다고 해서 그것을 무슨 특별한 것처럼, 우주에 존재하는 그 밖의 모든 것과는 본질적으로 다른 특별한 것이라고는 생각할 수는 없지 않을까 - 그렇다고 생각하지 않아요? 아마 생명현상이라 해도 이는 결국 물리적 화학적 여러 작용의 극히 복잡한 복합체가 아닐까. 그리고 그 작용이라 함도 우리가 과학에서 벌써 알고 있는 여러 작용과 동일한 작용이 아닐까요? 아무튼 나는 모르겠어. 어째서 생명이라는 특별한 질서가 있다고 생각해야 하는지. 그리고 또 생명만이 -

> 'No, really,' Dr. Frankstone had said, 'I don't see why we should attribute some special mystery to life - do you? We don't understand it as we understand electricity, even, but that doesn't warrant our saying it is something special, something different in kind and distinct from everything else in the universe - do you think it does? May it not be that life consists in a complexity of physical and chemical activities, of the same order as the activities we already know in science? I don't see really, why we should imagine there is a special order of life, and life alone -' (pp.440)

어슐러에게는 무한자와의 일체를 이루는 것이야말로 "자아 self"이다. 이러한 "자아의 실현 To be oneself"은 "번쩍이는 무한의 지고한 승리 a supreme, gleaming triumph of infinity"라고 믿는다 (p.441). 대학교육과 학문의 빛에 대해 저항적이고 비판적인 감정으로 솟구치는 어슐러는 프랭크스톤 교수의 학문적 지식의 빛에 대해 그것이 "잠재적인 어둠 potential darkness", "풍요의 어둠 rich darkness"에 대립되는 비실재라고 신랄한 어조로 비난한다(p.448). 그리하여 허공에 떠 있는 사람같이 실험실에서 멍하니 현미경을 들여다보다가 혐오감에 떤다. 그녀는 대학의 울타리를 벗어난 곳에서 존재해 있을 대학 바깥의 어둠세계를 의식하면서 그 곳을 향해 달려가고 싶은 절박한 갈망에 사로잡힌다.

뒤이어지는 대목은 어슐러가 대학의 학문적 지식의 빛으로 둘러싸인 울타리를 벗어나 연인관계에 있는 스크레벤스키(Skrebensky)를 만나서 높은 언덕 산야의 자연세계로 올라가 적나라하게 벗은 알몸으로 별을 보고 바람을 맞면서 우주적인 교감을 나누고, 연못 쪽으로 달려가서는 물속에 비친 별들과 밤하늘을 쳐다보며 신비한 영적 소통을 나눈다. 자연계의 어둠 속에서는 빛의 세계에서 볼 수 없는 보다 거대한 존재의 신비를 감각적으로 체험할 수 있다. 어슐러는 이렇게 행동하면서 새벽을 넘기고 아침 해가 솟을 때까지 어둠 속에서 밤을 센다. 이러한 행동은 어둠에 묻힌 생물계를 통해서 우주 만물의 내면에 존재하는 원초적인 생명과 영혼의 신비를 구체적인 감성으로 느끼고 합일하는 것을 보여주기 위한 하나의 예이다. 이러한 밤의 자연세계는 빛의 세계인, 산업과 교육과 학문 활동이 이루어지는 낮의 세계에서 볼 수 있는 허식적, 인공적, 기계적인 비실재나 가짜는 완전히 배제되고 생명과 감성이 활성화된 동력장이다. 이러한 어슐러의 신비주의적인 감성적 행동은 미국의 소로우(H.D. Thoreau)나 에머슨(R.W. Emerson)과 같은 낭만적인 초절주의자들이 실천하려했던 우주자연과 인간 자아와의 영적, 생명적 교감작용2)을 연상시킨다.

> …그리고 그들은 달빛도 없는 잔디밭 위를 달려갔다. 옷을 벗어놓은 지점에서 일 마일 이상이나 달려갔다. 이 언덕처럼 완전히 벌거벗은 채 미풍이 부는 암흑 속을 달려갔다…. 둥그렇고 낮은 연못 수면에는 별들이 고요히 비치고 있었다. 어슐러는 살며시 물속에 들어가서 물에 비치는 별의 형체를 두 손오금

---

2) Roger Ebbatson에 의하면, 로렌스는 어린시절부터 미국의 초절주의자들의 사상에 깊이 감동되었다. 특히 소로우가 묘사한 월든 숲(Walden Woods)과 그 일대의 연못(Ponds)에 열광하였고(p.244), 또한 에머슨의 저술을 읽고 깊은 감명을 받았다(pp.243-44). Roger Ebbatson, *Lawrence and the Nature Tradition*(Sussex: Harvester Press, 1980)

안에 잡아 보았다. 그리고는 돌연히 다시 되돌아와서 마구 달려갔다. 남자도 곁을 달리고 있었다. 하지만 다만 그저 용서되어 있을 뿐이다. 말하자면 여자의 불안을 걸러주는 봉사자인 셈이었다. 여자는 남자를 붙들어 안고 바싹 바싹 졸라 안았다. 두 눈은 똑바로 뜬 채 별들을 쳐다보고 있었다. 마치 그가 아니고 별들이 이 여자와 같이 누워서 짚어볼 수 없는 자궁의 암흑 속을 뚫고 들어가서 드디어 속을 짚어낸 격이었다.

···and they ran over the smooth, moonless turf, a long way, more than a mile from where they had left their clothing, running in the dark, soft wind, utterly naked, as naked as the downs themselves···. In the round dew-pound the stars were untroubled. She ventured softly into the water, grasping at the stars with her hands. And then suddenly she started back, running swiftly. He was there, beside her, but only on sufferance. He was a screen for her fears. He served her. She took him, she clasped him, clenched him close, but her eyes were open looking at the stars, it was as if the stars were lying with her and entering the unfathomable darkness of her womb, fathoming her at last. It was not him. (p.465)

위와 같은 낭만적인 장면의 설정에는 로렌스가 그의 소설에서 즐겨 사용하는, 이질적인 두 요소나 장면을 대비시켜 이원론적 대립 구조를 부각시키는 독특한 상징 — 이것을 비바스(Vivas)는 "구성적 상징 constitutive symbol"[3]이라고 명명했는데, 이러한 상징을 사용하는 구성적 상징주의 기법이 적용되었다고 할 수 있다. 어슐러에게 영국의 교육과 학문 또는 지성과 과학의 세계는 빛의 세계로서 생명과 영혼의 무한한 신비와 활력을 제공하는 어둠의 세계를 거부한 세력이며, 낮의 빛에서 영위되는 산업계의 물질주의 세계와 동류에

---

3) Eliseo Vivas, *D.H.Lawrence: The Failure and the Triumph of Art*(London: George Allen & Unwin, 1960), pp.273 – 291 참조. 비바스는 로렌스가 비범한 "구성적 상징"(constitutive symbol)을 사용한다고 지적하는데, 그러한 상징은 지시하는 대상이 그 대상에 대해서 뿐만 아니라 그 대상 안에서 상징되어지기 때문에 명시적으로 완전하게 드러낼 수 없다는 것이다. 그리고 본질적으로 그 작용에 있어서 시적이라고 본다.

속한다. 그런 까닭에 그녀는 밤의 어두운 자연세계로부터 기계와 물질이 지배하는 낮의 산업세계로 되돌아 왔을 때는 앞에서 살펴본 초등학교의 교육현장이나 대학의 교육과 학문의 세계에 대해서 가졌던 바와 동일한 태도로 '빛'의 상징적인 작용에 대해 혐오하고 비난을 퍼붓는다. 요컨대 어둠은 신비한 생명과 감성과 영혼의 영역과 관련되는 요소이며, 이와 대극적인 빛은 그러한 영역을 사멸시키고 인간의 감성과 영혼과 감각을 불능화시키는 작용을 하는 요소이다. 이러한 로렌스의 이원론 사상은 그 자신의 말에 따르면 "유사철학 pseudo-philosophy"이자 "복합적 정신분석학 pollynalytics"[4]인 『무의식의 환상』(*Fantasia of the Unconscious*)에서 심도 깊고 예리하게 논의된다. 이 저서에는 그의 감성주의적 교육론이 주지주의에 대항하는 논리로서 설파된다. 다음 장은 로렌스의 감성주의 논리와 사상에 저항하는 당대의 주지주의 사조에 대한 비판을 바탕으로 그의 감성주의 교육론을 보다 자세히 살펴볼 것이다.

---

4) D.H.Lawrence, *Fantasia of the Unconscious*(Harmondsworth Middlesex: Penguin Books Ltd. 1977), p.15. 이후 이 책은 *Fantasia*로 약기한다.

3. 주지주의·이성주의에 저항하는
   새로운 감성주의

로렌스는 러셀(Bertrand Russell)과 격렬한 반주지주의·반이성주의 논쟁을 벌인 바 있다. 제 1차 세계대전 시기에 두 사람은 전쟁 시대에 저항하였고 인류문명을 위기와 몰락으로부터 구원하는 방향과 방법론을 함께 찾고 논쟁하였지만 정반대로 나아갔다. 러셀은 캠브리지대학 출신으로 모교에서 "수학적 논리 Mathematical Logic" 과목을 가르치는 교수로서의 지위를 유지하면서 하버드대학과 시카고대학, 캘리포니아대학에서 가르쳤고 수학뿐만 아니라 예절과 도덕, 종교, 정치, 경제, 교육 등에 이르기까지 다양한 주제에 관해서 글을 쓰고 대중 앞에서 강연을 했다. 반전 평화에 관한 업적을 인정받아 1950년에 노벨 문학상을 수상한 당대의 최고 지성인이 러셀이다.[5] 로렌스와 러셀 두 사람 사이의 우정은 1년간 지속되다

---

5) Russell Nye ed., *Modern Essays*,(Chicago: Scott, Foresman and Company, 1963). "The Social Responsibilities of Scientists" by Bertrand Russell, p.249.

가 러셀의 극단적인 이성논리에 대한 로렌스의 혹평과 비난으로 결렬된다. 러셀은 지성이나 이성을 중심으로 삼는 논리를 주장하는 데 반하여 로렌스는 감성을 중심으로 삼는 논리를 주장한다. 러셀에 대한 로렌스의 저항과 공격에 관해서는 로렌스의 몇 편의 편지들에 나타나 있으며 이에 대해서는 나중에 알아 볼 것이다. 먼저 러셀이 쓴 회고록을 통해 로렌스가 반주지주의·반이성주의 주장을 뒷받침하는 논거로 사용한 '피의식 blood-consciousness'의 개념을 러셀이 얼마나 오해했는지를 엿볼 수 있다. 길지만 인용한다.

> 나는 로렌스의 정렬을 좋아했고 그의 정력과 격렬한 감정을 좋아했다. 세상을 바로잡으려면 무엇인가 아주 근본적이 조처를 취해야 한다는 그의 소신을 나는 좋아했다. 나는 정치가 개인 심리학과 깊은 관련이 있다는 그의 생각과 뜻을 같이 했고 또 나는 그를 상상력이 풍부한 천재라고 생각했으며 처음에는 그의 생각에 동조할 수 없다는 느낌이 들 때면 그의 인간의 본성을 통찰하는 깊이가 내 통찰력보다 더 깊을지 모른다는 생각을 했다. 그러나 시간이 흐름에 따라 나는 차차 그가 적극적인 악의 세력이라고 생각하게 되었고 그도 내게 대해서 같은 느낌을 갖게 되었다….
>
> 나는 차차 그가 세계를 개혁하려는 참뜻을 가진 것이 아니고 오직 세계가 고약하다는 내용의 독백을 웅변조로 늘어놓기만을 좋아한다는 사실을 알았다. 누가 엿듣는 사람이 있어도 해로울 것이 없다는 독백이었지만 그것은 고작 뉴멕시코의 사막에 앉아서 성스러운 감정을 경험할 수 있는 몇몇의 충실한 제자를 만들어내려는 것 이외의 아무것도 아니었다….
>
> 그는 언젠가는 이런 편지를 보내온 일이 있었다. '일이고 글이고 다 집어치우고 한번 기계적인 도구 대신 생물이 되어 보시오. 사회라는 배에서 벗어나시오. 당신 자신의 긍지를 위해서라도 생각할 줄은 모르고 더듬을 줄만 아는 생물, 두더지가 되어 보시오. 제발 학자의 명예를 벗어나 어린이가 되시오. 이젠 아무 일도 하지 말고 제발 한번 살아 보시오. 시초로 돌아가시오. 완전한 어린애가 되시오. 용기를 내서.'…그는 내 비위에 거슬리는 괴상한 〈피의 철학〉을 갖고 있었다. 그는 이런 말을 했다.
>
> '뇌와 신경 이외에 또 하나의 의식을 하는 곳이 있지요. 우리 내부에는 일반적인 뜻에서 말하는 정신적 의식과는 달리 피의 의식이라는 것이 있습니다.

사람이란 신경이나 뇌와는 관계없이 피 속에서 생활하고 지각하고 존재합니다. 이것이 어둠에 속하는 삶의 반쪽 부분이죠…. 우리는 우리에게 정신적 의식이나 신경적 의식과는 완전히 다른 피의 존재, 피의 의식, 피의 영혼이 있다는 것을 인식해야 합니다.' 솔직히 말해서 내게는 터무니없는 소리로 밖에는 들리지 않았기 때문에 그 말을 맹렬히 거부했다…. 그의 묘사력은 비상한 것이었지만 그가 제시하는 아이디어는 거들떠볼 건덕지도 없는 것들뿐이었다. 처음 내가 로렌스에게 끌린 것은 일종의 박력과 남들이 무관심하게 받아들이기 쉬운 가설들에 도전하는 그의 습성 때문이었다. 지나친 이성의 노예라는 말을 이미 듣고 있던 나는 그에게서 싱싱한 반이성의 활력소를 얻을 수 있으리라고 생각했던 것이다.6)

위에 인용한 글에서 러셀에게 로렌스가 말했다고 언급한 "기계적인 도구 대신 생물이 되어 보라"거나 "지나친 이성의 노예"라는 비판은 당대 유럽의 지식인들 사이에 풍미했던 주지주의 또는 이성주의의 사고가 지니고 있었던 문제점을 날카롭게 지적한 통찰이라 할 수 있다. 로렌스의 반이성주의·반주지주의 논리는 수학적 논리학자로서 당대의 최고 지성인이자 철학자였던 러셀과 같은 투철한 이성주의자에게 "싱싱한 반이성의 활력소"가 되었을 만큼 커다란 매력을 주었다. 러셀의 학문 전공분야를 감안한다면 그는 시대의 위기를 지성과 이성에 의해서 해결할 수 있다고 철저히 믿을 만했을 것이다. 그러나 로렌스가 보기에 극단적 이성주의자·지성주의자들은 관념에만 몰두하는 사변적 인간으로서 생명적 동력이나 감성적 역동성을, 로렌스의 용어를 사용하면 "피의식 blood-consciousness"을 상실한 창백한 기계처럼 보였던 것이다. 인간이 꿈틀대는 생명체로서 활력적인 존재가 되려면 필수적으로 필요한 것이 바로 감각의식(sense-consciousness)이라고 할 수 있는 "피의식"

---

6) 양병택 역, 『세계회고록대전집』(서울: 수문서관, 1983), pp.130 – 33.

이다. 로렌스는 러셀에게 1915년 12월에 써 보낸 상당히 긴 편지에서 이러한 감각 혹은 피를 가진 존재를 "피의 존재 blood-being" 또는 "피의 영혼 blood-soul"이라고 부르면서 그것의 중요성을 역설하였다.[7] 이 편지는 러셀과의 유명한 논쟁을 불러일으킨 점에서뿐만 아니라 로렌스의 독특한 감성주의와 반주지주의 사상을 압축하여 보여준다는 점에서 로렌스 연구자에게는 매우 귀중한 자료라고 할 수 있다.

> …우리는 피 속에서 살고, 알며, 자신의 존재를 가지고 있습니다. 그것은 신경과 뇌와는 어떤 관련도 없는 것입니다. 이것은 삶의 한 쪽 절반이며, 어둠에 속하는 것입니다. 현재의 우리의 삶과 당신의 삶의 비극은 지적이며 신경적인 의식이 피의식에 폭력을 행사하고 또한 당신의 의지가 지적 의식으로 완전히 넘어가서 당신의 최후의 인간 해방자인 피의 존재 혹은 피의 의식을 파괴하는 데 빠져있다는 점입니다. 이렇게 하면 결과는 오직 죽음으로 끝납니다. 플라톤도 마찬가지였습니다. 이제 우리는 다음과 같은 사실을 알아야 합니다. 어둠 속에서 활력적으로 되는 우리 삶의 위대한 다른 절반, 즉 피의 관계가 있다는 사실을 말입니다. 나는 눈으로 보는 행동을 할 때는 나의 지적 의식과 외부의 육체 사이에 어떤 연결이 있게 되어 하나의 인지를 이루게 됩니다. 그러나 동시에 빛으로부터 결코 단절되지 않고서 나의 피의식으로 어둠을 통해서 전해지는 것이 있습니다. 그러나 눈으로 볼 때는 피의 인지는 아마도 강렬한 것 같지 않습니다. 하지만 다른 한편으로 나는 여인을 취하게 될 때는 피의 인지는 최고에 이르며, 나의 피의 앎은 압도적으로 됩니다. 나는 그것이 무엇인지는 잘 모르지만 결합의 행위에서는 여자의 피와 나의 피 사이에 어떤 전달이 있습니다. 그래서 행위를 한 후 여자가 떠나고 없을 때에도, 지적 의식은 정지되었을 때도 피의식은 우리들 사이에 지속합니다. 나는 그럴 때는 나의 피의식으로 이루어지며, 전혀 나의 지성이나 신경으로는 이루어지지 않습니다.
>
> 비슷하게 어머니의 피로부터 자궁의 태아로 전달이 있을 때는 전체적인 피의식이 전달됩니다. 지적 이미지가 때때로 어머니로부터 태아로 전달된다고 말할 때는 이것은 지적 이미지가 아니라 피의 이미지입니다. 모든 살아있는 생

---

7) H.T.Moore ed, *The Collected Letters, of D.H.Lawrence* (New York: The Viking Press, 1962). pp.393–34. 이후 이 책은 *CL*로 약기한다.

물들은, 심지어 식물들마저도 피의 존재를 가지고 있습니다. 만약 한 마리의 도마뱀이 임신한 여자의 젖가슴에 떨어진다면 그 도마뱀의 피의식이 그 여자의 피의식으로 충격을 지닌 채 전해지고, 나아가 그녀의 태아로 전해집니다. 이 때 아마도 이것은 신경이나 뇌의 의식이 방해하지 않는 것 같습니다. 이것이 토템의 기원입니다.

···One lives, knows, and has one's being in the blood, without any reference to nerves and brain. This is one half of life, belonging to darkness. And the tragedy of this our life, and of your life, is that the mental and nerve consciousness exerts a tyranny over the blood-consciousness and that your will has gone completely over to the mental consciousness, and is engaged in the destruction of your blood-being or blood-consciousness, the final liberating of the one, which is only death in result. Plato was the same. Now it is necessary for us to realise that there is this other great half of our life active in the darkness, the blood-relationship: that when I *see*, there is a connection between my mental-consciousness and an outside body, forming a percept; but at the same time, there is a transmission through the darkness which is never absent from the light, into my blood-consciousness: but in seeing, the blood-percept is perhaps not strong. On the other hand, when I take a woman, then the blood-percept is supreme, my blooding-knowing is overwhelming. There is a transmission, I don't know of what, between her blood and mine, in the act of connection. So that afterwards, even if she goes away, the blood-consciousness persists between us, when the mental consciousness is suspended; and I am formed then by my blood-consciousness, not by my mind or nerves at all.

Similarly in the transmission from the blood of the mother to the embryo in the womb, there goes the whole blood consciousness. And when they say a mental image is sometimes transmitted from the mother to the embryo, this is not the mental image, but the blood-image. All living things, even plants, have a blood-being. If a lizard falls on the breast of a pregnant woman, then the blood-being of the lizard passes with a shock into the blood-being of the woman, and is transferred to the foetus, probably without intervention either of nerve or brain consciousness. And this is the origin of totem: ···(*CL*, pp.393 – 94)

이러한 피의식은 러셀이 위에서 말했듯이 인간으로 하여금 동적인 싱싱한 활력소를 일깨워 주는 요소이다. 반주지주의자·반이성주의자인 로렌스는 러셀에게 보낸 이 편지에서 "피의식"을 상실한 현대인들은 이것을 생활에서 회복해야만 구원의 길이 있다는 점을 역설한다. 그는 "지적, 신경적 의식 mental, nerve consciousness"과는 완전히 다른 차원으로 된 "피의 존재 blood-being", "피의식 blood-consciousness", "피의 영혼 blood-soul"을 우리가 가지고 있다는 점을 인식해야 한다고 주장하면서 이러한 그의 주장은 과학적 근거에 의한 사실이라고 강조하고, 그래서 우리의 미래 생활의 전부는 이것에 달려있다는 말로 편지를 끝맺는다(CL, p.394). 로렌스가 "피 – 의식 / 존재 / 영혼 / 인식 / 지식 / 앎 / 이미지"라는 신조어를 사용하여 이에 대한 안티테제로 "지성적 – 의식 / 존재 / 인식 / 앎 / 이미지"를 설정하여 감각과 감성을 유별나게 중시했던 독특한 정신 생리학적 사상은 '새로운 감성주의'라고 부를 만하다. 이것은 서구 지성사의 흐름에서 주류를 형성한 전통적 주지주의·이성주의와 대립되는 새로운 것으로서 당대에는 혁명적인 것이다.

당대의 유럽은 로렌스가 보기에 사회체재와 인간의 전체가 물질 추구 욕망과 이성·지성의 과신으로 하여 마치 피가 없는 창백한 물질이나 기계로 전락한 것처럼 보였다. 이와 같은 로렌스의 문명 비판 철학은 『무지개』, 『사랑하는 여인들』, 『날개 달린 뱀』(The Plumed Serpent), 『채털리 부인의 사랑』(Lady Chatterley's Lover) 등과 같은 소설들을 읽을 때 작품의 가장 핵심적인 모티프로서 설정되고 있음을 알 수 있다. 『무지개』를 예로 들면 작품의 서두에 묘사된 브랭웬 집안 사람들의 전원적 삶에는 산업문명과 사회적 인습의 때에 오염되지 않고, 그리고 과도한 지성으로 자신을 상실하지도 않고 우주 자연과 적나라하게 피의 교환(blood-exchange)과 피의 친화(blood-affinity)를 향유하는 자족한 삶을 엿볼 수 있다. 하지만 작품은 뒤로 갈수록 이러한 피의식의 소유자들과는 상반된 사람들이 참된 자아의 주체성에 반하는 자만심에 가득 찬 주지주의, 또는 욕망과 의지에 가득 찬 물질주의와 기계주의로써 비실체적이고 무의미한 삶을 영위하는 모습을 보인다. 『채털리 부인의 사랑』을 예로 들자면 클리포드 경(Sir Clifford)과 그의 산장관리인 멜로즈(Mellors)의 인물대비에서 과잉된 지성·이성으로 삶을 무의미하고 공허하게 낭비하는 지적 의식(mental consciousness)의 소유자와 이에 반하여 자연스러운 감각과 감성을 따르면서 삶을 실체적으로 살아가는 피의식(blood-consciousness)의 소유자 사이에 나타나는 대립구도를 발견할 수 있다.

위에서 러셀이 언급하는, 로렌스가 보냈다는 편지에는 1916년 2월 콘월에 체재할 때의 것도 포함되어있다. 이 편지에서 로렌스는 러셀이 주장한 교육론의 내용을 격렬하게 비난한다(CL, pp.432 – 33). 그것은 피의식의 영역인 무의식을 무시했기 때문이다. 그런 까닭에 로렌스는 러셀더러 군중에게 왜곡된 사실을 전달하는 교사와 설교자가 되어서는 안 되며, 오히려 그런 사실을 어기는 무법자가 되어야 한다고, 또한 군중으로부터 떨어져 나와 그것을 청취한 군중들에게 폭탄을 던지라고 극언한다.

> 당신은 교육에 관해서 쓴 편지에서 무의식이라는 것을 중요하게 여기지 않았다고 말했습니다. 그것은 순전히 잘못된 것입니다. 의식의 전체와 의식적인

내용은 낡은 모자에 지나지 않습니다 — 그것은 당신의 목 주위의 맷돌인 것입니다. 그것을 잘라버리시오 — 당신의 의지를 잘라버리고 당신의 낡은 자아를 내버리시오. 당신의 수학조차도 단지 죽은 진리인 것이오: 당신이 아무리 죽은 쇠고기를 멋지게 빻는다 할지라도 당신은 그것을 다시 살아나게 할 수는 없을 것이오. 기계적인 도구가 되지 말고 활동하고 글 쓰는 것을 완전히 멈추시오. 완전한 사교계의 배로부터 내리시오. 당신의 자존심을 위하여 단순한 무(無), 한 마리의 두더지, 또는 스스로의 방식으로 느끼면서 생각하지 않는 생물이 제발 되십시오. 제발 어린애가 되십시오. 그리고 더 이상은 학자가 되지 마세요. 더 이상은 어떤 것을 하지 마세요 — 제발 '존재하'도록 하세요 — 바로 맨 처음에서 시작하여 완전한 어린애가 되세요: 용기의 이름으로….

You said in your lecture on education that you didn't set much count by the unconscious. That is sheer perversity. The whole of the consciousness and the conscious content is old hat — the millstone round your neck. Do cut it — cut your will and leave your old self behind. Even your mathematics are only dead truth: and no matter how fine you grind the dead meat, you'll not bring it to life again. Do stop working and writing altogether and become a creature instead of a mechanical instrument. Do clear out of the whole social ship. Do for your very pride's sake become a mere nothing, a mole, a creature that feels its way and doesn't think. Do for heavens sake be a baby, and a savant any more — start at the very beginning and be a perfect baby: in the name of courage.(*CL*, pp.432 – 33)

웨인 번즈(Wayne Burns)에 의하면 위의 글을 비록 로렌스는 심각하게 여기지 않고 썼다고 할지라도 러셀은 너무나 심각하게 생각하여 한 때 자살하려는 지경이 되었다고 한다.[8] 로렌스가 지성과 이성주의를 싫어하는 것은 추상성, 관념성 때문이다. 감각적 실체나 살아있는 몸에 바탕을 두지 않는 이론이나 교육은 허상에 지

---

8) Wayne Burns, "Lady Chatterley's Lover: A Pilgrim's Progress for Our Time", *D.H.Lawrence Critical Assessments* edited by David Ellis and Ornella De Zordo(East Sussex: Helm Information Ltd., 1992), p.84.

나지 않는 것이다. 생명주의자로서 로렌스는 자기주장의 준거를 역동적인 몸과 살아있는 감성에 두며, 여기에 감성과 영성이 하나로 결합된 신체적 실체를 중시한다. 로렌스는 1915년 9월 러셀에게 보낸 다른 편지에서 "나는 또 다시 당신과 논쟁하려 합니다. I'm going to quarrel with you again."(CL, p.366)라고 서두를 꺼내면서 러셀이 그에게 보내었던 논문은 그럴싸한 거짓이며, 언제나 핵심을 벗어나 있고, 그래서 그것을 증오한다고 공격한다. 러셀이 어느 강연장에서 행했던 연설에 대해 거기에 참석했던 한 여인이 로렌스에게 와서 전달한 일화를 언급하는 부분은 역설적인 풍자로서 흥미롭다. 내용인즉, 너무나 이상스럽게 러셀이 평화와 사랑에 관해서 말을 하면서도 그토록 얼굴 모습이 사악하게 보였고 자신이 말한 것을 실제적으로 의도할 수 없었다는 것이다(CL, p.367). 로렌스는 러셀이 진리를 말하는 힘에 대해서는 인정한다고 하면서도 그가 증오하는 "의지 will"에 러셀이 충만해 있음을 혐오했다. 로렌스에게 있어서 '의지'란 어떠한 사물에 대해서 지니는 "거짓되고 잔인한 악마적 억압욕망 false, cruel, devilish repressions of desire"으로서 "왜곡된 지적 피의 굶주림 a perverted, mental blood-lust"에 지나지 않으며, 결국 "사람의, 즉 피와 살의 증오 the hatred of people, of flesh and blood"에 해당한다는 것이다(CL, p.367). 이 편지의 마지막 부분에서 로렌스는 공격과 비난을 마무리하면서 서로 남이 되는 것이 더 낫다는 결별선언을 한다. 여기서 잠시 주목할 것으로 로렌스의 '의지론' 개념은 지적 성향이 강한 인간에게 기본적으로 작동되는 사악한 요소이다. 이 점에 대해 좀 더 살펴보자. 로렌스가 "존재함 to be"의 상태로부터 벗어나 인간을 잘못되게 하고 파괴하는 요소로서 지목하는 것이 '의지'이다. 왜곡성을 지닌, 집요한 '의지'의 문제점에 대한 로렌스의 비판은 그의 미국고전문학 평론에 잘 나타나 있다. 역사적으로 미국인들에게서 나타나는 이러한 '의지'의 특성에 대해 로렌스는 『미국 고전문학연구』(*Studies in Classic American Literature*)에서 포우(Edgar Allen Poe), 멜빌(Herman Melville), 호오돈(Nathaniel Hawthorne) 등의 문학 비평을 통해 날카롭게 지적하고 있다. 리처드 호프스타터(Richard Hofstadter)는 저서 『미국인의 삶에서의 반지성주의』(*Anti-intellectualism in American Life*)에서 로렌스가 미국인들의 이러한 정신적 본질을 "딱딱하고, 고립되고, 금욕적이며, 그리고 살인자 hard, isolate, stoic, and killer"라고 언명하게 했다고 말한다.[9] 로렌스는 여러 소설에서 작중인물들의 성격묘사 가운데서 이러한 '의지'의 잘못된 파괴적 작용을 핵심적인 모티프로 삼고 있다. 특히 상류계층, 예컨대 거대산업자본을 소유한 최고경영자, 지식과 교육을 많이 받은 지식인이나 예술가들에게서 '의지'는 대인관계나 남녀관계, 인간과 자연과의 관계 등을 통해 그들의 이기적인 욕망의 중심적 요소로 등장한다. 이러한 지적 '의지'는 로렌스에게는 활력적이고 역동적인 감수성과 감각을 고사시키는 것으로 보였다. 그것은 억압, 통제, 지배, 소유 등에는 성공적으로 만들지만 자연스러운 감각이나 생동하는 감수성이 주는 온전함과 충만감을 파괴한다고 본다.

『사랑하는 여인들』의 제 3장 '교실'(Classroom)에서는 고등학교 (Willy Green Grammar School) 교사로 학급주임을 맡고 있는 더욱

---

9) Richard Hofstadter, *Anti-intellectualism in American Life*(New York: Vintage Books, 1963), p.49.

성장한 어슐러와 장학사인 버킨, 그리고 지금까지 그와 연인관계인 허마이오니(Hermione), 그런데 어슐러와 허마이오니는 마음속으로는 연적관계이지만, 이렇게 세 사람 사이에 버킨이 제기하는 "어두운 앎 dark knowledge"과 "어두운 관능 dark sensuality"이라는 화제를 중심으로 논쟁이 벌어지는 장면이 나온다. 어슐러의 식물학 교과목 수업시간에 교실에서 먼저 버킨과 허마이오니 사이에 식물의 암수 양성간 생식이라는 자연의 성에 관한 현상을 시발로 하여 이어지는 이 논쟁은 점점 더 격렬해진다. 이 삽화는 상류계급 출신으로 지성 과잉의 여성인 허마이오니의 주지주의와 이에 상반되는 버킨의 감성주의가 대결하는 국면이다. 로렌스에게 어두운 앎에 관한 개념과 철학은 이미 앞에서 살펴보아 알 수 있듯이 창조적인 생명의식이나 피의식과 연관되는 것으로서 지적 의식과는 대립되며, 깊은 내적 자아, 본능, 직관, 자발성, 무의식 등을 기본적인 요소로 삼는다. 이것은 본질적으로는 자아를 무한히 창조적인 존재로 만드는 성격을 지니고 있지만 부정적인 형태로 작용할 때는 사악하고 퇴폐적이고 파괴적으로 변하기도 한다. 즉 양가성을 지닌 실재라고 할 수 있다. 그런 점에서 현대적 여성을 대변하는 허마이오니는 버킨이 말하는 어두운 앎이나 어두운 관능을 제대로 이해하지 못한다. 그녀는 과잉된 지적 의식과 지적 자만, 그리고 고정된 의지로써 자신의 참된 자아를 파괴하고 희생시킬 뿐, 자연스럽고 자유로운 본능과 관능, 감성이 고갈된 여성이다. 그런 까닭으로 지금까지 그녀는 버킨과는 연인관계에 있으면서 대립과 갈등을 계속해 왔다. 그녀에게는 순수한 관능과 정열, 즉 어두운 앎의 영역이 정작 필요하지만 그것을 억지스러운 의지와 지적 자만으로 거부하고 있다고 버킨은 지적하면서 "어두운 앎"의 세계를 받아들이라고 충고한다. 그녀는 반지성적인 이러한 주장을 듣고 충격을 받아 그를 "무서운 악마주의자 dreadful satanist"(p.47)라고 격렬하게 냉소하고 비난한다. 그러나 버킨이 역설하는 어두운 앎은 위대한 악마라는 역설적 진리를 지니고 있으며, 허마이오니의 두뇌적인 주지주의를 초월하여 존재하는 훨씬 참되고 실체적인 앎이다. 두 여인이 이해하기 힘들어하는 버킨의 발언에는 용어상의 오해를 불러일으킬 소지를 지니고 있지만, 그가 강조한 "어두운 앎"이란 두뇌적, 지적 의식으로는 전혀 알지 못하는, 신비롭고 자연스럽고 자유로운 무의식 혹은 피의식을 매개로 하여 감각적으로 존재의 창조적 실현을 이룰 수 있게 하는 진리를 담보하고 있는 것이다. 다음은 어슐러가 버킨에게 정말로 관능을 원하느냐고 질문했을 때 두 사람 사이에 응답과 질문이 진행되는 장면이다.

'…그것은 하나의 충족입니다. 머리로서는 얻을 수 없는 위대한 어둠의 지식 ─ 어두운 무의식적인 존재인 것입니다. 그것은 자기에 대한 죽음입니다 ─ 하지만 그것은 다른 존재 속으로 들어가는 것입니다.' '그런데, 어떻게요? 머리에 의하지 않고 어떻게 지식을 얻을 수가 있어요?' 어슐러가 물었다. 그의 말을 전혀 이해할 수가 없는 것이다. '피에 의해서요.' 하고 버킨이 말했다. '정신과 인식된 세계가 어둠 속에 빠졌을 때 ─ 모든 것은 흘러야만 되고 ─ 틀림없이 물바다가 될 것입니다. 그러면 당신은 당신 자신이 감촉할 수 있는 어둠의 육체인 것을, 말하자면 악마인 것을 알게 됩니다.' ─ '하지만 왜 나는 악마가 되어야하는 건가요?' 하고 어슐러가 물었다. '여자는 사랑하는 악마를 위하여 울었느니라'라는 말을 버킨은 인용했다 ─ '글쎄 난 그건 모르겠습니다.'

'It is a fulfillment ─ the great dark knowledge you can't have in your head ─ the dark involuntary being. It is death to one's self ─ but it is the coming into being of another.' 'But how? How can you have knowledge not in your head?' she asked, quite unable to interpret his phrase. 'In the blood', he answered; 'When the mind and the known world is drowned in darkness – everything must go – there must be the deluge. Then you find yourself in a palpable body of darkness, a demon' – 'But why should I be a demon – ?' she asked. '*Woman wailing for her demon lover*' – he quoted – 'why, I don't know.'10)

이러한 반주지주의 논쟁은 당대 지식계 인사들의 주지주의적인 사고방식에 대한 로렌스의 비판과 거부를 표현하는 일례에 속한다. 허마이오니는 외적으로는 수많은 지식을 가지고 있지만, 진정한 의미의 내적 자아로 돌이켜서 들여다본다면 남아있는 것이라곤 굳어진 의지, 집요한 두뇌적 힘, "제한된 개념의 동아리 a limited set of concepts"(p.45)에 감금되어 있을 뿐이다. 그럼으로써 그녀는 생명의 창조적인 활력과 자아의 어두운 신비적 영역을 억압하고 있다. 그런 만큼 그녀의 정신은 일종의 공허한 "거울 mirror"(p.45), 즉 허상인 비실재일 뿐이다. 그래서 그녀의 자아는 헛되고 거짓된 딱딱한 자의식 때문에 활기와 생명력이 고갈되어 있다. 그녀에게 필요한 것은 일차적이고 직접적인 감각과 본능, 자발성에 기초하는 생명력, 순수한 자연성이다. 언제나 관찰하고 분석하는 것이 습관화되어진 그녀의 지적 의식은 직접적인 것이 아니라 "이차적인 secondary"(p.45) 것일 뿐이다. 버킨은 그녀에게 직접적인 "어두운 생명의 실체적 몸 dark real body of life"과 어둠의 관능이 없다고 질타한다. 그녀가 그렇게 된 것은 그녀에게는 오직 의지와 의지의 자만심과 힘에 대한 갈망만이 있기 때문이며, 그러한 것들은 모두 알고자 하는 데

---

10) D.H.Lawrence, *Women in Love*(Harmondsworth Middelesex: Penguin Books Ltd., 1979), pp.46 – 47.

서 온 것이라고 버킨은 지적한다(p.46). 다시 말해 '의지'는 지적 의식에서 온 것이다. 그녀에 대한 버킨의 비판은 신랄하고 아이로니컬하지만 깊은 진리를 담고 있다.

허마이오니는 과잉된 두뇌적, 지적 의식을 지님으로써 생명을 죽이고 진정한 자아의 내적 충족감을 박탈당한 과학기술 시대의 비극적인 인간유형이라고 할 수 있다. 가세트(Gasset)가 현대문명의 진단에 붙인 표현을 빌면 그녀는 "최고로 무거운 주지주의의 쇠사슬 the heaviest chain of intellectualism"[11]에 사로잡힌 희생자이다.

로렌스는 "민주주의 Democracy"라는 에세이에서 지적 이상주의자는 완벽한 물질주의자라고 규정하면서. 이것은 전혀 역설이 아니라고 말한다. "이상 the ideal"이란 "단지 고정되어진 정적 실체이며, 살아있는 생명의 육체로부터 떨어진 하나의 추상이다. only a fixed, static entity, an abstraction, an extraction from the living body of life."[12]는 것이다. 우리 삶의 목표인 창조적 생명은 자발적인 동력을 특징으로 하고 미지의 이슈들을 창출하지만 미리 인지할 수는 없다. 그런 점에서 하나의 '이상'은 만들어지는 과정에 있는 단지 하나의 기계일 따름이라고 본다(p.528). 로렌스는 존재의 창조적 실체란 곧 존재의 살아있는 실제적 핵심이기 때문에 고정되지 않을 때 실현가능하다는 것이다. 만약 사람들이 이러한 것으로부터 추상화된다면, 그리고 여러 보편자들을 일반화하고, 규정한다면 곧바로 그들은 창조적 실체로부터 이탈해버리고, 정적 고정

---

11) 이에 대해서는 Jose Ortega Y. Gasset, "Self & Other", *The Dehumanization of Art* (Princeton: Princeton University Press, 1972), pp.196-97 참조.

12) A.A.H.Inglis ed. *D.H.Lawrence: A Selection from Phoenix*(Hqrmondsworth Middlesex: Penguin Books Ltd., 1979), p.528.

성, 기계주의, 물질주의의 영역으로 들어간다는 것이다(p.529). 이와 같은 로렌스의 존재와 생명에 관한 핵심사상은 그의 소설 창작에서 인물창조에 적용되는 대원칙이 되고 있다. 철학자 질 들뢰즈(Gilles Deleuze)와 펠릭스 가타리(Felix Guattari)는 존재의 본질로서 유목민적 특성을 강조했는데 로렌스의 문학작품과 철학에서 자신의 유목민적 존재철학 요소들을 발견했기 때문에 존재의 창조적 생명을 지향하는 로렌스를 높이 평가하였다.13) 존재의 창조적 실현을 위해서는 끊임없이 유동하고 진동하고 수용하는 감성을 필요로 한다. 바로 이러한 감성을 중심으로 하여 우주 자연의 리듬과 진동에 맞추어 살아갈 때 창조적인 삶이 실현될 수 있는 것이다.

로렌스에 의하면 위의 에세이 "민주주의"에서, 생명활동이 고정된 활동으로 되는 것은 일종의 "타락 fall"이다(p.532). 따라서 모든 교육은 이러한 타락을 방지하는 데 주의를 기울여야 한다는 것이다(p.533). 이러한 타락이 생기는 것은 욕구가 자동화하여 기능적인 것으로 빠지거나, 마음속에 고정된 중심축을 세워 놓고 야망이나 정신이 이 축을 두고 돌아가게 만들려고 하는 이상주의적 경향 때문이다. 이러한 경향이 생기게 되면 자발적이고 순수한 존재로부터 물질주의적이고 기계주의적인 자아로의 타락이 일어나게 되고(pp.532 - 33 참조), 기계법칙에 의하여 전적으로 결정되는 자동 단

---

13) Gilles Deleuze and Felix Guattari, *A Thousand Plateaus: Capitalism and Schizo-phrenia*(Minneapolis: University of Minnesota Press, 1994). 두 저자는 로렌스의 거북이 시편에 관한 논평을 통해 로렌스의 "생성"(becoming) 모티프를 경탄한다. "로렌스에게 그가 행한 거북이-되기는 감정적 또는 가족적 관계와는 전혀 무관하다. 로렌스 역시도 자신의 글쓰기와 전대미문의 실재적 동물-되기를 연결할 줄 알았기 때문에 우리에게 문제와 경탄을 불러일으키는 작가 중의 한 사람이다."(p.244). 이러한 두 저자의 "생성" 또는 "되기"(becoming)의 철학사상을 기반으로 하여 로렌스의 장편소설들을 분석한 박사학위 논문으로는 김병렬, "D.H.로렌스 소설의 노마드적 탈주"(부산대학교, 2008)가 있다.

위체가 되며(p.535.), 생명의 자발적인 통합성이 붕괴되는 지점까지 나아가게 된다(p.534.). 추상적이고 관념적인 사고에 빠져 이념이나 이상주의를 추구한다면 이와 같은 잘못된 타락이 초래될 뿐이다(p.534.). 요컨대 로렌스가 혐오한 것은 과학기술 사회의 산업기계는 물론이고, 지식계와 사교계의 엘리트 계층에서 목격할 수 있었던 인간의 기계성이다. 콜린 클라크(Colin Clarke)에 의하면 로렌스는 기계가 인간 내부에 있는 것으로 본다는 것이다. 그 결과 현대 사회에서 개인은 순전히 기능적 혹은 도구적인 의미로 환원되어 인식되며, 이것이 『무지개』, 『사랑하는 여인들』, 『채털리 부인의 사랑』에 나타난 로렌스의 지배적 견해라는 것이다.[14] 로렌스가 그의 소설작품들과 에세이에서 끊임없이 문제점을 제기하며 혐오한 '의지'는 지성과 이성의 기반을 이루는 요소로서, 콜린 클라크의 견해로는 모든 '통제적 원리 control-principle' 중에서 가장 거대한 것이며 거대한 '기계원리 machine-principle'이다. 그에 의하면 산업화 사회에서 이러한 원리는 폭력적으로 작용한다. 이러한 통제와 기계 원리는 로렌스가 가장 중요하게 여기는 인간의 살아있는 감각 혹은 감수성에 치명적인 적이 된다. 산업자본과 기술 중심의 현대 영국사회에서 지적 의지를 적극 활용하여 계산과 이익만을 추구하는 산업경영자들에게서 이러한 원리는 쉽게 결합될 수 있는 것이다. 로렌스에게 그러한 원리가 작동하는 현실은 너무나 폭력적이고 위험하게 보였다. 우리는 이러한 지성과 이성에 나타나는 '의지'의 문제성을 여러 소설들을 통해서 찾아볼 수 있지만 『채털리

---

14) Colin Clarke, "V. Mechanical and Paradisal: *The Plumed Serpent* and *Lady Chatterley's Lover*", *River of Dissolution: D.H.Lawrence & English Romanticism*(London: Routledge & Kegan Paul Ltd., 1969).. p.131.

부인의 사랑』에서 여주인공 코니의 남편인 클리포드 – 상징적으로 기계이며, 육체적 정신적으로 불구인 사람이지만 – 를 묘사한 대목에서 생생하게 볼 수 있다.

『채털리 부인의 사랑』에서 제 11장은 여주인공 코니가 남편 클리포드 가문의 영지인 영국 중부지방의 탄광제철 공업지대를 차를 타고 둘러보러 나가는 여행을 통해 느끼는 산업사회의 기계화된 인간성과, 생명이 사멸된 인간존재와 자연환경에 대한 환멸과 비애의 감정을 묘사하는 데 할애되고 있다. 여기에 묘사된 자연과 인간의 파괴와 타락은 과학기술과 그것에 의한 산업화와 엘리트 지배계급의 지성 등에 기인하는 것이다. 이 지역 일대는 탄광제철 산업으로 인한 오염물질로 모든 생명체들이 시들어가고, 공장 기계에 따르면서 일하는 노동자들은 죽은 사물처럼 추락하여 죽음의 잿빛 존재로 살아간다. 환경오염은 이 시기에 와서는 이전의 소설들인 『무지개』, 『사랑하는 여인들』에 묘사된 영국의 중부지역 탄광지대보다 훨씬 더 심각해져 있다. 이 소설에는 어느 초등학교의 음악수업으로부터 들려오는 아이들의 목소리마저 기계화되어있는 듯이 느끼는 대목이 나온다. 코니는 다섯 명의 여학생들이 학교 교실에서 발성연습을 마치고 반주에 맞춰 부르기 시작하는 '즐거운 어린이의 노래'(a sweet children's song)를 가슴이 억눌리는 기분으로 듣는다. 들려오는 그들의 목소리는 기묘한 기계의 외침처럼 들리고, 오직 무서운 의지력만이 남아있는 듯이 느껴진다.[15] 이 지방의 사람들에게는 모두가 자연스러운 생명력과 싱싱한 직감력은

---

15) D.H.Lawrence, *Ladty Chatterley's Lover*(Harmondsworth Middlesex: Penguin Books Ltd., 1974), p.158.

사멸해버리고 오직 공장의 돌아가는 기계처럼 무서운 의지력만 남아 있는 듯하다. 학교 주변의 모든 것들은 오염으로 더럽혀져 있어서 자연계의 생물들이 지니고 있는 본래의 아름다움이나 자연스러움은 어느 곳에서도 찾아볼 수 없고, 학생들도 똑같이 타고난 본래의 감각과 생명을 상실했다.

이 장을 읽어보는 독자는 감각과 생명이 박탈된 현대 영국 산업사회에 대해 코니와 마찬가지로 섬뜩한 공포를 느끼고 충격으로부터 벗어나기 힘들 것이다. 이와 같은 점을 감안한다면 로렌스가 왜 새롭게 학교교육에서 감성주의 교육을 그토록 역설하는지를 잘 이해할 수 있다. 그의 감성주의 교육론 주장은 세상의 치열한 상황을 제대로 파악하지 못하는 사람이 늘어놓는 순진한 낭만주의가 아닌 것이다. 이러한 로렌스의 감성주의 교육론은 루소(Jean Jacques Rousseau)의 자연주의적, 낭만주의적 교육론과 공통점이 크다. 다음 장에서 로렌스의 감성중심의 교육론을 루소의 교육사상과의 유사점을 중심으로 그 성격을 살펴보고자 한다.

4. 루소의 감성적 자연주의 아동교육관과
로렌스의 루소주의

    로렌스는 초등학교와 고등학교에서 교사생활을 하는 중에 당대 영국사회의 심각하게 왜곡된 아동교육 문제를 진지하게 생각하고 고민하면서 개혁해야 한다고 주장했다. 그의 주장을 보면 교육개혁가라고 할 수 있을 만하다. 그의 교육사상의 핵심은 주지주의에 대항하여 인간의 자연성과 감수성을 중시하는 것이다. 당시에 영국은 학교나 국가나 교사들은 그것을 신장하는 대신에 잘라버리고 못 쓰게 한다고 로렌스는 비난한다.

    로렌스가 쓴 『무의식의 환상』에는 성장과정에 있는 아이들의 감수성과 자연성을 보존하고 더욱 발양하기 위한 학부모와 교사와 국가의 교육 방식과 정책의 문제점을 통찰력 넘치는 아이디어들로써 비판하고 대안을 제시하는 여러 장(章)이 들어있다. 예를 들면, 6장, '정신의 초기 형성 First Glimmerings of Mind', 7장, '교육의 첫 단계들 First Steps in Education', 8장, '남자와 여자와 아이에 있어서의 성과 교육 Education and Sex in Man, Women and Child' 등이 그렇다. 제 6장. '정신의 초기 형성'에서 로렌스는 아동을 위한 참된 교육목표는 이상적인 것(ideal) 혹은 지적인 것(mental)이 되어서는 안 되고, 언제나 지성 이전의 것(pre-mental), 비지적인 것(non-mental)이어야 한다고 역설하면서 이에 해당하는 가장 전형적인 존재는 "자연 상태 속에서 사는 야만인 the savage in a state of nature"(p.68)이라는 것이다. 아이도 마찬가지의 존재라고 본다. 영국의 아이들은 지적 조종과 지적 의식을 극대화하도록 강요하는 것이 학교교육의 목표가 되고 있기 때문에 학교에 보내져서 그들에게 치명적으로 잘못된 일을 당하고 있다는 것이다. 그래서 몇 개의 기능연수 기관을 제외하고는 모든 학교가 즉시 폐지되어야 하며, 인간성은 적어도 두 세대 동안은 땅에 묻혀 두고 아이도 본인의 지속적 욕구에 의해 혼자 글을 깨치지 않는 한 그냥 내버려 두라고 충고한다(pp.68 - 69). 로렌스의 이러한 교육관은 강력한 반주지주의에 입각한 자연주의적, 낭만주의적 교육관이라고 할 수 있다. 루소도 역시 저서 『에밀』(Émile)을 통해서 로렌스와 마찬가지로 자연주의적, 낭만주의적인 교육관을 설파하였는데 그런 점에서 두 사람의 교육관과 사상은 너무나 유사하다.

루소가 저서 『에밀』을 통해서 설파한 자연주의적, 낭만주의적 교육관은 당시에 커다란 반향을 불러일으킨 혁명적인 것이다. 루소는 그의 생존 당시 프랑스의 학교교육이 아이들로 하여금 자연상태를 뒤틀어서 인간성을 불구로 만든다고 비판했다. 이 저서의 제 1부 첫 서두에 그는 "창조주는 만물을 선하게 창조하였으나 인간의 간섭으로 악하게 되었다. 인간은 어떤 땅에 다른 땅의 산물을 생산하려고 하고 어떤 나무에 다른 나무의 열매를 맺게 하려 한다"고 언명한다.[16] 그는 마치 인간을 조련말처럼 훈련시키고, 정원수처럼 자신의 취미에 맞게 모양을 바꾸려 애쓰고 있는 것이 프랑스의 학교교육이라는 것이다. 루소에 의하면, 인간은 모든 것을 파괴하여 손상시키고 더럽히며 괴이한 것을 좋아하여 자연을 그 자체로 내버려두지 않는 의지에 차있다는 것이다. 사회적 권위나 필요, 그리고 모든 사회제도라는 것들도 사람들의 자연성을 억제하기 때문에 불필요하다고 본다. 따라서 국가와 학교는 교육의 목표를 인간 내면에 잠재하고 있는 "자연성"을 살리고(p.33), "자연인이 무엇인가를 알도록 하는 것에 두어야 한다."(p.34) 고 제안한다. 루소의 이러한 주장은 로렌스와 너무나 유사함을 알 수 있다. 이와 같은 맥락에서 로렌스는 유럽의 "자연 종교 natural religion"[17] 신봉자들에 속하는 낭만주의 문인과 철학자들, 예컨대 프랑스의 루소, 영국의 워즈워스(William Wordsworth), 미국의 소로우와 에머슨 등의 작품을 읽는 것을 열렬히 좋아했다. 로렌스에 의하면 자라나는 아이들의 성장과 생활에서 중요한 사항은 지적 혹은 정신적인 의식작용에 의해 인위적인 덫이나 색깔로써 자아의 자연성과 타고난 의식의 순수성을 훼손당하지 않도록 하는 것이다. 이러한 자연성과 순수성을 로렌스의 다른 말로 표현하면 "존재 to be"라고 할 수

---

16) 정봉구 옮김, 『에밀』(서울: 범우사, 2006), p.31. 이후 이 책의 인용은 이 번역본을 사용함.
17) 이 용어는 다음 책에서 차용했다: Arnold Smithline, *Natural Religion in American Literature*(New Haven Conn.: College & University Press Publishers, 1966). 이 저서는 미국의 Emerson, Whitman, Theodore Parker, Philip Freneau, Thomas Jefferson, Thomas Paine, Ethan Allen 등의 작가들과 저술가들에 관한 자연종교적 접근의 연구서이다.

있다. 로렌스는 어린아이들을 위한 교육의 목표를 "존재"에 두고 이것을 훼손하거나 가로막는 장애요소를 배제하여야 한다고 주문한다.

> 우리의 궁극적 목표는 '아는 것'이 아니라 '존재하는 것'이다. '너 자신을 알라'는 말처럼 위험한 것도 없다. 그저 단순히 알기 위해서가 아니라 자기 자신이 되기 위한 수단으로 너 자신에 대하여 가능한 한 많이 알아야 한다. '너 자신이 되어라'는 것이 최종의 모토이다.

> The final aim is not to know, but to *be*. There never was a more risky motto than that; *Know thyself*. You've got to know yourself as far as possible. But not just for the sake of knowing. You've got to know yourself so that you can at least be yourself. 'Be yourself' is the last motto. (*Fantasia*, p.68).

로렌스의 이러한 "존재 to be"의 교육사상은 동양의 노자와 장자가 주장하는 무위자연, 불교에서 주장하는 무위청정심 사상과도 일치한다. 다시 말하면 로렌스는 자연으로부터 부여받은 역동적인 감각을 잃지 않은 감수성의 유지와 발전에 교육의 목표를 둔다고 할 수 있다. 로렌스가 산업과 기술, 과학, 과도한 지성 등으로 인간에게서 본래의 원초적인 자연성을 파괴한 현대문명을 비판한 것에는 이러한 역동적인 감각과 감수성의 상실로 인한 인간의 위기 상황을 통찰했기 때문이다. 로렌스에게 억압적이고 통제적인 의지와 지성으로 과잉된 현대문명은 자연스러운 감수성을 상실되도록 하여 인간의 모습은 피와 살이 말라버린 병자나 잿빛 회색의 죽은 사람에 다름 아니었다. 그는 우리에게 너무 지나치고 과격하게 느껴지는 감성주의 모토와 감성 중심의 교육을 주장하는 것처럼 보이지만 자연스러운 감성이 고갈하도록 만든 당대의 심각한 사회적 제도적 현실을 감안한다면 충분히 이해할 수 있을 만하다.

　로렌스는 이러한 감성 중심의 교육적 논리와 원리를 바탕으로 삼기 때문에 어머니가 아이에게 사상을 심어주거나 생각하는 것을 가르치는 노력은 없어야 하며, 단지 동적인 활동으로 아이들을 종용하고 끌어올리면 된다고 말한다. 이론이 아닌 실제의 몸짓, 신체 접촉, 얼굴표정으로 족한 것이지 어떤 개념, 관념, 사상을 아이들에게 갖지 말라고 조언한다. "활력 있고 섬세한 감성적인 적응 adjusting one thing to another livingly, delicately, sensitively"과 "본능적 적응 instinctive adjustment"이 필요하며 몸의 감각 중심(sensual centre)을 억제하거나 종속시켜서는 안 된다는 것이다(Fantasia, p.80). '의지'와 지적 정신은 억제와 지배에 개입하며 감성에 기초를 두고 있는 "자연발생적인 사랑 spontaneous love"을 방해하고, 만족할 줄 모르는 병적인 호기심으로 작용한다고 본다. 따라서 아이들에게 뭔가를 가르치고자 할 때는 규율이나 정신적 명령에 의한다면 끔찍한 결과를 가져올 뿐으로, 아이 인체의 모든 센터들로부터, 그리고 아이의 모든 감정들을 통해서 배울 수 있도록 반복적으로 가르쳐야 하며, 그럴 때 아이는 즐겁고 재미로 배우게 되고, 자율적 행동의 충만함이 이루어질 수 있다는 것이다. 이에 반하여 아이의 "상부적인 정신적 모드 upper spiritual mode"(Fantasia, p.80)를 과장하면 자아주체성을 상실하게 하여 위험을 초래한다고 로렌스는 경고한다. 로렌스의 무의식과 정신분석의 이론에서 정신적, 지적인 영역은 두뇌와 신경 작용으로 지각이 이루어진다고 보는 "상부적 자아 upper self"에 귀속되고, 이에 반하여 감성적 영역은 직관, 본능, 몸 전체의 살과 피로 이루어진다고 보는 "하부적 자아 lower self"에 귀속된다. 이 두 자아 영역 중에서 로렌스가 일관되게 중요한 것으로 강조하는 쪽은 후자의 하부적 자아이다. 영국의 교육 당국과 국가는 공공 일반교육에서 고정된 의지로 아이들을 묶어 두려하고 생명을 강제로 구속해 두려 하기 때문에 그들을 망치고 있으므로 그들을 구하려면 공공교육 제도에 보내져서는 안 된다고 비난한다. 그리고 대학의 교양교육도 마찬가지라는 것이다.

사실인즉 오늘날의 교육과정은 너무도 황폐하고 거칠어서 우리의 존재를 위협하는 가장 큰 위험이다. 아이들을 잡고서 입버릇처럼 되뇌이는 강압으로 정신적인 속임수를 쓰고 있다. 인위적이고 불건전한 강요로 그들에게서 뇌적 활동을 강요한다. 몇 년 후 그들 머리에 풍차 몇 개를 집어넣은 채 돈키호테처럼 엉망이 되도록 놓아준다. 그들이 머리로 배운 모든 것들은 동적 정신에 아무런 도움이 안 된다…. 사실을 말하자면 인류가 감염된 가장 무서운 세균이 개념이다. 이것은 학교에서 뇌에 주사로 주입되고 신문의 수단으로 보급되는데 이렇게 되면 우리는 끝나게 된다. 오늘날 고통의 원인은 단순히 머리에 주입된 관념이 마치 미친 벌레처럼 날뛰기 시작하면서부터이다. 자율적 중심에 의존하여 살아가는 대신 머리로 살고 있다. 우리는 정신이 나갈 때까지 정신적 의식을 갈고 쌓는다. 자발적 존재로서의 중심들은 철저히 닳고 자동화되어서 부조화와 붕괴로 삐걱된다. 우리는 모두 바보 멍청이이며 간질병자들인데 우리가 미쳐 날뛰는 것을 알지 못한다.

The fact is, our process of universal education is today so uncouth, so psychologically barbaric, that it is the most terrible menace to the existence of our race. We seize hold of our children, and by parrot-compulsion we force into the a set of mental tricks. By unnatural and unhealthy compulsion we force them into a certain amount of cerebral activity. And then, after a few years, with a certain number of windmills in their heads, we turn them loose, like so many inferior Don Quixotes, to make a mess of life. All that they have learnt in their heads has no reference at all to their dynamic souls….

To tell the truth, ideas are the most dangerous germs mankind has ever been injected with. They are introduced into the brain by injection, in schools and by means of newspapers, and then we are done for. An idea which is merely introduced into the brain, and started spinning there like some outrageous insect, is the cause of all our misery today. Instead of living from the spontaneous centres, we live from the head. (*Fantasia*, pp.82-83)

로렌스는 대부분의 사람들에게 지식은 "상징적이고 신비하며 동적인 것 symbolical, mythical, dynamic"(*Fantasia*, p.77)이 되어야 한다고 주장한다. 이러한 인간형을 로렌스는 원시인, 고대인, 신화적 세계에서 발견하였다. 그러한 인간이 되려면, 정신, 즉 지적 의식을 자극해서 되는 것이 아니라 활력적인 감각과 감수성을 유지할 때 가능하다고 할 수 있다. 동적인 자아가 되려면 몸의 오감(five senses)이 생동적으로 살아있어야 하며, 외적 억압이나 통제에 영향을 많이 받는 "지적인 앎 knowing" 대신에 그러한 억압이나 통제에 크게 좌우되지 않는 자아의 내적 순수성을 보존하는 "존재 being"를 필요로 한다(*Fantasia*, p.76). 자라나는 아이들에게 이와 같은 동적 감각과 자연스러운 감수성을 키우려면 교육은 두뇌 속으로 지식을 주입하는 지식중심형의 인간을 목표로 해서는 안 된다는 것이다. 이러한 방법은 자연주의적인 교육론이라고 일컬을 수 있다. 로렌스의 교육론은 물질과 지식으로 오염되고 타락한 '문명인'보다 순수한 감성을 지닌 '자연인'을 이상적인 인간형으로 설정하는 것이다. 이러한 인간에게는 그 앎이 상징적이고 신비하며 동적으로 작용한다고 할 수 있다. 이처럼 로렌스는 주지주의 교육을 배격하고 자연주의적인 교육론 사상을 일관되게 주장한다.

알지 않기를 배우기 위해서 우리는 알아야 한다. 인간 의식화의 최고의 교육은 어떻게 알지 않기를 배우는가에 있다. 다시 말해 어떻게 간섭받지 않는가에 있는 것이다. 머리로부터 나온 생각이나 원리에 따라 기계처럼 정적으로 또는 한 가지 욕구만을 향해 자동적으로 나가는 것이 아니라 위대한 뿌리로부터 어떻게 동적인 삶을 이끌 것인가를 터득해야 한다.… 교육의 의미에 나타난 새로운 개념은 교육이란 각 개인의 본성을 진정한 완성으로 이끌어 내는데 있다. …동적 의식을 정신적인 의식으로 승화시키는 것만이 가치가 있다.… 동적 의식에 뿌리가 박혀있지 않은 모든 외부의 생각들은 어린 나무에 못을 박는 것과 같이 위험하다. 대다수의 사람들에게 지식은 상징적이고 신비하며 동적인 것이어야 한다.

Yet we must know, if only in order to learn not to know. The supreme lesson of human consciousness is to learn how *not to know*. That is, how not to interfere. That is, how to live dynamically, from the great Source, and not statically, like machines driven by ideas and principles from the head, or automatically, from one fixed desire…. So a new conception of the meaning of education. Education means leading out the individual nature in each man and woman to its true fullness. …That which sublimates from the dynamic consciousness into the mental consciousness has alone any value…. Every extraneous idea, which has no inherent root in the dynamic consciousness, is as dangerous as a nail driven into a young tree. (*Fantasia*, pp.76-77)

위에서 보는 바와 같은 로렌스의 교육사상을 고려한다면 그의 소설에서 만나게 되는 이상적인 인간형이 반주지주의적이며 자연주의적인 특성을 지닌 점은 자연스러운 것이다. 그는 소설의 인물 창조에서 지적 의식에 가득 찬 인간형을 거부하고 순수한 감성적 인간을 이상적인 모델로 삼은 논리와 원칙을 일관되게 반영한다. 그러한 논리와 원칙에서 그의 소설이 지향하는 이상적인 주요인물들은 고대세계와 원시세계의 '자연인'과 닮은 것이다.

로렌스의 감성주의 교육사상과 루소의 감성주의 교육사상의 유사성에 대해 좀 더 알아보자. 자연인을 실현하려는 루소의 교육방법론에는 전형적인 어린이의 모습, 즉 자연인을 목표로 삼는다. 그에 의하면 끊임없이 아이들의 신체를 단련시켜 주의 깊게 감각을 교육하고, 아이들 스스로의 경험을 존중하고 마음을 닦아주기 위한 감정교육이, 그리고 자연종교에 기초한 종교교육이 필요하다고 본다. 루소는 지적 교육 역시 필요하다고 보지만 그것은 어디까지나 인간의 자연성을 발양되도록 돕는 데 둔다. 그래서 인간의 관리적 양성을 거부한다. 이것은 로렌스가 '아이들에게서, 학교에서 교사가 전해주는 지식을 주입받고 관리되어지는 인간형으로 길들여지는 것을 거부하는 것과 일치한다. 로렌스와 루소는 모두 다 기계적이고 인공적으로 길들여지는 인간은 타락이라고 보며, 상상력과 감성이 살아있는 창조적 인간으로 키우는 것이 중요하다고 본다. 루소는 타성에 젖어있는 기존의 제도나 어떤 통념에 사로잡히지 않는 자유로운 인성을 지닌 인간존재를 목표로 했고, 문명의 방향이 인간 영혼의 상태를 무시하고 그것을 황폐하도록 했다고 보았다. 따라서 루소는 인간 행위의 선과 악, 행과 불행을 판단하는 기준을 세속적 문명에 두지 않고 '자연'에 두었으며 이는 로렌스의 감성주의 교육사상과 일치한다. 로렌스와 마찬가지로 루소가 말하는 '자연'이란 자유로운 의지, 주체적이고 순수한 영혼과 같은 것과 연관되어 있다. 루소는 인간이 지니는 자연적인 선성, 자유 등과 같은 것을 빼앗고 타락시키고 불행에 빠뜨리게 하는 인위적인 행위를 증오했다. 그렇게 하는 것은 사회제도, 정치제도, 그릇된 교육에 있다고 본다. 그는 인간이 지닌 본래의 자유로운 감정, 즉 자연성을 가꾸고 고취시켜 진정으로 자유를 맛보게 해주는 것이 교육의 목표여야 한다고 믿었다. 이러한 루소의 자연주의 교육론은 당시 우유 대신에 모유를 먹이고 전원생활이 유행되게 하는 엄청난 영향을 미쳤다고 한다.[18]

루소는 '학문과 예술의 발달이 도덕의 순화에 기여했는가?' 라는 논문에서 미개시대의 도덕적 우월을 주장하고, 문화, 예술, 과학 등 일체의 문화적 산물이 도덕을 파괴하는 원인이라고 주장한다. 인간불평등과 노예상태 등의 존재 이유는 사유재산 제도와 그것을 공인하는 사회제도의 발전에 있다고 보았으며, 그러한 사회제도와 문명을 욕구와 만족이 조화된 자연상태와 대조하고 비교함으로써 현대의 사회악을 색출하려 했다. 그런 점에서 1761년에 발표된 루소의 유명한 서간체 소설인『신 엘로이즈』는 귀족의 딸과 가난한 서민 출신의 가정교사 사이에서 일어난 사랑을 통해 봉건적 신분제도의 편견을 공격하고 사랑의 격렬한 열정, 순결한 부부도덕 등 자유로운 감정표현과 극단적인 감수성을 나타낸다.[19] 루소의 이 소설은 로렌스의『채털리 부인의 사랑』과 닮은 데가 있다. 루소 사상에서 자연은 선이며 문화는 악이다. 그의 교육사상은 개인과 사회의 정체성 회복, 자연의 아름다움과 감정의 우위, 자아해방 등을 모토를 내세워 프랑스 낭만주의의 기원을 이룩했다. 루소의 이러한 사상과 모토 역시 로렌스와 일치한다.

루소는 그의 교육론에서 오늘날의 모든 사회제도가 합세하여 인간 속에 있는 자연성을 질식시켜 버릴 뿐이면서도 거기에 대해 아

---

18) 정봉구 해설. "에밀의 위대함과 교육적 가치", 『에밀』. op. cit., p.927.
19) 신윤표, "루소의 생애와 작품세계". 신윤표 옮김, 『에밀』(서울: 산수야, 2003). pp.393 - 96)

무런 대가도 치르지 않는다고 비판하면서, 교육은 자연이나 인간에 의해서, 또는 사물에 의해서 우리들에게 주어지며, 우리의 능력과 우리의 기관의 내부적인 발육은 '자연의 교육'에 따른다고 『에밀』의 제 1부에서 주장한다(p.31). 그에 따르면 세 가지 종류의 교육이 있다. 즉 자연에 의한 교육, 인간에 의한 교육, 사물에 의한 교육이 그것이다. 자연의 발육을 어떻게 사용할 것인가를 가르쳐 주는 것이 두 번째의 인간에 의한 교육이며, 인간을 자극하는 갖가지 사물에 관해서 우리들 자신의 경험에 따라 얻도록 하는 것이 세 번째의 사물에 의한 교육이다. 이 세 가지 종류에서 각기 다른 교육이 모두 다 동일한 목적을 향해서 합쳐질 경우에만 자기의 목적을 향해서 뻗어나갈 수 있고 모순 없이 살아갈 수 있으며, 그 세 가지의 가르침이 서로 모순될 경우 인간은 결코 자신과 조화를 이루지 못한다고 본다. 교육의 완전을 기하기 위해서는 세 가지 교육의 협력이 필요하며, 자연의 교육으로 다른 두 가지 교육을 이끌어가야만 한다는 것이다. 루소는 자연으로부터 "인간은 감성적 존재로 태어났다."(p.35)고 주장한다. 그래서 인간은 나면서부터 자신을 둘러싸고 있는 모든 사물들로부터 갖가지 형태의 도움을 받으며, 감각을 자신이 알게 되자마자 그와 같은 감각을 만들어내는 대상을 찾아다니기도 하고 피하기도 한다는 것이다. 이와 같은 심적 경향은 인간의 감수성이 증가되고 지식이 늘어남에 따라 점점 더 그 영역이 확대되고 강해지기 마련이다. 그러나 우리는 습관에 얽매여 있는 까닭에 이러한 본래적인 심적 경향은 우리의 편견에 따라 다소는 비뚤어지게 마련이라는 것이다. 이 비뚤어지기 이전의 심적 상태를 인간 속에 있는 '자연성'이라고 루소는 말한다. 그러므로 우리는 이러한 원래의 심적 상태인 자연성으로 돌아오게 해야만 하기 때문에 그것을 방해하는 사회제도가 있다면 싸워야 한다는 것이다. 사회제도는 인간을 가장 부자연스럽게 하고 개인으로부터 절대적인 존재를 탈취하며, 그 대신 상대적인 존재로 만들어 자아를 하나의 공동체 속에 몰입시킨다. 그 결과 각 개인은 이미 자기를 하나의 개체로 생각하지 않고 전체의 일부분으로만 믿고 의식하게 마련이라는 것이다. 그러므로 인간은 자기의 본래적인 자연성을 잃지 말아야 한다는 것이 루소의 주장이다.[20] 루소가 강조하는 이와 같은 감성주의적, 낭만주의적, 자연주의적인 교육론의 핵심내용은 앞에서 살펴본 로렌스의 교육사상과 비교해 보면 일치함을 알 수 있다.

로렌스는 만년에 쓴 회고록의 에세이 "나의 고향 이스트우드" (Nottingham and the Mining Countryside)에서 그의 고향이 탄광산업 개발지로 지정되어 개발됨에 따라 자연과 환경의 파괴는 말할 것도 없고, 이에 따라 도래된 물질 만능주의와 소유욕에 지배된 이기심의 폐해를 지적하고 있다. 과거 전통사회에서 지녔던 사람들의 자연에 대한 순수한 감정과 교감능력이 사라진 것이다. 로렌스는 자연 그대로 살면서 교육을 제대로 받지 못했던 아버지의 세대에 있어서는 남자가 짓밟히지 않았지만, 그러나 그가 학교를 함께 다녔고 지금은 광부가 된 자기 세대의 광부들은 모두가 초등학교의 잔소리에 의해서, 책, 영화, 목사, 그리고 무엇보다도 물질적인 번영을 강조하는 국가와 인간의 인식에 의해서 태어날 때 지녔던 본래의

---

20) 정봉구 역, op. cit., 『에밀』 제 1부, "교육목표에 따른 어린아이로서의 교육 시기", pp.34 - 37 참조.

자연성과 순수한 감정이 짓밟히고 타락해버렸다는 것이다.21) 어린 시절의 광부들은 경제적인 여자들과는 달리 무욕의 자연인으로서 물질에 대해 잔소리를 퍼붓는 아내를 피해 가능하면 빨리 집을 빠져나가 개를 끌고 들판의 숲을 뒤지고 토끼와 알둥지와 송이버섯을 찾으면서 자연과 더불어 지내다가 자아가 충족된 채 해가 질 무렵 늦게 집으로 돌아왔다고 한다. 그러나 여자들은 거의 항상 물질적인 것에 대하여 잔소리를 하도록 교육을 받았고 그렇게 하면 의기양양하게 되었다는 것이다. 여성들의 대부분은 꽃을 사랑하는 일에 있어서도 꽃은 하나의 장식물이나 소유물일 뿐, 그 이상의 생명체로서 아름답고 순수한 자연은 아니었다. 그러나 광부들은 여자들과는 달리 직감적이고 본능적인 탁월한 미적 감수성을 지녔으며, 그것은 명상가들의 그것과 같았다고 로렌스는 찬탄을 금치 못하였다.

그들은 무분별한 감정으로 시골을 좋아했다. 아니면 발꿈치를 괴고 앉아서 무엇을 쳐다보든지 또는 멍하니 앉아있기를 좋아했다. 그는 지적인 것에 흥미를 느끼지 못했다. 그들의 생활은 사실에 있는 것이 아니라 흐름에 있었다. 자주 본 일이지만 그들은 정원을 좋아했고 꽃의 아름다운 미를 참으로 사랑했다. 나는 광부들의 이런 면을 너무나 자주 보아서 잘 알고 있다…. 많은 광부들이 미의 존재를 참으로 인식하는 깊은 명상에 싸여 뒤뜰에서 꽃을 내려다보고 있는 것을 나는 보아왔다. 이것은 감탄도 즐거움도 기쁨도 또는 소유욕에 뿌리를 박은 그 무엇도 아니었으리라. 이것은 원초적 예술성을 나타내는 일종의 명상이었으리라…. 내가 알기로는 내가 어렸을 때의 광부들은 직감적이고 본능적인 인식에서 우러나는 독특한 미감을 갖고 있었다. …

"He loved the countryside, just the indiscriminating feel of it. Or he loved just to sit on his heels and watch－anything or nothing. He was not intellectually interested. Life for him did not consist in facts, but in a flow.

---

21) D.H.Lawrence, *Selected Essays*(Harmondsworth Middlesex: Penguin Books Ltd., 1972), p.119.

Very often, he loved his garden. And very often he had a genuine love of the beauty of flowers. I have known it often and often, in colliers…. Yet I've seen many a collier stand in his back garden looking down at a flower with that odd, remote sort of contemplation which shows a real awareness of the presence of beauty. It would not even admiration, or joy, or delight, or any of those things which so often have a root in the possessive instinct. It would be a sort of contemplation: which shows the incipient artist…. I know that the ordinary collier, when I was a boy, had a peculiar sense of beauty, coming from his intuitive and instinctive consciousness, which was awakened down pit.[22]

위에서 로렌스가 기술하는 광부들의 미적 감수성과 명상적인 태도는 도교의 무위자연이나 불교의 공(空)과 중도사상에 나타난 동양의 현자들과 유사하다. 자연의 사실과 법칙에 적합하지 않은 인식과 논리는 자연뿐만 아니라 인간을 파국으로 몰고가는 것이다. 김국태가 "과학 기술문명의 반환경성"에서 말하듯이 하나의 파국은 또 다른 파국을 초래한다. 과학기술과 생산기관들을 통한 과학기술의 남용은 자연의 지배와 파괴, 나아가서 인간의 지배와 파괴를 필연적으로 수반하는 것이다.[23] 따라서 과학기술은 자연에 대한 지배수단의 개념을 넘어서 인간으로 하여금 자연에 순응하여 살아가도록 도와주는 수단으로 위치해야만 한다. 이와 대립되는 사회제도와 교육방향은 위에서 로렌스가 회고록을 통해 지적하는 상황을 초래한다는 사실에 유념해야 할 것이다. 로렌스의 고향 마을에서 발생한 위와 같은 비극을 예방하자는 것이 로렌스와 루소의 자연주의적인 감성 중심의 교육사상에 들어있는 요지이다.

---

22) Ibid., p.118

23) 김국태,, "과학 기술문명의 반환경성", 『과학사상 제12호』(서울: 과학사상사, 1996), 여름호, p.125.

5. 파괴적 지성으로부터 받은 상처의 감성적 치유

　　로렌스가 감성주의 교육론을 주장하고 지적 인간이 아닌 '자연인'으로서의 감성적 인간을 주장한다고 해서 경박하고 표피적인 인간형을 지향하는 것은 물론 아니다. 그의 감성주의 교육사상은 오늘날 새로운 세대의 물질주의와 상업주의에 영합하는 사회문화적 풍토에서의 경박한 감각적 취향과는 그 지향하는 방향과 의도가 전혀 다르다. 이성적 지적 사고를 거치지 않은 상태에서 과장되게 부추겨진 감성제일주의가 오늘의 시대와 사회를 휩쓸고 있지만 로렌스의 감성주의가 지향하는 내용은 이러한 풍조와는 상반된다. '감성 sensibility'이라고 해서 지적인 면을 전혀 배제하는 뜻은 아니다. '감성'이란 지적인 인식과 감각적 경험이 상호작용하는 과정을 내포한다. 최소한의 지적인 분별심이 없는 인간의 감정은 있을 수 없듯이, '감성'이라는 용어는 사람들이 어떤 느낌을 체험하지 않는다면 추리할 수 없다는 심리학적 사실을 인정한다. 감성은 정감을 만들어내며, 그러한 정감은 순수한 사고 및 본능적 감정과 구별되는 바로서의 느낌과 사고가 연합된 것이다.[24] 로렌스는 재력과 부와 생산수단을 독점한 자본가들과 고등교육을 받고 지성을 연마한 지식계층의 인간들이 계몽과 개발 논리에 의지하여 억압과 통제와 지배를 정당화하고 합리화하는 것에 강력히 저항했다. 그는 자연을 건강한 생명력과 영혼의 원천으로 생각하고 본래 타고난 감성에 의해 자연과 순수하게 교감하고 소통하며 살아가는 사람이야말로 이상적인 인간으로 보았다. 영국문학사에서 인간의 통제적, 이성적 능력을 중시하는 고전주의 문학시대에 반기를 들고 감성을 중시하는 낭만주의 문학 시대를 열었던 윌리엄 워즈워드(William Wordsworth, 1770 – 1850)는 감성과 상상력에 의하여 자연에 적극적으로 감응하고 합일하는 시인의 삶이야말로 영원불멸성을 얻을 수 있다는 진리를 보여주었다. 워즈워드에게 자연은 신비와 지혜와 영성의 원천이며, 단순한 사물이 아니라 "교사로서의 자연 Nature as our teacher"이었다.[25] 로렌스는 워즈워드의 '불멸성의 여러 의미 Intimations of Immortality', '사명의 송시 Ode to Duty'를 비롯한 많은 서정시들을 애독하였는데 프란시스 팔그레이브(Francis T. Palgrave)가 편집한 『영어로 된 최고의 송시와 서정시 모음집』(The Golden Treasury of the Best Songs and Lyrical Poems in the English Language)를 자주 휴대하여 다니며 기회가 있을 때마다 시를 읽었다고 한다.[26] 워즈워드는 지

---

24) Philip P. Wiener ed. *Dictionary of the History of Ideas. Vol. IV*.(New York : Charles Scribner's Sons, 1978), p.217.

25) Peter Milward, "Prelude to the Lake District", *English Poets and Places*(Tokyo : Gumsungdang, 1980), p.40.

상최고의 아름다운 자연이라고 느낀 고향의 호반지대에서 자택의 서재에 머물기도 하였지만 거기에 자신을 제약하지 않고 옥외의 자연을 서책으로 간주하고 자연으로 나가서 자연의 소리에 귀를 기울이며 거기로부터 전해오는 생명과 영혼의 메시지를 감각적으로 소통하고 즐겼다고 한다. 이러한 자연은 로렌스에게도 동일하게 교사이자 서책이었다. 자연으로부터 여러 다양한 감각적 의미와 메시지를 느끼고 들을 수 있는 이러한 감성의 필요성이 절박한 시대가 곧 로렌스가 살았던 20세기 초반 시대였으며, 로렌스는 가정과 학교의 교육에서 이러한 감성적 자아를 목표로 삼았다.

강력한 감성적 자아의 유형은 신화와 문명이전의 원시 고대 문화에서 풍부하게 발견할 수 있다. 인간의 풍부한 무의식과 감성에 의해 우주자연과의 신비적인 교감과 소통을 이루었던 세계가 고대적 원시적 신화적 사회이다. 로렌스가 자연친화적인 고대 원시 사회와 문명에 관해 독서나 탐방을 통해 성찰하고 얻은 지식과 체험을 반영한 저술들로는 『묵시록』(*Apocalypse*), 『무의식의 환상』, 『무의식과 심리분석』(*Fantasia and the Unconscious*), 여행기로서 『바다와 사르디니아』(*Sea and Sardinia*), 『이탈리아의 황혼』(*Twilight in Italy*) 『에트루리아의 이 곳 저 곳』(Etruscan Places) 『멕시코의 아침』(Mornings in Mexico) 등을 들 수 있다. 그의 여러 소설과 시 창작품들에는 이러한 고대적 원시적인 감성이 압도하고 있으며 이를 매개로 하여 낭만주의적, 유토피아적인 비전을 구현해내고 있다. 고대 원시인들에게 마음의 풍요와 휴식처가 된 곳은 바로 신비한 생명으로 가득한

---

26) 로렌스가 워즈워드의 시를 읽었다는 사실에 대해 Keith Sagar는 그의 다음 저서 몇 군데에서 밝히고 있다: Keith Sagar, *A D.H.Lawrence Handbook*(London: Butler & Tanner, 1982), p.72, p.77, p.107.

자연이었다. 어떤 의미에서 로렌스 문학의 자연은 평론가 이경호가 사용한 말을 차용하여 표현하면 지성과 이성으로 찌들고 병든 현대인들에게 그들의 몸과 마음의 상처를 고쳐주는 "상처치유 학교" 이다.[27] 로렌스가 『채털리 부인의 사랑』(*Lady Chatterley's Lover*)을 쓴 이후에 이 소설을 쓰게 된 동기를 밝힌 소논문, '채털리 부인의 사랑에 대하여'(A Propos of *Lady Chatterley's Lover*)는 유물주의적, 과학적 사고방식과 지적 의식의 경직성을 고대 원시 사회에서 일반적이었던 인간과 만물간의 신비주의적인 감성적 풍요로움과 비교했다.[28] 이 논문에서 로렌스가 예로 들고 있는 하늘의 여러 천체들과 인간 사이의 신비로운 커뮤니케이션은 옛날 인류에게는 일상적인 교감형태였지만 현대에 이르러 과학적, 물질주의적, 지적 사고방식 때문에 소멸되고 말았다고 본다. 현대인들은 감성과 '피의식'을 대신하여 지적 의식에 과잉 의존함으로써 생명을 잃고 죽은 껍질만이 남은 비참한 삶을 살아가게 되었다는 것이 로렌스의 주장이다 (pp.101 – 08). 이와 같은 맥락에서 볼 때 로렌스의 신념처럼, 당대 영국의 산업기술과 과학지성 중심의 각박한 사회에서 감성의 상실로 인해 발생된 심각한 사회위기와 인간성의 타락을 해결하기 위해서는 부모가 가정에서 아이를 키우고 교사가 학교에서 아동들을 지도하는 데 있어서 감성 중심의 교육은 절대적으로 필요로 했다고 하겠다. 로렌스의 이러한 감성주의 교육사상은 첨단과학기술의 시대인 21세기의 오늘날에도 도구적 이성과 분석적 논리, 지적 의

---

27) 이경호, 『상처학교의 시인』(서울: 생각의 나무, 2008), p.7.

28) H.T.Moore ed., "A Propos of *Lady Chatterley's Lover*", *Sex, Litreature, and Censorship*(New York: Viking Press, 1972), pp.101 – 08 참조.

식의 과잉에 의해 야기되는 마음의 불균형과 상처를 치유하고 전인적 자아의 완성과 창조적 생명의 실현을 위해 필수적이라 할 것이다.

Clarke, Colin. *River of Dissolution: D.H.Lawrence & English Romanticism.* London: Routledge & Kegan Paul Ltd., 1969.

Deleuze, Gilles and Guattari, Felix. *A Thousand Plateaus: Capitalism and Schizophrenia.* Minneapolis: University of Minnesota Press, 1994.

Ebbatson, Roge. *Lawrence and the Nature Tradition.* Sussex: Harvester Press, 1980.

Ellis, David and Zordo, Ornella De. ed. *D.H.Lawrence Critical Assessments.* East Sussex: Helm Information Ltd., 1992.

Gasset, Jose Ortega Y. *The Dehumanization of Art.* Princeton: Princeton University Press. 1972.

Hofstadter, Richard. *Anti−intellectualism in American Life.* New York: Vintage Books, 1963.

Inglis, A.A.H. ed. *D.H.Lawrence: A Selection from Phoenix.* Hqrmondsworth Middlesex: Penguin Books Ltd., 1979.

Lawrence, D.H. *The Rainbow.* Harmonds Middlesex: Penguin Books Ltd., 1977.

_____. *Fantasia of the Unconscious.* Harmondsworth Middlesex: Penguin Books Ltd. 1977.

_____. *Ladty Chatterley's Lover.* Harmondsworth Middlesex: Penguin Books Ltd., 1974.

_____. *Selected Essays.* Harmondsworth Middlesex: Penguin Books Ltd., 1972.

_____. *Women in Love.* Harmondsworth Middelesex: Penguin Books Ltd., 1979.

Milward, Peter. *English Poets and Places.* Tokyo: Gumsungdang, 1980.

Moore, H.T. ed. *The Collected Letters, of D.H.Lawrence.* New York: The Viking Press, 1962.

_____. *Sex, Literature, and Censorship*. New York: Viking Press, 1972.

Nye, Russell ed. *Modern Essays*. Chicago: Scott, Foresman and Company, 1963.

Sagar, Keith. *A D.H.Lawrence Handbook*. London: Butler & Tanner, 1982.

Smithline, Arnold. *Natural Religion in American Literature*. New Haven Conn.: College & University Press Publishers, 1966.

Vivas, Eliseo, *D.H.Lawrence: The Failure and the Triumph of Art*. London: George Allen & Unwin, 1960.

Wiener, Philip P. ed. *Dictionary of the History of Ideas. Vol. IV*. New York: Charles Scribner's Sons, 1978.

김국태. "과학 기술문명의 반환경성", 『과학사상 제12호』. 서울: 과학사상사, 1996. 여름호.

김병렬. D.H.로렌스 소설의 노마드적 탈주. 부산대학교 대학원 영어영문학과 박사학위 논문, 2008.

신윤표. 『에밀』. 서울: 산수야, 2003.

양병택 역. 『세계회고록대전집』. 서울: 수문서관, 1983.

이경호. 『상처학교의 시인』. 서울: 생각의 나무, 2008.

정봉구 옮김. 『에밀』. 서울: 범우사, 2006.

조일제

부산대학교 사범대학 영어교육과와 동대학원 영어영문학과를 졸업하였다. 「D.H.
로렌스 문학에 나타난 어둠의 자아 - 원초적 실재의 탐색」으로 박사학위를 받았
다. 영국 노팅햄대학교와 미국 포드햄대학교 및 하와이대학교에서 객원교수로 연
구했으며, 현재 부산대학교 교수로 재직 중이다. 학회 활동으로 한국로렌스학회
회장(현재), 한국영어영문학회 상임이사 - 편집(역임), 부산초등영어교육학회 자문
위원(현재) 등을 하고 있거나 했으며, 부산대학교 교육대학원 부원장, 국제교류교
육원 원장을 역임했다. 저서로 『채털리 부인의 사랑 - 성스럽고 경이로운 성의
탐험』, 『D.H.로렌스 연구의 고대적·동양적 접근』, 『원초적 실재의 탐색 - D.H.
로렌스 문학과 어둠의 자아』, 『영국 문학과 사회』, 『한국과 세계를 잇는 문화소통
』외 다수가 있고, 역서로 『한영대역 불교성전』, 『영어교사를 위한 영문학 작품 지
도법』, 『외국어 교사를 위한 언어습득론』외 다수가 있다.

창조적 생명의 실현

D.H. 로렌스 문학 연구

초판인쇄 | 2008년 12월 31일
초판발행 | 2008년 12월 31일

지은이 | 조일제
펴낸이 | 채종준
펴낸곳 | 한국학술정보㈜
주　소 | 경기도 파주시 교하읍 문발리 513-5 파주출판문화정보산업단지
전　화 | 031) 908-3181(대표)
팩　스 | 031) 908-3189
홈페이지 | http://www.kstudy.com
E-mail | 출판사업부　publish@kstudy.com

등　록 | 제일사 115호(2000.6.19)
가　격 | 26,000원

ISBN　978-89-534-0970-5 95840 (Paper Book)
　　　978-89-534-0971-2 98840 (e-Book)

내일을여는지식　은 시대와 시대의 지식을 이어 갑니다.